plus récente est celle qui conclut ce livre, « Sept fois, sept fois l'Homme, jamais ! », que j'ai terminée à la fin de l'automne 1974. Les autres se situent entre les deux, mais elles sont pour la plupart postérieures à celles de mon premier recueil, *Une chanson pour Lya*[1].

Commençons par « Équipe de nuit », ne serait-ce que pour respecter l'ordre chronologique. Elle est le résultat d'un été passé à travailler dans un dépôt de camions, ainsi que de l'expérience de docker de mon père. J'étais plein d'ambition en m'y mettant – je voulais écrire une histoire dure, réaliste, une tranche de vie façon S-F –, et après l'avoir finie j'étais persuadé de ne jamais avoir rien écrit de meilleur. Je rêvais déjà de prix littéraires, et de célébrité. Inutile de dire que cette nouvelle n'a pas fait la moindre vaguelette à sa publication – mais ça ne m'empêche pas de continuer à l'apprécier. Encore que, sous pas mal d'aspects, elle ne soit guère représentative de ma production habituelle, ça reste la première de mes nouvelles qui soit centrée sur l'antagonisme entre le romantisme et la réalité, un thème que je trouve aussi passionnant qu'inépuisable. J'ai toujours pensé qu'« Équipe de nuit » était en quelque sorte le pendant d'« Au matin tombe la brume[2] », plus connue, et écrite un mois après.

Ma période prolifique s'est conclue avec l'automne 1971, et la mauvaise passe qui l'a suivi a duré deux fois plus longtemps. J'ai déménagé à Chicago en septembre et, en janvier, je me suis mis à travailler

1. Paru aux Éditions J'ai Lu, n° 10446. La nouvelle qui donne son titre au recueil a reçu le prix Hugo en 1975. *(N.d.T.)*
2. Voir *Une chanson pour Lya, op. cit.* Candidate aux prix Hugo et Nebula de 1973. *(N.d.T.)*

PRÉFACE

Vous avez entre les mains quelques contes et nouvelles de mon cru.

S'il faut en croire les bons vieux clichés, les écrivains considèrent leurs œuvres comme leurs enfants. La plupart de ceux que je connais sont des parents fiers de leur progéniture – quitte, comme tout bon parent, à en faire parfois un peu trop. Pas plus que d'autres, je n'échappe à cette maladie professionnelle.

Chose qui, bien entendu, ennuie profondément certains lecteurs. À leurs yeux, l'histoire qu'on leur raconte doit se suffire à elle-même. En entendre parler avant, et encore après – non merci, sans façon ! Si d'aventure vous entrez dans cette catégorie, allez-y, sautez allègrement ma préface.

Mais si, en revanche, vous aimez tout comme moi connaître l'origine d'une histoire, entendre parler d'inspiration, d'influences, de *migraines*, alors les quelques mots qui suivent pourraient bien vous intéresser.

La plus ancienne est « Équipe de nuit », écrite au début de l'été 1971, au moment précis où débutaient les quelques mois les plus prolifiques de ma carrière (une nouvelle par quinzaine, cet été-là ; je n'ai plus jamais écrit à un rythme pareil depuis). La

Titre original :
SONGS OF STARS AND SHADOWS

GEORGE R.R. MARTIN

DES ASTRES ET DES OMBRES

Recueil traduit de l'anglais (États-Unis)
par Monique Cartanas et M.-C. Luong

Traduction revue et harmonisée
par Sébastien Guillot

J'AI LU

DES ASTRES ET DES OMBRES

Du même auteur
aux Éditions J'ai lu

Le Trône de fer
1 – Le Trône de fer, J'ai lu 5591
2 – Le donjon rouge, J'ai lu 6037
3 – La bataille des rois, J'ai lu 6090
4 – L'ombre maléfique, J'ai lu 6263
5 – L'invincible forteresse, J'ai lu 6335
6 – Intrigues à Port-Réal, J'ai lu 6513
7 – L'épée de feu, J'ai lu 6709
8 – Les noces pourpres, J'ai lu 6894
9 – La loi du régicide, J'ai lu 7339
10 – Le chaos, J'ai lu 8398
11 – Les sables de Dorne, J'ai lu 8495
12 – Un festin pour les corbeaux, J'ai lu 8813
13 – Le bûcher d'un roi, J'ai lu 10498
14 – La mort sur une jument pâle (*à paraître*)
15 – Une danse avec les dragons (*à paraître*)
Le chevalier errant, J'ai lu 8885
Le Trône de fer, l'intégrale 1
Le Trône de fer, l'intégrale 2
Le Trône de fer, l'intégrale 3
Le Trône de fer, l'intégrale 4
Le Trône de fer, l'intégrale 5 (*à paraître*)

Riverdream, J'ai lu 8664
Le voyage de Haviland Tuf, J'ai lu 9043
Windhaven (en coll. avec Lisa Tuttle), J'ai lu 8226
Les rois des sables, J'ai lu 8494
Une chanson pour Lya, J'ai lu 10446
L'agonie de la lumière (*à paraître*)

comme bénévole chez Vista[1] à l'assistance judiciaire du comté de Cook (Cook County Legal Assistance). Mes nouvelles, pendant ce temps, commençaient à se vendre comme des petits pains. Mais je n'écrivais plus, sauf pour procéder aux légères modifications que mes éditeurs me demandaient d'apporter aux textes déjà terminés.

C'est « La Nuit des Vampyres » qui a mis fin à cette période « aride ». Ben Bova, qui venait de prendre les rênes d'*Analog*[2] et m'avait acheté une série de nouvelles, m'avait donné l'idée d'un combat aérien entre avions de chasse armés de lasers. Il m'avait d'ailleurs envoyé toute une documentation sur le sujet. Après avoir consciencieusement potassé celle-ci, je l'ai mixée avec un scénario que je ruminais depuis un certain temps déjà – pour découvrir, avec un certain soulagement, qu'après tout je savais encore écrire. En fin de compte, une fois la nouvelle terminée, il s'est trouvé que Ben ne l'aimait pas. Mais je n'ai pas trop mal pris la chose, car, au moment où son refus m'a été signifié, j'étais déjà plongé jusqu'au cou dans une autre nouvelle.

« La Bataille des Eaux-Glauques » est le premier texte que j'ai essayé d'écrire en collaboration. L'auteur texan Howard Waldrop et moi-même correspondions depuis 1963, alors que nous nous trouvions encore tous les deux au lycée – je lui avais expédié vingt-cinq cents pour acheter un numéro de *Justice League of America* –, mais nous ne nous sommes rencontrés en chair et en os qu'en 1972, lors d'un congrès

1. « Volunteers in service to America ». Organisme analogue au Peace Corps, mais œuvrant seulement aux États-Unis. *(N.d.T.)*
2. L'un des magazines de science-fiction les plus célèbres des États-Unis, rendu prestigieux par son « editor », John W. Campbell Jr, qui a donné ses lettres de noblesse à la S-F. C'est à sa mort que Ben Bova a repris le magazine. *(N.d.T.)*

de science-fiction à Kansas City (Missouri). Il y avait un club Playboy au sommet de l'hôtel où se tenait le congrès, et, comme la plupart des types que nous fréquentions, Howard et moi n'avions jamais mis les pieds dans un truc pareil. Un jour, tout un groupe est monté reluquer les Bunnies en sirotant quelques boissons ruineuses. Et nous nous trouvions là, Howard et moi, dans cette ambiance passablement décadente, à essayer de faire durer nos bières. Et tout d'un coup, une étincelle s'est allumée dans nos yeux ; tout fébriles, nous avons commencé à parler boutique. En un rien de temps, nous étions redescendus dans la chambre d'hôtel que nous partagions à... plusieurs, au point de devoir dormir par terre (j'utilisais mes bottes comme oreiller), et Howard sortait sa machine à écrire portative. L'un écrivait pendant que l'autre allait faire la fête – à la fin du week-end, nous en étions déjà à la moitié de l'histoire. Howard a emporté le manuscrit au Texas, il a fini le premier jet, et me l'a envoyé. Moi, j'ai révisé le texte, je l'ai développé, peaufiné, et j'ai fini par lui trouver un éditeur. C'était à l'époque la nouvelle la plus longue que nous ayons jamais écrite, lui comme moi.

Nous étions alors en août 1972. Howard Waldrop a une imagination incroyablement fertile. Il est capable de vous pondre davantage de bonnes idées en un seul après-midi que moi en six semaines. Il se pourrait bien qu'un de ces jours Howard prenne possession du monde entier. Par chance, ce petit bonhomme est extrêmement peu productif. En octobre 1972, je lui ai envoyé une bonne pile de pages pour notre prochaine coproduction, et depuis il se contente de me dire qu'il va s'y mettre sérieusement un de ces jours...

Tout en bouclant mon manuscrit avec Howard, je travaillais à « ... Pour revivre un instant », une histoire que j'adore. On demande souvent à un auteur qui l'a influencé. On s'attend à une énumération d'écrivains, de science-fiction ou pas. Je pourrais citer beaucoup de monde, bien sûr, et pas seulement des écrivains. Des auteurs-compositeurs, aussi – je crois que la palme revient d'ailleurs à Kris Kristofferson, surtout pour ses premières œuvres, les plus poignantes. Voilà de quoi parle « ... Pour revivre un instant » – même si ça ne se limite par à ça, bien entendu. Je trouvais – ça n'a pas changé, d'ailleurs – qu'elle faisait partie de mes meilleurs travaux. D'aucuns sont d'accord avec moi, d'autres la vouent aux gémonies. Quand j'ai jeté l'histoire dans l'arène à la Conférence d'écrivains de Milford[1], en 1973, on a même failli en venir aux mains. Quand j'y pense, il me semble que les fans de « ... Pour revivre un instant » et ceux qui ne l'aiment pas ne comprennent pas les trois quarts de ce que j'ai voulu dire, mais c'est sans doute ma faute, pas la leur. On la présente souvent comme une histoire d'amour – et ce qui n'est pas faux, bien sûr, mais elle parle essentiellement du *temps*, de la façon dont son passage nous affecte. Moi, je persiste à beaucoup aimer cette nouvelle.

« Les Fugitifs » me trottaient dans la tête depuis plusieurs années, mais il ne m'a fallu qu'une heure pour l'écrire. J'ai fait ça pendant la pause déjeuner (c'était à l'époque où je travaillais encore à l'assistance judiciaire du comté de Cook), allant même jusqu'à m'offrir un petit conte comme dessert. Pouvoir écrire ainsi deux histoires le même jour, je trouvais ça

1. Rassemblement annuel d'écrivains de science-fiction, où les auteurs (surtout les jeunes nouvellement arrivés sur la scène) lisent leurs dernières œuvres et s'exposent aux critiques (souvent au vitriol) de leurs confrères et consœurs. *(N.d.T.)*

proprement sidérant. Tout un monde nouveau semblait s'ouvrir à moi. Comme de bien entendu, je ne suis jamais arrivé à renouveler pareil exploit depuis – mais bon, sait-on jamais…

« Saint Georges ou Don Quichotte » date également de 1973, un peu plus tard dans l'année. Elle aussi me trottait dans la tête depuis longtemps. L'idée m'est venue quand le Congrès mondial de la science-fiction a décerné un prix spécial à Apollo 11 pour « le meilleur alunissage jamais réalisé », louange parfaitement imméritée à mes yeux. De temps à autre, un critique quelconque accouche d'un couplet sur mes thèmes préférés – l'amour et la solitude y tiennent régulièrement une bonne place. Voilà qui prouve bien à quel point les critiques ne savent pas de quoi ils parlent. Il se peut que l'amour et la solitude comptent *parmi* mes thèmes favoris, mais mon thème numéro un à ce jour reste indiscutablement l'éternelle confrontation entre la réalité et le romantisme, et la façon dont la première détruit toujours le second. C'est un sujet que j'ai traité nombre de fois, notamment dans « Saint Georges ou Don Quichotte ».

Entre ce texte et « Un luth constellé de mélancolie », j'ai écrit un certain nombre de récits qui, pour une raison ou une autre, ne figurent pas dans ce recueil. Mon engagement de deux ans avec Vista prenant par ailleurs fin, j'ai alors décidé de tirer ma maigre subsistance de ma plume – enfin, presque, puisque je dirigeais des tournois d'échecs durant les week-ends pour arrondir mes fins de mois – l'idée étant qu'une fois débarrassé des contingences d'un « boulot normal » je pourrais écrire page sur page. Mais, allez savoir pourquoi, ça n'a pas fonctionné.

J'ai écrit « Un luth constellé de mélancolie » en mai 1974. Ce texte relève du fantastique, bien sûr, pas de la science-fiction ; il est en outre d'un romantisme échevelé. Je suis un romantique impénitent – je me refuse à dire « incurable » ; le romantisme n'est pas une maladie, bonnes gens, c'est un genre littéraire et philosophique qui peut faire état d'une longue et honorable tradition – mais divers ennuis personnels qui m'étaient tombés dessus entre 1973 et 1974 avaient sérieusement écorné ma conception de la vie et mon moral, et je me payais de temps à autre une bonne crise de déprime, pétrie de réflexions amères et cyniques. Je m'y suis donc mis sérieusement, essayant de coucher sur le papier le récit le plus romantique que je puisse concevoir, histoire de me remonter le moral. Ça a plus ou moins marché, encore qu'un objet fêlé, même recollé avec soin, ne ressemble plus jamais tout à fait à ce qu'il était avant, j'en ai bien peur. Voilà pourquoi les histoires que j'ai écrites ensuite peuvent paraître plus sombres. C'est ce qui me semble, du moins.

Je ne trouve pas grand-chose à dire sur « Tour de cendres », sinon que je la considère comme la meilleure histoire que j'aie jamais écrite.

« Sept fois, sept fois l'Homme, jamais ! », la dernière nouvelle du livre, est aussi la plus récente. C'est son titre qui est venu en premier. Je l'ai trouvé en lisant *Le Livre de la jungle*, de Rudyard Kipling, et immédiatement j'ai su qu'il fallait que j'écrive quelque chose pour aller avec. Les personnages, la planète, l'intrigue, tout cela n'est venu que dans un second temps. Chose étrange, alors que le titre est extrait d'un beau poème aux vers mélodiques, tout le monde semble avoir une tendance irrépressible à le citer de travers. Présenté au prix Hugo 1976, dans la catégorie « Novelette », même là il est devenu « Et sept fois, sept fois un Homme, jamais ! » Toutes les lettres de rectification enflammées que j'ai pu envoyer par la suite n'ont pas servi à grand-chose : après la publication de la nouvelle, j'ai reçu un jour une lettre d'un lecteur me félicitant pour ma connaissance remarquable de la guerre des Boers. On en apprend tous les jours, dans ce métier !

Et maintenant, place aux nouvelles.

Dubuque, Iowa
Février 1977

TOUR DE CENDRES

Ma tour est en briques, de minuscules briques gris anthracite unies par un mortier noir luisant qui, à mes yeux de profane, ressemblent étrangement à de l'obsidienne – ça ne peut évidemment pas être le cas. Elle élève ses murs branlants à près de sept cents mètres au-dessus du bras de la Mer Gracile, au bord de laquelle elle est construite, à la lisière de la forêt.

Je l'ai découverte il y a près de quatre ans, le jour où P'tit-Gris et moi avons quitté Port-Jamison, à bord de l'aéromobile gris métallisé dont la carcasse gît désormais devant ma porte, envahie par les herbes. Aujourd'hui encore, je ne sais rien de concret à son sujet – mais ça ne m'empêche pas d'avoir mon idée.

D'abord, je doute fort qu'elle ait été construite de main d'homme. Elle est nettement plus ancienne que Port-Jamison, et ça ne m'étonnerait guère qu'elle soit également antérieure à l'ère spatiale. Les briques (extraordinairement petites, moins du quart d'une taille normale) sont vieilles et fatiguées, si usées qu'elles s'effritent sous mes pas, ce qui fiche de la poussière partout. Je n'ignore pas d'où elle vient, cette poussière, car plus d'une fois j'ai descellé une brique du parapet pour la broyer machinalement en fine poudre noire dans le creux de ma main. Un panache de cendres s'élève de la tour quand le vent marin souffle de l'est.

Les briques sont en meilleur état à l'intérieur, le vent et la pluie ne les ayant pas autant abîmées, mais ça ne le rend pas beaucoup plus agréable pour autant. Il n'y a qu'une seule pièce, poussiéreuse et pleine d'échos, éclairée par l'unique lucarne ronde qui s'ouvre au centre du toit. Un escalier, lui aussi en briques, monte en colimaçon tout le long du mur, formant comme un pas de vis jusqu'au toit. P'tit-Gris, qui n'a rien d'un gros chat, n'a aucun mal à le grimper ; pour un homme, par contre, les marches étroites sont assez malcommodes.

Ça ne m'empêche cependant pas de les grimper. Chaque nuit, à mon retour des forêts chargées de fraîcheur, les pointes de mes flèches maculées du sang coagulé des araignées tisseuses de rêves, mon havresac regorgeant de poches de poison, je range mon arc, vais me laver les mains, puis je monte sur la terrasse y passer les quelques heures qui me séparent encore du lever du jour. De l'autre côté de l'étroit bras de mer, sur l'île qui fait face au continent, scintillent les lumières de Port-Jamison. La ville ne ressemble pas à celle de mes souvenirs, depuis mon perchoir. Les grands bâtiments noirs et carrés, illuminés, prennent un air romantique une fois la nuit tombée ; toutes ces lumières, orange voilé et bleu fumée, créent, avec leur chant muet, une lourde atmosphère de mystère et de solitude. Les astronefs qui vont et viennent dans le ciel étoilé me rappellent ces lucioles qu'enfant je voyais voleter infatigablement sur Terre.

« Que d'histoires, là-bas ! » avais-je un jour lancé devant Korbec – c'était avant que je comprenne qu'il vaut mieux parfois savoir se taire. « Derrière chaque lumière, il y a au moins une personne, avec sa propre vie, sa propre histoire ; seulement, nos chemins ne se croiseront jamais, donc ces histoires nous resteront à jamais inconnues. »

Je crois bien que je faisais de grands gestes tout en parlant ; j'étais complètement soûl, bien entendu.

Pour toute réponse, Korbec m'avait gratifié d'un large sourire et d'un petit hochement de tête. C'était un grand type bien en chair, le cheveu noir et la barbe pareille à du fil de fer. Il venait tous les mois de la ville, dans son aéromobile noire fatiguée, pour me livrer mes provisions et emporter le venin que j'avais récolté – et tous les mois nous montions nous soûler sur la terrasse. Un vulgaire vendeur itinérant de rêves au rabais et d'arcs-en-ciel d'occasion, voilà ce qu'il était. Mais il se prenait pour un philosophe, un observateur de l'humanité.

« Te berce pas d'illusions », m'avait-il répondu, emporté par les effets conjugués du vin et de l'obscurité. « Tu ne manques rien ! La vie, c'est avant tout fait d'histoires manquées, tu sais. Une vraie histoire, eh bien, en principe ça raconte quelque chose. Y a un commencement, puis un milieu, et ensuite une fin. Et puis plus rien après, sauf si c'est un feuilleton. Alors que la vie, ça ne se passe jamais comme ça ; les gens sont juste là, à tourner en rond sans but. Y a jamais de fin, avec eux.

— Ils meurent, les gens, lui avais-je fait remarquer. *Ça*, ça ressemble quand même à une fin, non ?

— Ouais, avait grogné Korbec, mais tu as déjà vu des gens mourir au bon moment, toi ? Non, ce n'est pas comme ça que ça se passe. Y en a qui claquent avant d'avoir vraiment commencé à vivre, d'autres au moment le plus intéressant. Et puis y en a qui durent, qui durent, alors que tout est déjà fini depuis longtemps. »

Quand je vais m'asseoir seul là-haut, un verre de vin à la main et P'tit-Gris tout chaud sur les genoux, je repense souvent à ce que disait Korbec avec ses mots maladroits, de sa voix rauque étrangement douce. Il n'a rien d'une lumière, Korbec, mais cette nuit-là je crois qu'il avait raison, davantage qu'il ne le pensait lui-même, peut-être. Le morne réalisme qu'il me proposait alors constitue le seul antidote contre les rêves que tissent les araignées.

Mais je ne suis pas Korbec, moi ; j'en suis proprement incapable. J'ai beau reconnaître qu'il dit vrai, il m'est impossible de l'accepter.

Je me trouvais dehors, à profiter de cette belle fin d'après-midi pour m'exercer au tir, n'ayant sur moi que mon short et mon carquois, quand ils sont arrivés. Le crépuscule approchait, je me préparais pour mon expédition nocturne dans la forêt – j'ai toujours vécu de la tombée du jour à l'aube, comme les araignées à rêves. L'herbe était douce sous mes pieds nus, et c'était encore plus agréable de sentir dans ma main mon arc à double cintre en bois-argent ; je me débrouillais bien avec.

Je les ai entendus avant de les voir. Jetant ensuite un regard par-dessus mon épaule en direction de la plage, à l'est, j'ai vu l'aéromobile bleu sombre grossir rapidement dans le ciel. C'était celle de Gerry, j'en avais la certitude – elle faisait un bruit caractéristique, à nul autre pareil.

Leur tournant le dos, j'ai encoché une nouvelle flèche – sans trembler – que j'ai mise en plein dans le mille pour la première fois de la journée.

Gerry s'est posé dans l'herbe près de la tour, à quelques pas de mon aéromobile. Crystal l'accompagnait, mince et grave, sa longue chevelure blonde teintée de roux par le soleil déclinant. Ils s'approchaient de moi.

« Ne restez pas près de la cible ! leur ai-je crié en ajustant une autre flèche. Comment avez-vous fait pour me trouver ? »

Comme pour ponctuer ma question, la flèche s'est plantée en vibrant dans la cible.

Ils ont décrit un large cercle pour éviter ma ligne de tir. « Tu m'avais parlé de cet endroit, m'a dit Gerry. Tu l'avais survolé, un jour. Et comme tu n'étais pas à Port-Jamison, je me suis dit que ça valait le coup d'essayer. » Il se tenait à quelques pas de moi, les mains sur les hanches. Je le trouvais grand, brun et musclé, exactement comme dans mon souvenir. Crystal, qui l'avait rejoint, venait de poser des doigts légers sur son bras.

J'ai baissé mon arc et me suis retourné pour leur faire face. « Bon, vous m'avez trouvé. Qu'est-ce que vous me voulez ?

— Je me faisais du souci pour toi, Johnny. » Mais Crystal évitait mon regard.

Quand Gerry a passé le bras autour de sa taille d'un geste très possessif, j'ai brusquement senti une bouffée de colère monter en moi. « Prendre la fuite n'a jamais rien résolu, m'a-t-il dit, d'un ton plein de cet étrange mélange d'intérêt amical et d'arrogance condescendante dont il usait envers moi depuis des mois.

— Mais je n'ai *pas* pris la fuite, bon Dieu ! ai-je répliqué d'une voix grandiloquente. Merde, vous n'auriez jamais dû venir ! »

Crystal a jeté un regard désolé vers Gerry – sur ce coup, en tout cas, elle semblait d'accord avec moi. Lui s'est contenté de froncer les sourcils. Je doute qu'il ait jamais compris le pourquoi de mes paroles et de mes actes. Chaque fois que nous discutions, ce qui n'arrivait d'ailleurs pas très souvent, il se bornait à m'expliquer, l'air vaguement étonné, ce qu'il aurait dit ou fait à ma place. Ça le dépassait que quelqu'un puisse se comporter différemment de lui dans des circonstances comparables.

Ses froncements de sourcils ne m'impressionnaient pas, mais le mal était déjà fait, et ça ne datait pas d'aujourd'hui. Depuis que je m'étais exilé volontairement dans ma tour, un mois plus tôt, j'essayais – et ça n'avait rien de facile, loin de là – de me donner raison d'avoir agi et pensé comme je l'avais fait. Ça faisait longtemps, près de quatre ans, que nous vivions ensemble, Crystal et moi, lorsque nous avons débarqué sur la planète Jamison pour essayer de découvrir la provenance des extraordinaires objets d'art d'obsidienne et d'argent que nous avions trouvés sur Baldur. Je l'avais aimée tout ce temps, et je l'aimais encore, même à présent qu'elle m'avait quitté pour Gerry. Dans mes bons moments, il me semblait que c'était un élan noble et désintéressé qui m'avait poussé à quitter Port-Jamison. Je voulais que Crys soit heureuse, tout simplement, et elle ne pouvait pas l'être si je restais. La blessure était trop profonde, je ne parvenais pas à la dissimuler. Ma présence la culpabilisait, elle ternissait la joie toute neuve qu'elle s'était construite avec Gerry. Mais comme elle se révélait incapable de m'exclure totalement de sa vie, je m'étais senti obligé de le faire moi-même – pour eux, pour *elle*.

Du moins était-ce ce que je me plaisais à penser. Mais il arrivait que ce brillant raisonnement ne tienne plus, des heures noires où je sombrais dans l'autoapitoiement. Était-ce bien la vraie raison ? Dans un accès de colère infantile, n'avais-je pas plutôt voulu les punir en me faisant du mal – comme ces gosses boudeurs qui ruminent des idées de suicide pour se venger de ce qu'on leur a fait ?

Franchement, je n'en savais rien. Ça faisait un mois que je passais d'une idée à l'autre, que j'essayais de *me* comprendre, de décider quoi faire. J'aurais voulu passer pour le héros qui se sacrifie pour le bonheur de celle qu'il aime, mais à entendre Gerry, il était évident qu'il ne voyait pas du tout les choses comme ça.

« Il faut toujours que tu dramatises ! » s'obstinait-il, les lèvres serrées. Il tenait à ce que tout se passe de façon civilisée entre nous, et mon refus de prendre le dessus, d'oublier mes blessures pour que nous devenions tous les meilleurs amis du monde, avait tendance à le mettre hors de lui. Et moi, rien ne m'énervait davantage que son énervement. Personnellement, je trouvais que je m'en sortais très bien, tout compte fait, et je n'appréciais guère qu'il insinue le contraire.

Mais Gerry était décidé à me convertir à son point de vue, et tout le mépris dont je pouvais faire montre à son égard ne servait jamais à rien. « On va rester là à discuter jusqu'à ce que tu acceptes de rentrer à Port-Jamison avec nous, a-t-il grogné sur un ton proche de la colère.

— Pour ça, mon vieux, tu peux courir. » Et je leur ai brusquement tourné le dos. J'ai alors sorti une nouvelle flèche de mon carquois, que j'ai tirée beaucoup trop vite. Elle a largement manqué sa cible, pour aller se ficher dans la brique tendre de ma tour branlante.

« D'où sort cette tour, au fait ? » m'a demandé Crys. Elle la regardait comme si elle la voyait pour la première fois. Et c'était peut-être le cas, peut-être avait-il fallu le spectacle incongru de ma flèche dans le mur pour qu'elle remarque enfin le vieux monument. Mais elle faisait plus probablement exprès de détourner notre attention pour éviter que notre petite discussion ne s'envenime.

Abaissant de nouveau mon arc, je suis allé récupérer les flèches qui s'étaient plantées dans la cible. « Je n'en sais trop rien, ai-je répondu d'une voix égale, désireux de saisir la perche qu'elle me tendait. Une tour de garde, je pense, mais pas construite par des hommes. Jamison n'a jamais été explorée à fond, peut-être a-t-elle autrefois abrité une race douée de raison. » J'ai contourné la cible pour aller arracher ma dernière flèche de la brique friable. « Et c'est peut-être le cas encore aujourd'hui... On en connaît si peu sur ce vaste continent.

— Quelle demeure sinistre, a dit Gerry en inspectant la tour. On dirait qu'elle va s'effondrer d'un moment à l'autre. »

J'ai souri, l'air pensif. « J'y ai songé. Mais ça m'était complètement égal quand je suis arrivé ici. » Crys a accusé le coup – j'ai aussitôt regretté mes paroles. Tout cela ressemblait à une redite des dernières semaines que j'avais passées à Port-Jamison. J'avais beau faire, il semblait que j'avais le choix uniquement entre mentir ou la blesser. Or, je ne voulais ni l'un ni l'autre, c'était même pour ça que je me trouvais ici ; mais ne voilà-t-il pas qu'ils y étaient eux aussi et la situation était de nouveau impossible.

Gerry s'apprêtait à dire autre chose, mais il n'en a pas eu le temps : P'tit-Gris a surgi d'un bond d'entre les herbes, fonçant droit sur Crystal.

Elle s'est agenouillée, souriante. Et l'instant d'après il était contre elle, à lui lécher la main et à lui mordiller les doigts. De bonne humeur, manifestement. Il se plaisait, ici, près de la tour. À Port-Jamison, on lui interdisait de sortir comme il voulait, parce que Crystal avait peur qu'il se fasse dévorer par les harets de ville, ou chasser par les chiens, ou prendre au collet par les gosses. Ici, au contraire, je le laissais courir à son gré, et il semblait adorer ça. Les broussailles qui entouraient la tour étaient envahies de souris à dard, un rongeur du coin dont la queue, sans poils, est trois fois plus longue que le corps. Sa piqûre fait un peu mal, mais P'tit-Gris à l'air de s'en moquer. Même s'il est un peu grognon quand ça lui arrive, ça le ravit de pouvoir traquer des souris toute la journée. Il s'est toujours pris pour un grand chasseur, et il n'y a pas beaucoup de mérite à filer une boîte de conserve pour chat.

Je l'avais déjà avant de m'installer avec Crys, mais elle s'était prise d'une affection irrépressible à son égard pendant notre vie commune. Je crois qu'elle serait sans doute partie encore plus tôt avec Gerry si l'idée d'abandonner P'tit-Gris ne l'avait pas à ce point travaillée. Ce matou n'avait pourtant rien d'une beauté : maigrichon, l'air miteux, des oreilles de renard, le poil d'un marron-gris terne et une queue touffue deux fois trop longue pour lui. L'ami qui me l'avait donné sur Avalon m'avait annoncé le plus sérieusement du monde qu'il s'agissait du rejeton illégitime d'une psycho-chatte issue de manipulations génétiques et d'un chat de gouttière pelé. J'ignore s'il pouvait lire les pensées de son propriétaire, mais il ne semblait guère y prêter attention, en tout cas. Quand il voulait de l'affection, il n'hésitait jamais à bondir sur le livre que j'aurais eu le malheur de lire à ce moment-là ; il le flanquait par terre et commençait à me mordiller le menton. S'il avait envie qu'on lui foute la paix, en revanche, il valait mieux ne pas s'aventurer à essayer de le caresser.

Agenouillée comme elle l'était, occupée à caresser P'tit-Gris qui lui fourrait son museau dans la main, Crystal ressemblait trait pour trait à celle que j'avais aimée, avec qui j'avais voyagé, eu des conversations interminables, et dormi chaque nuit – bon Dieu que tout ça me manquait. Je crois avoir quand même souri – même dans ces conditions, la voir m'était une joie douce-amère. Après tout, me suis-je dit, j'étais stupide, et bêtement rancunier, de vouloir les renvoyer alors qu'ils venaient de si loin pour me voir. Crys restait Crys, et Gerry ne devait pas être si mal, puisqu'elle l'aimait.

Alors que je les observais sans mot dire, je me suis brusquement décidé : ils pouvaient rester. On verrait comment ça se passerait. « La nuit va tomber, ai-je dit tout haut. Vous avez faim ? »

Crys a levé les yeux, tout sourire, sans cesser de caresser P'tit-Gris. Gerry, pour sa part, s'est contenté d'un hochement de tête.

« Parfait. » Et je suis parti en direction de la tour. Quand je suis arrivé sur le seuil, je me suis retourné pour les inviter à entrer. « Bienvenue dans mes ruines. »

Une fois les torches électriques allumées, je me suis mis aux fourneaux. Je ne manquais pas de provisions en ce temps-là – je ne vivais pas encore du produit de ma chasse. J'ai décongelé trois gros dragons des grèves, ces crustacés à coquille d'argent qu'on pêche en abondance à Port-Jamison, que j'ai servis avec du pain et du fromage. Le tout arrosé de vin blanc.

Le repas s'est déroulé dans une atmosphère polie, réservée. Nous avons échangé des nouvelles d'amis communs de Port-Jamison. Crystal m'a parlé d'une lettre qu'elle avait reçue d'un couple qu'on fréquentait sur Baldur, puis Gerry s'est mis à pérorer sur la campagne de répression du trafic de venin onirique que menait la police de Port-Jamison. « Le Conseil veut lancer des recherches sur une sorte de super-insecticide capable d'anéantir les araignées à rêves. En saturant le littoral, on pourrait diminuer l'approvisionnement de moitié.

— Ben voyons », ai-je lancé, un peu bourré, et énervé par sa stupidité. Crystal, décidément, n'avait pas toujours bon goût. « Et les effets sur l'environnement, on s'en fout, c'est ça ? »

Il a haussé les épaules. « C'est le continent », s'est-il contenté de me répondre. Jamisonien jusqu'au bout des ongles : l'expression signifiait que nul ne s'en souciait. Les aléas de l'histoire avaient donné aux habitants de la planète Jamison une attitude singulièrement cavalière vis-à-vis de leur seul et unique continent. Les premiers colons, pour la plupart, étaient originaires d'Archéo-Poséidon, où l'on vivait de la mer depuis des générations. Les océans grouillants de vie et les paisibles archipels de leur nouveau monde les avaient attirés bien plus que les sombres forêts du continent. Leurs enfants avaient acquis une mentalité identique, sauf les rares qui se faisaient de l'argent en fraude en vendant des rêves.

« Et après ?

— Soyons un peu réalistes. Le continent ne sert à rien ni à personne, sauf aux chasseurs d'araignées. Qui est-ce que ça léserait ?

— Nom de Dieu, Gerry, regarde cette tour. D'où elle sort, à ton avis ? *Moi*, je te dis que ces forêts regorgent peut-être de créatures intelligentes. Les Jamisoniens n'ont jamais ne serait-ce que pris la peine d'y mettre les pieds. »

Crystal hochait la tête, son verre à la main. Puis elle s'est tournée vers Gerry : « Johnny n'a peut-être pas tort. C'est pour ça que je suis venue sur cette planète, si tu te souviens bien – à cause des objets d'art. La boutique de Baldur nous a dit qu'ils provenaient de

Port-Jamison, mais on n'a jamais réussi à remonter la filière au-delà. Et des œuvres de ce genre… il y a des années que je m'occupe d'objets d'art extraterrestres, Gerry, les œuvres des Fyndayi, celles des Damouches, toutes les autres, je les connais sur le bout des doigts ! Et celles-là étaient totalement différentes. »

Gerry s'est contenté de sourire. « Ça ne prouve rien. Il existe des millions d'autres races, plus proches du cœur de l'univers, et trop loin pour que nous en entendions parler autrement que par on-dit ; ça n'empêche pas certaines de leurs œuvres d'art de parvenir jusqu'à nous. » Il a secoué la tête. « Non, je parie que cette tour a été construite par des colons. Qui sait si avant Jamison un autre explorateur n'a pas mis les pieds ici, sans jamais parler de sa découverte ? C'est peut-être lui qui a construit ce truc. Des êtres intelligents sur le continent ? Je n'en crois pas un mot.

— Du moins pas tant qu'on n'aura pas enfumé ces satanées forêts, ai-je lancé d'un ton amer. Et qu'ils n'en seront pas sortis en brandissant leurs lances. » Gerry a éclaté de rire – Crystal, pour sa part, m'a adressé un sourire. Et moi j'ai brusquement ressenti l'envie irrésistible d'avoir le dernier mot dans cette discussion. Je raisonnais avec lucidité, dans cet état second que seul l'alcool peut conférer – tout me semblait parfaitement logique. C'était *moi* qui avais raison, ça ne faisait pas l'ombre d'un doute. Gerry n'était qu'un provincial, et j'avais là l'occasion rêvée de marquer des points contre lui auprès de Crys.

Je me suis penché en avant. « Si seulement vous vous en donniez la peine, vous autres de Port-Jamison, vous pourriez peut-être les dénicher. Moi, j'ai passé à peine un mois sur le continent, et ça m'a déjà permis de découvrir pas mal de choses. Vous, vous n'êtes même pas foutus de vous pencher sur toute cette beauté que tu envisages si légèrement de bousiller. Il y a tout un environnement ici, différent de celui des îles, avec des milliers et des milliers d'espèces, dont beaucoup encore sont probablement inconnues. Mais qu'est-ce que vous en savez, tous autant que vous êtes ? »

Gerry a hoché la tête. « Très bien, tu vas nous montrer tout ça. » Il s'est brusquement levé. « Je suis toujours disposé à m'instruire, Bowen. Pourquoi ne nous emmènerais-tu pas voir toutes les merveilles du continent ? »

Lui aussi devait vouloir marquer des points. Sans doute croyait-il que je n'accepterais jamais de relever son défi, alors que je n'attendais que ça. La nuit était tombée – ça faisait un moment que nous discutions à la lumière de mes torches. Les étoiles brillaient au-dessus de nos têtes par la lucarne du toit. La forêt devait être animée à cette heure-là, belle et mystérieuse, et je brûlais soudain d'envie de rejoindre ce monde où, mon arc à la main, j'étais la force et l'amitié. Un monde où Gerry n'aurait pour sa part été qu'un touriste maladroit.

« Et toi, Crystal ?

— Ça pourrait être amusant. » Elle avait l'air intéressée. « Pour peu que ce soit sans danger…

— Pas avec mon arc. » Nous nous sommes tous deux levés à notre tour. Crys paraissait heureuse. Le fait de me remémorer nos randonnées dans la nature, sur Baldur, m'a soudain rendu plus guilleret, sûr que tout allait bien se passer. Gerry n'était qu'un mauvais rêve. Crystal ne pouvait *pas* en être amoureuse.

Je suis d'abord allé chercher des dessoûlants. Je me sentais en forme, mais pas suffisamment pour partir en forêt encore étourdi par le vin. Crystal et moi en avons pris un ; notre euphorie s'est presque aussitôt dissipée. Gerry, en revanche, a refusé le comprimé que je lui tendais. « Je n'ai pas bu tant que ça, s'est-il targué. Je n'en ai pas besoin. »

J'ai haussé les épaules, songeant que les choses allaient décidément de mieux en mieux. Si Gerry se mettait à tituber comme un ivrogne dans la forêt, ça ne pourrait que détourner Crys de lui. « Comme tu voudras. »

Ni l'un ni l'autre n'était habillé pour une expédition en pleine nature, mais ça ne poserait sans doute aucun problème – je n'avais pas l'intention de les emmener très loin. Juste une petite balade. Suivre d'abord un peu ma piste, puis leur montrer la dune de poussière et le gouffre aux araignées – en tuer peut-être une devant eux. Rien d'extraordinaire, en somme, juste un aller-retour.

J'ai enfilé mes grosses bottes, une combinaison sombre, pris mon carquois et mon arc, puis tendu une torche électrique à Crystal, pour le cas où nous nous éloignerions de la zone des mousses bleues. « Tu as vraiment besoin d'un arc ? m'a demandé Gerry avec une pointe d'ironie.

— C'est pour me protéger.

— Il ne doit guère y avoir de danger… »

Certes – pour qui sait ce qu'il fait –, mais je me suis bien gardé de le lui dire. « Alors pourquoi restez-vous sur vos îles, si c'est tellement sûr ici ?

— Je ferais davantage confiance à un laser, a-t-il rétorqué dans un sourire.

— J'ai des tendances suicidaires. Un arc, ça laisse sa chance à la proie. »

Crys a souri – des réminiscences de nos souvenirs communs, sans aucun doute. « Johnny est très chevaleresque, lui a-t-elle expliqué, il ne chasse que des prédateurs. » J'ai pris mon air le plus modeste.

P'tit-Gris a accepté de garder le château. Sans trembler, très sûr de moi, j'ai glissé un couteau dans ma ceinture, puis j'ai conduit mon ex-femme et son amant dans les forêts de Jamison.

Nous marchions en file indienne, moi avec mon arc, puis Crys, et enfin Gerry. Crys faisait jouer la lumière de sa torche sur la piste qui serpentait à travers les gros bosquets de hallebardières, lesquels formaient un véritable mur le long de la mer. Leurs grands troncs droits à l'écorce grise et rugueuse, parfois aussi larges que ma tour, atteignaient des hauteurs vertigineuses avant de se diviser en minces branchages. Ici et là, ils se resserraient tant de chaque côté du sentier qu'on a eu plus d'une fois l'impression d'avoir un mur infranchissable devant nous, dans l'obscurité. Crys, cependant, ne risquait pas de perdre son chemin – elle pouvait toujours braquer sa torche sur moi, à un pas devant elle.

Au bout d'une dizaine de minutes de marche, la forêt s'est mise à changer d'aspect. Le sol, l'air même étaient plus secs, et si le vent restait frais, il ne piquait plus autant que sur le littoral, quand il était chargé de sel marin. Les hallebardières hydrophiles avaient absorbé presque toute l'humidité de l'air. Elles étaient plus petites, à présent, et plus espacées, ce qui nous facilitait la tâche pour trouver un passage entre les troncs. D'autres essences ont peu à peu fait leur apparition : arbres-djinn rabougris, faux-chênes tentaculaires, gracieux ébéniers flammés dont les veines rouges s'illuminaient dans l'obscurité du bois quand le rayon de la torche vagabonde de Crystal venait les effleurer.

Et la mousse bleue.

Il y en avait juste un peu, dans un premier temps ; ici un long filament suspendu à une branche d'arbre-djinn, là une petite tache sur le sol, occupée à grignoter peu à peu le tronc d'un ébénier flammé ou d'une hallebardière solitaire desséchée. Mais bientôt elle a commencé à former un épais tapis sous nos pieds, un revêtement moussu sur les feuilles qui surplombaient nos têtes, en lourdes écharpes qui pendaient des branches en dansant dans le vent. Crystal promenait sa torche de tous côtés, éclairant des touffes de plus en plus épaisses de douce mousse bleue ; du coin de l'œil, je commençais à percevoir la fluorescence.

« Plus besoin de torche », ai-je dit à Crystal. Qui a aussitôt éteint sa lampe.

L'obscurité n'a duré qu'un instant, le temps que nos yeux s'habituent à une lumière moins intense. Tout autour de nous, la forêt irradiait un doux éclat – la phosphorescence fantomatique de la mousse bleue. Nous nous trouvions à la lisière d'une petite clairière, sous un ébénier au tronc luisant, mais même les flammes de ses veines rouges semblaient froides dans la pâle lumière bleutée. Les mousses avaient envahi l'intégralité du sous-bois, supplantant la végétation et donnant aux buissons alentour l'air de grosses boules de laine bleue. Elles s'étaient en outre développées sur la plupart des troncs d'arbre – lorsqu'on levait les yeux vers les étoiles, à travers les branches, on pouvait voir d'autres colonies qui formaient aux frondaisons une espèce de couronne lumineuse.

Après avoir précautionneusement déposé mon arc contre le flanc noir de l'ébénier, je me suis penché pour ramasser une poignée de lumière et l'offrir à Crystal. Qui m'a souri de plus belle, les traits adoucis par la clarté magique que je tenais en main, quand j'ai tendu la mousse sous son visage. Moi, j'étais ravi, je m'en souviens, de leur faire découvrir pareille beauté.

Gerry, quant à lui, arborait un sourire ironique. « C'est *ça* qu'on risque de mettre en péril, Bowen ? Une forêt pleine de saloperies bleues ? »

J'ai laissé tomber ma mousse. « Tu ne trouves pas ça beau ? »

Il a haussé les épaules. « Si, mais c'est également un parasite ayant une fâcheuse tendance à tout envahir, à éliminer toutes les autres formes de végétation. Tu sais, il y en avait beaucoup à Jolostar, autrefois, ainsi que dans l'archipel de Barbis. Mais on a tout arraché ; en un mois, a-t-il ajouté avec un hochement de tête, ça peut envahir tout un champ de blé.

— Il a raison, tu sais », m'a dit Crystal.

Je l'ai regardée longuement, me sentant tout à coup parfaitement lucide – toute trace d'ivresse avait disparu. Sans m'en apercevoir, et je venais *à l'instant* de m'en rendre compte, je m'étais créé une nouvelle chimère. Ici, dans un monde qui commençait à être mien, un monde d'araignées à rêves et de mousse enchanteresse, j'avais cru pouvoir retrouver un rêve depuis longtemps évanoui, mon âme sœur à moi, cristalline et souriante. Sur le continent, dans cette nature hors du temps, j'avais pensé qu'elle nous verrait tous les deux sous un jour nouveau, qu'elle comprendrait qu'en fait c'était *moi* qu'elle aimait.

Je m'étais donc tissé un joli rêve, aussi brillant et séduisant que les pièges des araignées, et d'un mot Crys en avait brisé les filaments légers. C'était à *lui* qu'elle appartenait, pas à moi, plus à moi, ni maintenant ni jamais. Et si Gerry me semblait stupide, ou insensible, ou par trop terre à terre, eh bien, c'était peut-être précisément pour ça qu'elle l'avait choisi. Ou peut-être pas, d'ailleurs – je n'avais aucun droit de jouer aux devinettes avec ce qu'elle ressentait ; il était même probable que je ne le comprendrais jamais.

Je me suis frotté les mains pour en faire partir les derniers brins de mousse brillante, tandis que Gerry prenait la lourde torche des mains de Crystal et la rallumait. Mon pays de conte de fées avait disparu, anéanti par la réalité aveuglante du rayon de lumière blanche. « Et maintenant ? » m'a-t-il lancé, tout sourire. Il n'était pas si soûl que ça, en fin de compte.

J'ai repris mon arc. « Suivez-moi », ai-je lâché d'une voix sèche et rapide.

Si l'un comme l'autre avaient l'air impatients de continuer, ma propre humeur avait changé du tout au tout. Cette expédition me paraissait inutile, à présent. J'aurais voulu qu'ils partent, j'aurais voulu me retrouver seul dans ma tour, avec P'tit-Gris. J'avais le moral dans les chaussettes.

Et tout allait de mal en pis. En nous enfonçant dans les bois chargés de mousse, nous sommes tombés sur un torrent plongé dans l'obscurité, dans lequel le rayon de la torche a soudain révélé un ferricorne solitaire venu y boire. Surpris, celui-ci a relevé sa tête pâle, pour s'enfuir aussitôt à travers les arbres – l'espace d'un instant, on aurait dit la licorne de la légende terrienne. Un vieux réflexe m'a fait tourner la tête vers Crystal ; mais c'était Gerry qu'elle cherchait des yeux, tout sourire.

Un peu plus loin, sur une pente rocheuse, j'ai découvert l'ouverture d'une caverne ; à en juger par l'odeur, ce devait être l'antre d'un carnassier – un haret des bois, sans doute.

Je me suis aussitôt retourné pour les prévenir, constatant alors que mon public m'avait lâché. Ils se trouvaient à dix pas derrière moi, au bas de la pente, main dans la main, marchant lentement, tranquilles.

J'ai fait volte-face, triste, furieux, pour reprendre ma progression sans mot sire. Aucun de nous trois n'a d'ailleurs ouvert la bouche avant d'atteindre la dune de poussière.

Je me suis arrêté juste au bord, enfonçant mes bottes de quelques centimètres dans la fine poussière grise ; eux s'approchaient de moi l'un derrière l'autre. « Vas-y, Gerry. Avec ta torche, maintenant. »

Le faisceau a balayé le paysage. La colline rocheuse était derrière nous, éclairée ici et là par la lueur froide de la végétation noyée de mousse. Mais devant nous se déployait un spectacle de désolation : une vaste plaine noire, désolée, sans vie sous le regard des étoiles. Gerry faisait tournoyer sa torche, éclairant tantôt la poussière toute proche, tantôt l'horizon gris, où se perdait la lumière. Seul le vent faisait du bruit.

« Et alors ? a-t-il finalement lâché.

— Examine la poussière. » Je n'allais certainement pas me baisser moi-même, cette fois. « Et quand on sera de retour à la tour, tu casseras une de mes briques – tu verras qu'elle est faite avec le même matériau : une sorte de cendre poudreuse. » D'un geste large, je leur ai désigné la plaine. « Il devait y avoir une ville ici, autrefois. Réduite en poussière, aujourd'hui. Ma tour était peut-être un avant-poste, tu vois ?

— Les habitants disparus des forêts, a-t-il ironisé. Tu avais raison, il n'y a rien de comparable à ça sur les îles. Mais pour une bonne raison : quand il y a un incendie de forêt, *nous*, on fait quelque chose !

— Des *incendies de forêt* ! Laisse-moi rire ! Ils ne réduisent pas *tout* en poussière, il reste toujours au moins quelques souches noircies après leur passage.

— D'accord, tu marques un point. Mais dans la moindre ville en ruine que j'ai pu visiter, a-t-il rétorqué en balayant de sa torche l'amas de poussière, d'un geste qui le réduisait à néant, il y a toujours quelques pierres empilées les unes sur les autres à l'intention des touristes. Tout ce que je vois, ici, c'est un tas de saletés. »

Crystal ne disait rien.

J'ai fait demi-tour, et ils m'ont suivi en silence. Je perdais des points chaque minute. Les amener ici avait été stupide de ma part. À ce moment-là, je n'avais plus qu'une seule idée en tête : retourner à ma tour au plus vite, les renvoyer à Port-Jamison, et retrouver ma solitude.

Nous avions rejoint la forêt envahie de mousse bleue quand, dans mon dos, Crystal m'a lancé : « Regarde, Johnny. »

J'ai fait halte, le temps de les laisser me rattraper, et Crys m'a montré ce qu'elle avait vu.

J'ai ordonné à Gerry d'éteindre la torche. À la lueur moins intense de la mousse, c'était plus facile de voir la fine toile iridescente d'une araignée à rêves, accrochée aux branches basses d'un faux-chêne, et occupée à descendre en oblique vers le sol. Les taches de mousse qui luisaient doucement tout autour de nous n'arrivaient pas à la cheville de cette splendeur. Chaque fil lisse et brillant, gros comme mon petit doigt, arborait toutes les couleurs de l'arc-en-ciel.

Crys a fait un pas en avant, mais je l'ai retenue par le bras. « Attention, ne t'approche pas trop, il y a forcément des araignées dans les parages. Papa araignée ne quitte jamais sa toile ; quant à maman araignée, elle se balade dans les arbres alentour. »

Gerry a levé des yeux remplis d'appréhension. Avec sa torche éteinte, il n'avait tout à coup plus l'air d'un M. Je-sais-tout. Les araignées à rêves sont des créatures dangereuses, et il n'avait jamais dû en voir ailleurs que dans un zoo – il n'y en a pas sur les îles. « Sacrément grande, cette toile, a-t-il murmuré. J'imagine la taille des araignées qui vont avec…

— Tu peux. » Et aussitôt une idée m'a traversé l'esprit. Si une toile de taille moyenne comme celle-là suffisait à le mettre mal à l'aise, j'allais lui en montrer davantage. Après tout, lui-même faisait tout pour *me* mettre mal à l'aise depuis le début de la soirée. « Suivez-moi, je vais vous montrer une araignée à rêves – une vraie. »

Nous avons rapidement contourné la toile, sans voir aucune de ses gardiennes, et je les ai conduits au gouffre aux araignées.

Il formait un grand V dans la terre sableuse – l'ancien lit d'un torrent, peut-être, désormais asséché et envahi par la végétation. Pas très profond, à la lumière du jour, mais assez impressionnant une fois la nuit tombée, quand on le regarde du haut des collines boisées qui le dominent de chaque côté. Le fond est recouvert d'un enchevêtrement de buissons ténébreux dans lequel dansent de petites lueurs fantomatiques. Plus haut, toutes sortes d'arbres, dont les branches se rejoignent presque. En fait, il y en a même un qui relie les deux bords du ravin – une vieille hallebardière pourrissante que le manque d'humidité a fait sécher sur pied, et qui est tombée depuis longtemps en travers du gouffre ; elle forme un pont naturel, un pont festonné de mousse bleue qui luit doucement dans la nuit.

Nous nous sommes tous trois engagés sur le tronc faiblement éclairé, d'où je leur ai fait signe de regarder vers le bas.

Plusieurs mètres en contrebas, un filet irisé, phosphorescent, s'étendait d'une falaise à l'autre. Chaque fil, aussi épais qu'un câble, luisait d'une huile visqueuse. Enlaçant comme elle le faisait tous les arbres au bas du ravin de ses myriades de fils, la toile formait un toit merveilleux qui scintillait au-dessus du gouffre.

C'était superbe, au point qu'on avait envie de tendre la main pour la toucher.

C'est la raison d'être même de ces toiles, bien sûr. Les araignées sont des prédateurs nocturnes, et les couleurs vives de leurs fils distillent un charme puissant lorsqu'ils brillent dans l'obscurité. Pour nombre de créatures, il s'agit d'un leurre irrésistible.

« Regardez, a dit Crystal, voilà l'araignée. » Elle était en train de la désigner du doigt. Dans l'un des coins les plus sombres de la toile, à demi cachée par les branchages d'un arbre-djinn accroché au rocher, elle attendait, immobile. Dans la lueur de la mousse et l'iridescence de la toile, je distinguais faiblement son corps blanc, gros comme une citrouille, ainsi que ses huit pattes.

Gerry a jeté un nouveau coup d'œil inquiet autour de lui, scrutant les branches d'un faux-chêne qui nous surplombait en partie. « La femelle ne doit pas être loin, hein ? »

J'ai acquiescé d'un signe de tête. Si elles ont maints points communs avec les arachnides terrestres, les araignées à rêves de Jamison ont quand même quelques particularités bien à elles. Ici aussi, la femelle, plus menue, se révèle bien plus dangereuse que le mâle – mais, loin de le dévorer, elle forme avec lui une alliance spéciale qui perdure toute leur existence. Car ce sont les filières du gros mâle lymphatique qui tissent la toile incandescente, qu'il enduit de liquides gluants ; et c'est lui qui se charge d'entortiller la proie attirée par la lumière et les couleurs. Pendant ce temps, la femelle, sa poche à poison remplie de venin à rêves – ce venin qui donne des extases splendides avant l'anéantissement complet –, sillonne les branches au cœur de la nuit, en quête des créatures parfois dix fois plus grosses qu'elle, qu'elle piquera pour les traîner, tout engourdies, vers la toile garde-manger.

Les araignées sont malgré tout des chasseresses miséricordieuses, d'un certain point de vue. Elles préfèrent manger leur proie vivante, certes, mais ladite proie a tout l'air d'aimer ça ; il paraît même qu'elle gémit parfois de plaisir. « Celui que l'araignée aura, dans la volupté périra », prétend la sagesse populaire de Port-Jamison. C'est sans doute très largement exagéré, comme tout ce qui sort de la sagesse populaire. N'empêche qu'on n'a jamais vu leurs captifs se débattre.

Sauf cette nuit-là, où quelque chose s'agitait dans la toile, au-dessous de nous.

« Qu'est-ce que c'est que ça ? » Je plissais les yeux pour mieux voir. La toile iridescente était loin d'être vide. Le corps à moitié dévoré d'un ferricorne gisait presque à portée de ma main et, juste un peu plus loin, il y avait une sorte de grande chauve-souris sombre enveloppée de fils brillants. Mais c'était autre chose que je regardais. En face du mâle, près des arbres de la paroi située côté ouest, quelque chose palpitait. Je me souviens avoir entraperçu une créature dont les membres pâles s'agitaient, de grands yeux lumineux, et quelque chose qui ressemblait à des ailes. Mais je ne la voyais pas clairement.

C'est alors que Gerry a glissé.

Peut-être était-ce le vin qui rendait son pas incertain, ou bien la mousse sous ses pieds, ou alors la courbure du tronc sur lequel nous nous tenions. Peut-être essayait-il simplement de passer à côté de moi pour voir ce que je regardais. Toujours est-il qu'il a perdu l'équilibre et qu'il est tombé en poussant un cri aigu, pour se retrouver pris dans la toile cinq mètres plus bas. Celle-ci s'est mise à vibrer tout entière, mais elle ne risquait pas de se briser. Les toiles des araignées à rêves résistent à un ferricorne, après tout, ou à un haret des bois.

« Merde ! » Il avait l'air ridicule. Une de ses jambes dépassait carrément de l'autre côté de la toile, il avait les bras pris dans le piège gluant, avec juste sa tête et ses épaules qui émergeaient du fouillis. « Ça colle, ce truc. Je peux à peine bouger.

— Reste immobile ; ça ne ferait qu'empirer les choses. Je vais trouver un moyen de descendre pour couper les fils. J'ai mon couteau. » J'ai regardé autour de moi en quête d'une branche d'arbre sur laquelle passer.

« John ! » La voix de Crystal était tendue, nerveuse.

Le mâle avait quitté son repaire, derrière l'arbre-djinn. Il se dirigeait lentement mais sûrement vers Gerry, grosse forme blanche qui tranchait sur la beauté surnaturelle de sa toile.

« Putain de merde. » Je n'étais pas vraiment inquiet, plutôt indécis. Jamais je n'avais vu une araignée aussi grosse, et c'était dommage de la tuer. Mais je n'avais pas vraiment le choix. Le mâle n'a pas de venin, mais ça n'en reste pas moins un carnivore, dont la morsure peut être mortelle – surtout avec un spécimen aussi énorme que celui-là. Je ne pouvais pas le laisser s'approcher trop près de Gerry.

J'ai donc retiré une longue flèche grise de mon carquois, lentement, calmement, et l'ai ajustée sur mon arc. Il faisait nuit, bien sûr, mais ça ne m'inquiétait pas outre mesure. Je suis un bon tireur, et ma cible se détachait nettement sur les fils luisants de sa toile.

Crystal s'est mise à hurler.

J'ai aussitôt fait halte, agacé qu'elle panique alors que j'avais la situation bien en main. Mais ce n'était pas ça, j'en avais bien conscience. C'était autre chose. L'espace d'un instant, je me suis demandé quoi.

Et puis, en suivant le regard de Crys, j'ai compris. Une araignée, blanche et grasse, grosse comme un poing, avait atterri sur le tronc à moins de dix pas de nous. Crystal, Dieu merci, se tenait derrière moi, à l'abri.

Je suis resté figé. Combien de temps, je ne saurais le dire. Tout se serait bien passé si je m'étais décidé à agir immédiatement. J'aurais dû commencer par m'occuper du mâle, avec la flèche encochée sur mon arc. Ça m'aurait donné tout le temps ensuite d'ajuster un second projectile pour la femelle.

Au lieu de quoi, je suis resté là, pétrifié, captif de ce moment clair-obscur, de cet instant hors du temps, mon arc à la main. Incapable de bouger.

Tout était si compliqué, brusquement. La femelle me fonçait dessus, plus vite que je ne l'en aurais crue capable ; elle avait l'air tellement plus rapide et dangereuse que l'espèce de chose blanche indolente qui progressait en contrebas. Peut-être devais-je commencer par elle. Mais si jamais je la manquais, rien ne me garantissait que j'aurais le temps de dégainer mon couteau ou de prendre une autre flèche.

Cela ne manquerait pas de mettre Gerry, empêtré comme il était dans sa toile, à la merci du mâle qui avançait inexorablement vers lui. Il risquait la mort, Crystal ne pourrait m'en blâmer. Il fallait que je nous sauve d'abord, elle et moi – elle le comprendrait forcément. Et elle me reviendrait.

Oui.

NON !

Crystal hurlait, hurlait, et tout est devenu clair d'un coup. Je savais ce que tout cela signifiait, pourquoi je me trouvais là, dans cette forêt, ce que j'avais à y faire.

Un moment d'extraordinaire transcendance. J'avais perdu le don de la rendre heureuse, ma Crystal, mais en cet instant, pour un bref instant de temps suspendu, ce pouvoir m'était rendu. Je pouvais lui offrir le bonheur ou l'en priver pour toujours. *Une* flèche suffirait à lui donner une preuve d'amour que jamais Gerry ne pourrait égaler.

J'ai souri, je crois – j'en suis certain, en fait.

Et puis ma flèche sombre s'est envolée dans la nuit fraîche pour aller s'enfoncer dans le corps épais de l'araignée blanchâtre qui parcourait en hâte la dentelle de lumière.

La femelle était sur moi ; je n'ai pas esquissé le moindre mouvement pour l'écarter d'un coup de pied ou l'écraser sous mon talon. J'ai senti comme un coup de poignard à la cheville.

Qu'ils sont brillants et colorés, les pièges que tissent les araignées à rêves !

La nuit, à mon retour de la forêt, je nettoie soigneusement mes flèches, puis j'ouvre mon gros couteau à fine lame dentelée pour entailler les poches de poison que j'ai récoltées. Les unes après les autres, je les ouvre d'un coup sec, comme je l'ai fait déjà pour les détacher du corps blanc de l'araignée. Puis je verse le poison dans des flacons, que Korbec viendra chercher un de ces jours.

Ensuite, je sors un ravissant gobelet miniature d'obsidienne et d'argent, tout gravé de motifs arachnoïdes. Je le remplis à ras bord du lourd vin noir qu'on m'apporte de la ville, je remue celui-ci avec la lame de mon couteau, le tourne et le retourne jusqu'à rendre le liquide encore un peu plus foncé. Et puis je monte sur la terrasse.

Souvent, alors, les paroles de Korbec me reviennent en mémoire – et avec elles ma propre histoire. Crystal – mon amour –, Gerry, les lumières, les araignées dans la nuit. Tout me semblait tellement facile en ce bref instant où j'ai pris ma décision sur le pont couvert de mousse, mon arc à la main. Et tout est allé tellement mal ensuite, tellement *mal*...

... à partir du moment où je me suis réveillé, après un mois de fièvre et de visions, dans la tour où Crys et Gerry m'avaient ramené pour me soigner. Mon choix, ce choix transcendant, n'avait pas été aussi décisif que j'aurais pu le croire, en fin de compte.

Je me demande parfois si ça relevait vraiment d'un choix. Nous en avons souvent parlé, pendant ma convalescence, et l'histoire que Crystal m'a racontée n'a pas grand-chose à voir avec celle dont je me souviens. D'après elle, on n'aurait jamais vu la femelle avant qu'il soit trop tard, elle se serait laissée tomber silencieusement sur ma nuque au moment où je lâchais la flèche censée tuer le mâle. Crys l'aurait ensuite écrasée avec la torche que Gerry lui avait donnée, et moi, j'aurais dégringolé dans la toile.

En fait, j'ai bel et bien une blessure à la nuque, et rien à la cheville. Et son histoire sonne vrai. Car j'ai appris à connaître les araignées à rêves au fil des années, ces longues années qui s'écoulent au ralenti depuis cette nuit-là ; je *sais* que les femelles sont des chasseresses furtives, qui se laissent tomber sur leur proie à l'improviste. Elles ne chargent pas comme des ferricornes hystériques. Ce n'est pas leur genre.

Et ni Crystal ni Gerry ne se souviennent d'une pâle créature ailée dans la toile.

Moi, pourtant, je m'en souviens parfaitement... comme je me souviens de la femelle en train de se précipiter sur moi en cet instant interminable où je suis resté pétrifié. Oui, mais… la piqûre de l'araignée à rêves provoquerait des effets bizarres sur le cerveau, à ce qu'on dit.

Ça ne m'étonnerait pas.

Parfois, quand P'tit-Gris se décide à monter l'escalier derrière moi, griffant de ses huit pattes blanches les briques couleur de suie, je suis frappé par l'étrangeté, l'incohérence de tout ce qui m'entoure – je comprends alors que j'ai vécu trop longtemps dans mes rêves.

Mais les rêves sont souvent plus beaux que la réalité, les histoires qu'on se raconte bien plus charmantes que notre quotidien.

Crystal ne m'est pas revenue, ni alors ni jamais. Ils sont repartis après mon rétablissement. Et le bonheur que je lui avais apporté, ce choix qui n'était pas un choix, ce sacrifice qui n'en était pas un, le don que je lui avais fait pour toujours… tout cela n'a pas duré un an. Korbec m'a parlé d'une violente scène de rupture entre elle et Gerry ; ma Crys aurait quitté Jamison depuis.

Ça doit être vrai, pour peu qu'on puisse ajouter foi aux dires d'un homme comme Korbec. Ça ne me préoccupe pas outre mesure, je l'avoue.

Moi, je me contente de tuer des araignées à rêves, de boire du vin, de caresser P'tit-Gris. Et chaque nuit, je monte au sommet de ma tour de cendres pour contempler les lumières dans le lointain.

Chicago, Illinois
Août 1974

SAINT GEORGES OU DON QUICHOTTE

Le *Flycaster*[1] ressemblait peu ou prou à un poisson, mais à un poisson dont on aurait enlevé toute la chair. Pour ne laisser que la tête – un petit habitacle hermétique – et la queue – les moteurs à fusion. Entre les deux se trouvait l'arête dorsale, un réseau entremêlé de poutrelles et d'appareillages ouvert sur le froid de l'espace.

Et puis il y avait Vito, solidement attaché à l'« arête », près du harpon, pour éviter de se retrouver à flotter dans le vide pendant que Janie réglait leur orbite sur celle du vieux satellite qui tournait sous eux.

Tout en effectuant ses manœuvres, il étudiait l'engin à travers la visière de son casque. Se détachant en noir sur le fond bleu-vert de la Terre, celui-ci ressemblait à un oiseau de métal, se dit Vito, avec ses deux panneaux solaires déployés comme des ailes d'argent.

Mais l'oiseau était mort. Janie avait procédé à des mesures d'énergie dès qu'il s'était trouvé assez près de leur propre vaisseau. Néant.

1. La *canne à pêche* serait l'équivalent le plus proche en français. *(N.d.T.)*

« Ça y est, entendit-il dans la radio de son casque, à toi de jouer.

— D'accord. » Vito vit défiler des chiffres sur le mini-ordinateur fixé au poignet de sa combinaison spatiale. Puis, hochant la tête d'un air satisfait, il fit pivoter le harpon. D'un mouvement rendu lent et minutieux par l'apesanteur, il l'amena peu à peu jusqu'au point où les chiffres de la mire correspondaient exactement avec ceux que lui avait donnés l'ordinateur ; le satellite se trouvait juste au centre de son viseur.

Comme à chaque fois, il eut un instant d'hésitation au moment où sa main gantée se refermait sur la détente. Il se fiait totalement à l'ordinateur – pour le harpon, par contre, c'était une autre affaire. Récupéré sur un vieux baleinier et expédié depuis la Terre, il avait été soudé sur place par Janie. Vito le trouvait encore plus déglingué que le reste du *Flycaster*.

Aussi fut-ce en fermant les yeux qu'il appuya sur la détente.

Quand il les rouvrit, le harpon était à mi-chemin du satellite, traînant derrière lui un long câble si mince que Vito le voyait uniquement lorsque le soleil jouait dessus. Un instant plus tard, l'une des ailes du grand oiseau se repliait sans un bruit.

« Je l'ai eu », s'écria Vito, soupirant de soulagement.

Puis il attendit patiemment que Janie ait fini d'exécuter les manœuvres de halage. Quand le satellite eut touché la poutrelle extérieure, il se laissa flotter jusqu'à elle et y fixa la prise à côté des autres avec des crampons magnétiques. C'était la quatrième, la plus grosse. Le compartiment des instruments faisait près de deux mètres, les ailes, beaucoup plus. Mais elles restaient quand même petites par rapport au *Flycaster*.

Une fois la prise arrimée, il retourna vers l'habitacle, posant une main après l'autre le long de la poutrelle avec une habileté dénotant une longue habitude de l'apesanteur. L'habitacle était la partie la moins impressionnante du *Flycaster*. Les placards, le tableau de bord et les pupitres de commande occupaient presque l'intégralité de la place. Il restait juste assez d'espace pour un petit cabinet de toilette et deux fauteuils pouvant faire office de couchettes. Et Janie.

Quand il entra, celle-ci était assise dans l'un des fauteuils, ceinture bouclée, en train de vérifier quelque chose sur l'ordinateur. Une fois sorti du sas, il s'approcha d'elle en essayant d'éviter au passage sous-vêtements et chaussettes sales. La porte du placard à linge était détraquée, elle s'ouvrait toute seule chaque fois que Janie manœuvrait l'astronef.

« Avec ça, dit-elle, on finit de couvrir les frais de l'expédition. Et on n'a même pas besoin de repartir en chasse. J'ai de nouveau quelque chose sur l'écran. »

Vito, tout sourire, l'embrassa sur la nuque avant de commencer à retirer sa combinaison spatiale. « Parfait.

— Il est bizarre, ce truc, poursuivit Janie, les yeux toujours fixés sur son écran. Trop gros pour un satellite. Boucle ta ceinture, je vais nous propulser plus près. »

Vito jeta sa combinaison dans un placard et entreprit de récupérer les chaussettes. Pour presque aussitôt y renoncer, aller s'allonger sur la couchette en les laissant flotter librement dans la cabine. Janie était en train de modifier leur orbite.

« On y sera dans à peu près une heure, dit-elle.

— Hum, marmonna Vito. *Gros* comment ?

— Énorme. Autant que nous, d'après mes mesures. Qu'est-ce que ça peut être, à ton avis ?

— Une fusée de la fin du XXe siècle, peut-être. Ils construisaient de vrais monstres à l'époque des combustibles chimiques. »

Janie secoua la tête. « J'y ai pensé. Mais ces fusées comportaient plusieurs étages, et ils larguaient les premiers. Ça, c'est aussi gros qu'une fusée complète.

— Alors il doit s'agir d'un laboratoire spatial abandonné, ou bien d'un de ces mystérieux engins chinois d'il y a trente ans, ou encore d'un cadavre de cosmonaute dont les Russes ne nous ont jamais parlé – ou d'une soucoupe volante. N'importe quoi. On verra bien quand on y sera. Ce qui est sûr, en tout cas, c'est qu'on va se faire du fric. » Tout sourire, il défit sa ceinture et entreprit de récupérer le linge sale.

Une heure plus tard, Vito jouait moins les blasés. Il regardait d'un œil fixe l'image agrandie de la cible sur la visionneuse de la cabine. « Bordel de merde, finit-il par lâcher, qu'est-ce que c'est que ce truc ?

— Du fric, tu disais, si j'ai bonne mémoire. »

Vito n'apprécia pas la plaisanterie. « Bon Dieu, regarde-moi ça ! Mais regarde un peu ! »

Ce qu'ils firent, bouche bée.

L'engin était à peine plus gros que le *Flycaster*, mais bien plus massif que leur propre astronef tout en poutrelles et en tubulures. Suspendu dans le froid de l'espace, il était long et mince, brillant comme un miroir avec le soleil qui dansait sur ses flancs argentés. C'était un modèle d'aérodynamisme – on aurait presque dit une aiguille gigantesque.

« Bel objet, fit Vito, mais à quoi peut-il bien servir ?

— Il ne semble absolument pas adapté à l'espace. Comme s'il avait plutôt été conçu pour voler dans l'atmosphère. Mais alors, qu'est-ce qu'il peut bien foutre ici, dans le vide ? »

Vito était déjà en train d'ouvrir un placard. « Approche-toi autant que possible. Je vais prendre un aérojet et aller me rendre compte sur place. »

Il s'appelait Peter Van Dellinore, mais personne n'utilisait ce nom – c'était bien trop long, trop compliqué. Pour les relations d'affaires de son père, il était Van Junior ; Van pour les simples connaissances, et Pete pour les copains. Après coup, un chroniqueur le baptisa « le dernier des romantiques », ce qui a le mérite de la clarté. En d'autres temps, il aurait pu être un nouveau Byron. Grand, élégant, mince mais athlétique, les cheveux blond cendré et les yeux bleus, il avait le sourire facile – et explosait tout aussi facilement. Et il avait de l'argent à ne savoir qu'en faire.

Il était l'héritier de la fortune des Van Dellinore. Son père, Clifford Van Dellinore, avait fondé la CVD Holosystems, Inc., et présidé à la création de la CBC – la Continental Broadcasting –, le premier réseau d'holovision, resté par la suite le plus important. Et puis il y avait eu la Delnor Lasers, les ordinateurs Lightway, la Compagnie aérospatiale Douglas-Dellinore et les Duralliages New Era, dont la famille Dellinore possédait quantité d'actions.

Son père, né modérément riche, était devenu un homme d'affaires aussi brillant qu'impitoyable. Pete, qui avait trouvé des millions dans son berceau, était tout le contraire du père. Doué – tout le monde le reconnaissait –, mais, de l'avis même de son géniteur, incapable d'employer ses dons à bon escient.

L'homme qui le comprenait le mieux, c'était Ray Lizak, un vieux copain d'université. Petit brun falot, Lizak avait toujours rêvé de mener une vie aventureuse, mais n'en avait eu, apparemment, ni le temps ni l'occasion. Et voilà qu'à l'université il s'était retrouvé à partager la chambre de Pete. En l'espace d'un an, il avait piloté des voitures de sport, tâté de la plongée et du parachutisme, fait le tour du monde en un week-end et perdu son pucelage. Il s'était aussi fait arrêter six fois pour avoir pris part à toutes sortes de manifestations plus ou moins saugrenues. Pete était un chef-né, mais né pour mener le combat des causes perdues ; Lizak, quant à lui, avait hérité du rôle d'assistant-né.

Il y eut, par exemple, l'histoire du bâtiment de l'École d'administration. C'était l'un des plus vieux édifices du campus, mais pas encore assez pour qu'on puisse le classer monument historique. Avant que Pete ne s'en mêle, tout le monde le trouvait affreux. Énorme et sombre, construit en briques rouges friables, il manquait totalement d'harmonie. Un côté du toit était désespérément plat, l'autre en pente. À un coin s'élevait un clocher carré, mais sans cloches, à un autre une espèce de tour pointue. Sans compter l'escalier d'incendie qui grimpait en spirale autour de la moitié du bâtiment telle une toile d'araignée métallique. L'intérieur était mal éclairé, le plancher gondolait et l'acoustique se révélait catastrophique. Bref, une horreur, que personne n'appréciait.

Mais quand l'université annonça qu'elle allait le démolir pour le remplacer par un bâtiment plus moderne, Pete se mit à pousser de hauts cris. « Regarde ce bâtiment, dit-il à Lizak. Il n'a pas été construit par un architecte. Il est complètement asymétrique, comme s'il avait poussé là tout seul, au hasard. C'est le seul de son espèce dans le monde entier, il n'y en aura jamais d'autres comme lui. Il est *sublime* de laideur. On ne peut *pas* les laisser le démolir pour construire une autre de leurs cages à lapins à la place ! »

Le jour où les démolisseurs arrivèrent, six mois plus tard, ils se retrouvèrent face à près de cinq cents étudiants qui scandaient LAISSEZ-NOUS NOTRE ÉCOLE en faisant la chaîne pour les empêcher de passer. Si bien qu'il avait fallu faire appel la police pour les disperser, avant que la démolition ne puisse commencer.

Voilà à quoi ressemblait Pete, à dix-neuf ans.

Ses dernières années d'études, il les consacra néanmoins à des choses plus sérieuses. Il organisa des manifestations pour la paix, l'écologie et la liberté sexuelle – n'hésitant parfois pas à mélanger les trois. Un mois durant, il campa devant le laboratoire de biologie pour protester contre les recherches sur les armes biochimiques. Il exhorta un bon millier de manifestants à se rendre devant la principale usine Douglas-Dellinore de fabrication de missiles stratégiques. Son père ne lui adressa plus la parole pendant près d'un an, après ça, mais son groupe abandonna néanmoins la construction de missiles. Ils se réconcilièrent quand Pete lança une pétition pour protester contre la réduction du budget de la Nasa – et recueillit dix mille signatures. Douglas-Dellinore avait besoin de la Nasa.

Lizak prenait plaisir à excuser Pete auprès des gens qui le traitaient de cinglé. C'était devenu en quelque sorte sa vocation. « Vous comprenez, disait-il, ce n'est pas qu'il soit fou, juste qu'il se prend pour saint Georges. » Ça, c'était quand il pensait que Pete avait un minimum de chances de mener à son terme l'aventure dans laquelle il s'était embarqué. Si l'entreprise était par trop utopique, ça devenait : « … il se prend pour Don Quichotte. »

Pete aimait le vin, la bière, les voitures de sport, les avions, les jolies filles, la poésie, la pizza, les brioches, le brouillard, les belles bagarres et les beaux orages, et les gens intéressants qui faisaient des choses intéressantes. Il détestait la guerre, le foie de veau, le froid – et les gens ordinaires qui portaient des costumes-cravate. Et ce qu'il aimait le plus – en même temps qu'il le *détestait* le plus –, c'était l'espace.

Les expéditions dans l'espace lui paraissaient une chose merveilleuse, mais la façon dont elles se déroulaient dans la réalité lui déplaisait souverainement. Un jour, le ciné-club de l'université avait passé un vieux film de science-fiction sur le premier voyage vers la Lune, suivi d'un enregistrement vidéo du véritable événement. Pete n'était pas encore né quand le film avait été tourné, ni même au moment des premiers pas de l'homme sur la Lune, mais les voyages dans l'espace figuraient en bonne place dans la liste des « Choses à faire » qu'il s'était rédigée.

Il avait préféré le film.

« Le vrai alunissage était d'un *morne*, expliqua-t-il à Lizak. Le programme spatial ne ressemble *vraiment* à rien. La Terre est déjà bien assez aseptisée comme ça ; ils devraient au moins laisser l'espace à l'état naturel. Leurs foutus astronautes, ils ressemblent davantage à des ronds-de-cuir qu'à des explorateurs. Quant aux premiers mots de l'Homme sur la Lune, tu me concéderas qu'il y a mieux, comme déclaration historique ! On voyait bien qu'Armstrong *récitait* son texte. C'est sans doute un type des relations publiques de la Nasa qui lui avait pondu ça. »

Il commença alors à s'intéresser de près à ce qui se faisait dans le domaine spatial, pour y trouver à redire la plupart du temps. L'expédition soviétique sur Mars ne manqua pas de le décevoir, la première émission qui en parvint ayant consisté en une série de mesures scientifiques. Mais il restait malgré tout favorable au programme spatial. Il se disait, expliquait Lizak, que plus tard, on pourrait y mettre bon ordre.

Ayant suivi une spécialisation en administration des entreprises pour faire plaisir à son père, Pete, un peu assagi mais dans l'ensemble égal à lui-même, passa quelque temps dans les bureaux du dernier étage de la tour de la CBC à apprendre comment seconder son géniteur, allant même jusqu'à mener à bien seul quelques petites affaires. Mais tout cela ne tarda pas à l'ennuyer, aussi se mit-il rapidement en quête de quelque chose de plus intéressant à faire.

Il avait vingt-six ans quand les Russes annoncèrent leur mission pour Jupiter. Le *Jupiter* (l'imagination était totalement absente du programme spatial russe, Pete ne cessait de le répéter) devait être construit dans leur station orbitale, pour un lancement un an plus tard.

En annonçant, moins d'une semaine après, la construction du *Patrick-Henry*[1] pour la même mission, la Nasa créa un fort courant d'intérêt dans le grand public. Pour la première fois en cinquante ans, la course à l'espace semblait devoir justifier son nom, puisque deux astronefs allaient partir à peu près en même temps pour la même destination.

Parmi les gens que cela passionnait, il y avait Pete, qui posa sa candidature pour embarquer sur le *Patrick-Henry*.

« Pourquoi pas ? déclara-t-il au journaliste venu le voir quand la presse eut vent de la chose. Je suis jeune, je m'y connais en lasers, en ordinateurs et en moteurs à fusion, et j'ai quantité d'heures de vol à mon

1. Patrick Henry était un patriote américain, célèbre pour s'être écrié « *Give me liberty or give me death !* » (« La liberté ou la mort ! »). *(N.d.T.)*

actif. Ce voyage représente une grande aventure, et je suis sûr de pouvoir apporter beaucoup à l'équipage. »

La Nasa n'apprécia guère. Questionné à ce sujet lors de la conférence de presse durant laquelle on annonça sa nomination, le commandant du *Patrick-Henry*, Donaldson, ne manqua pas de le prendre de haut. « Il s'agit d'une mission scientifique, pas d'une… aventure. Les amateurs d'émotions fortes, on peut aisément s'en passer. Ce sont des gens instables, en général. »

Pete aurait probablement répliqué vertement, si ce n'était aussi mal tombé. Quelques heures après cette conférence, Clifford Van Dellinore passait en effet de vie à trépas. Il y eut les funérailles, suivies d'une période de deuil – et d'une lutte acharnée pour le pouvoir –, si bien que Pete ne fit aucune déclaration publique pendant des mois.

Il avait hérité de 37 % des actions des Entreprises Van Dellinore, sa jeune sœur de 10 %, et le reste de la famille de 10 % supplémentaires. Le reliquat était resté entre les mains d'amis de son père. Pete prit donc son téléphone, et se retrouva P-DG. Après avoir digéré le fait de le voir revendiquer le fauteuil présidentiel, les associés de son géniteur s'étaient en fin de compte décidés à lui donner sa chance sans trop se faire prier. Ça aurait fait plaisir au paternel, se disaient-ils.

Ou pas.

Entre-temps, la Nasa avait annoncé la composition de l'équipage du *Patrick-Henry*. Pete n'en faisait pas partie. L'astronef était en construction en orbite, à proximité de la station Shepard. Une espèce de squelette d'un noir terne, les entrailles ouvertes sur l'espace pour en faciliter l'accès en cas de réparation. Seul le compartiment avant allait être aménagé en habitacle. Certains journalistes trouvaient qu'il ressemblait à un gratte-ciel inachevé.

Mais ça n'avait aucune importance. Les émissions soviétiques en provenance de la Roue de Komarov montraient un *Jupiter* qui, de son côté, ressemblait à une grosse tomate grise.

Le grand départ des deux astronefs était prévu pour février.

En juillet, Pete convoqua une conférence de presse au sommet de la tour de la CBC. Toute la presse imprimée et audiovisuelle avait répondu présente. La plupart des journalistes étaient des spécialistes des questions financières. S'il n'avait rien fait de plus merveilleux que de devenir P-DG, Pete avait déjà la réputation d'être une petite merveille des affaires.

Jusqu'à présent, du moins.

« Vous devez vous demander pourquoi je vous ai fait venir ici aujourd'hui », commença-t-il, tout joyeux. Lizak, l'attaché de presse de Pete, fut le seul à lui rendre son sourire. Les journalistes financiers ne sont guère portés sur le badinage. « Je serai bref, poursuivit Pete. Voilà : nous allons envoyer un astronef en direction de Jupiter – et, histoire de veiller au bon usage qui sera fait de nos capitaux, je me trouverai à bord. »

Il y eut un silence stupéfait. Puis quelqu'un éclata de rire.

« C'est une blague ?

— Pas du tout.

— Vous construisez *vraiment* un astronef ? Où ça ?

— Dans mon jardin, évidemment », fit Pete, pince-sans-rire.

Vito accosta l'astronef argenté à quelques mètres du sas. La voix crachotante de Jan jaillit presque aussitôt dans la radio de son casque. « Alors, qu'est-ce que c'est ?

— Je n'en sais encore rien », lui répondit-il patiemment. Ses semelles lui permettaient d'adhérer à la coque, ce qui lui laissait les mains libres pour détacher le métallomètre fixé à sa jambe. Il se hâta de l'actionner. « La coque est en duralliage, dit-il. Ça t'évoque quelque chose ?

— Ouais, ce truc ne peut donc pas avoir plus de soixante ans. Le duralliage n'a remplacé l'acier qu'au début du XXIe siècle. »

Après avoir remis le métallomètre en place, Vito se dirigea vers le sas. La porte extérieure était grande ouverte, il n'eut donc aucune difficulté à entrer. Le sas était large, davantage que celui du *Flycaster*. La porte intérieure n'était pas davantage fermée.

« C'est immense. L'engin n'est pas pressurisé, en tout cas. » D'un coup d'aérojet, il se propulsa dans ce qui avait dû être le poste de commande.

Il y faisait sombre, mais pas vraiment noir. La paroi avant formait une baie renflée en plastique translucide, qui permettait à Vito de voir le ciel étoilé et, loin en dessous, la Terre, sur laquelle se détachait le *Flycaster*, que Janie avait positionné en orbite parallèle, à trois cents mètres environ.

Vito entreprit d'examiner la cabine à la lumière de sa planète natale.

« Pourquoi ne dis-tu rien ? lui demanda Janie. Quelque chose ne va pas ?

— Je *regarde*.

— À quoi ça ressemble, à l'intérieur ?

— À pas grand-chose. C'est bien un astronef, ou du moins ça l'a été, mais la cabine est vide. Des montants pour des couchettes, mais pas de couchettes. Un tableau de commandes, mais pas de commandes. Des trous là où il devrait y avoir des claviers et des touches, et tout un tas de saloperies en suspension : des outils, des rouleaux de fil, ce genre de trucs. »

Vito poussa une cloison et marcha jusqu'à une série de placards. « Pas de provisions, dit-il après en avoir ouvert plusieurs. Et pas davantage de combinaisons spatiales. » Il passa de longues minutes à fouiller l'intégralité de la cabine, ouvrant toutes les portes qui voulaient bien se laisser ouvrir, démontant chaque panneau, sans jamais cesser sa description à l'intention de Janie. « Pas de système d'alimentation. Il n'y a plus de circuits, pour peu qu'il y en ait jamais eu. Pas d'équipement de survie non plus. Un pupitre d'ordinateur – mais pas d'ordinateur, apparemment. »

Janie poussa un soupir. « Quelqu'un a dû passer avant nous. Tout ce qui a de la valeur a disparu.

— Non, pas tout, répliqua Vito en se propulsant à nouveau vers le sas. Il y a encore la coque. Elle est en duralliage – et du duralliage massif, s'il te plaît ! »

Il marqua une pause dans le sas. Quelque chose lui avait échappé la première fois. Quatre bouteilles à oxygène antédiluviennes étaient fixées à la paroi, vides à en croire les jauges qui les constellaient. Et il y avait un mot inscrit en long sur chacune d'elles.

« *Challenger* », déchiffra Vito.

Construire un astronef dans son jardin relève bien entendu de l'impossible – Pete n'en avait d'ailleurs jamais eu l'intention. Ce qu'il voulait, c'était monter le *Challenger* en orbite, à côté du *Patrick-Henry*. Il était prêt à payer grassement la Nasa pour utiliser la navette basée à cap Canaveral et les chantiers de construction orbitaux de la station Shepard.

Ladite Nasa n'avait pas vraiment encore donné son accord quand il l'annonça à sa conférence de presse, mais Pete ne doutait pas de la convaincre. Après tout, la Nasa avait toujours besoin d'argent – et l'argent, il n'en manquait pas. De toute façon, il avait déjà fait plus fort que ça : il avait convaincu son propre conseil d'administration.

Il avait présenté la chose comme une opération publicitaire sensationnelle.

Tout collait à merveille. Puisqu'il allait commander l'expédition, le nom de Van Dellinore serait sur toutes les lèvres. Le *Challenger* serait construit par Douglas-Dellinore, New Era s'occuperait de sa coque en duralliage massif. L'ordinateur de bord serait un Lightway 999 et la Delnor Lasers se chargerait des télécommunications avec la Terre. Quant à la CBC, elle aurait l'exclusivité du premier survol de Jupiter pour l'holovision.

L'addition se montait à cinq cents millions de dollars, mais Pete pouvait se montrer fort éloquent quand il le voulait. Sans même parler des 37 % d'actions qu'il avait en sa possession.

Les Entreprises Van Dellinore allaient donc bel et bien avoir un astronef – mais de quel genre, on ne le découvrit qu'une semaine plus tard.

Pete reçut les ingénieurs de Douglas-Dellinore qui avaient conçu les plans du *Patrick-Henry* pour la Nasa dans ses bureaux situés au sommet de la tour de la CBC. Fiers de leur travail, ils présentèrent à Pete quelque chose du même genre, en plus perfectionné.

« Non, déclara Pete, je ne veux pas d'une espèce de caisson volant aussi pourri que celui de la Nasa. Je veux quelque chose de *bien*.

— Mais c'est ce qu'il y a de mieux, insista l'un de ses interlocuteurs. Je vous assure que le *Jupiter* est bien moins performant et je vous parie...

— Je ne veux pas non plus d'une copie du *Jupiter*, l'interrompit Pete. C'est un astronef qui *ressemble* à un astronef que je veux, bon Dieu ! »

L'ingénieur en chef se gratta la tête. « Et à votre avis, monsieur Van Dellinore, à quoi doit ressembler un astronef ? »

Pete le leur expliqua.

« C'est vraiment n'importe quoi, marmotta l'un des ingénieurs une fois qu'ils furent sortis du bureau. Ce qu'il veut, c'est un engin tiré d'un vieux film de science-fiction, pas un véritable astronef. Il lui faut même une baie vitrée. Vous vous rendez compte ! Et on a mis une demi-heure pour le convaincre de renoncer aux ailerons de queue. C'est dingue. Ce type est cinglé. »

Lizak se sentait obligé de prendre la défense de Van Dellinore. « Il n'est pas cinglé. Mais il faut se mettre à sa place. Pete se prend pour saint Georges. Il ne peut donc pas foncer vers Jupiter sur l'équivalent moderne d'un cheval de labour ! »

En fin de compte, les plans ne différèrent qu'à la marge de ceux du *Patrick-Henry*. On supprima quelques appareillages de secours, on rapprocha les diverses sections, et on enferma le tout dans une belle coque de duralliage argenté.

En attendant, d'autres problèmes s'accumulaient de toute part. À part les journalistes de la CBC, qui parlaient d'une « entreprise hardie destinée à mettre l'espace à la portée de l'homme de la rue », tout le monde tirait à boulets rouges sur l'opération. Et la Nasa ne donnait pas sa part au chien.

« Tout ça n'est pas sérieux, expliqua le commandant Donaldson à la presse. L'exploration de l'espace n'a rien d'un jeu, mais personne n'en a averti M. Van Dellinore, apparemment. *Nous*, nous montons une expédition scientifique. Lui, il fait ça pour s'amuser.

— Je n'ai jamais vu pareille inconscience, dit un porte-parole de la Nasa. Partir ainsi pour l'espace sans préparation adéquate, c'est *beaucoup* trop dangereux. Quand le moment sera venu de laisser de simples particuliers se rendre sur d'autres planètes, on organisera des voyages réguliers sur des astronefs absolument sûrs, homologués par l'administration. Mais on en est loin. Il est hors de question d'autoriser Van Dellinore à utiliser nos installations. Nous n'avons pas l'intention de l'aider à se suicider. »

Un projet de loi visant à interdire l'espace à tout particulier qui n'aurait pas le « visa spatial » de la Nasa dormait depuis longtemps dans les tiroirs de la Commission des affaires spatiales du Sénat. Mais il arriva comme par hasard en discussion à ce moment-là, et la Commission ne manqua pas d'en recommander l'adoption.

Pete laissa courir pendant un certain temps. Puis, en août, il convoqua une nouvelle conférence de presse.

« Ils refusent de nous louer leurs installations ? Parfait. Nous construirons donc les nôtres, déclara-t-il, et nous atteindrons Jupiter avant eux. »

Privé de cap Canaveral comme base de lancement, Pete racheta les installations de Woomera – celles de feu le programme spatial britannique – pour en faire un astroport moderne.

Privé des navettes de la Nasa, il en fit construire deux par Douglas-Dellinore. Le *Pogo Stick*[1] et le *Leapfrog*[2] étaient des répliques exactes des engins de la Nasa, jusqu'à ce que Pete fasse peindre dessus des motifs psychédéliques.

1. *Pogo Stick* : jouet d'enfant constitué d'un bâton monté sur ressorts, qui permet de se déplacer par sauts. *(N.d.T.)*
2. *Leapfrog* : saute-mouton. *(N.d.T.)*

Privé de la station Shepard, il annonça qu'il allait faire édifier la sienne propre. Lorsqu'ils en découvrirent les plans, les journalistes la surnommèrent immédiatement le « beignet Dellinore ».

En septembre, la construction du *Patrick-Henry* fut achevée – les essais allaient pouvoir commencer. Les navettes de la Nasa transportèrent à bord les trente hommes de l'équipage, les uns après les autres. Les Russes, de leur côté, mettaient la dernière main au *Jupiter*. Pete, quant à lui, en était encore à recruter des ouvriers et à chercher les cinq hommes qui allaient compléter son équipage.

En octobre, après les essais du *Patrick-Henry*, le commandant Donaldson déclara qu'il n'avait jamais arpenté meilleur bâtiment de toute sa carrière. Les Russes désignèrent le colonel Tahl pour commander le *Jupiter*, lui aussi achevé désormais. Et à Woomera, on mettait la dernière main à l'astroport de Pete.

Les gens se passionnaient, pariaient à qui mieux mieux. À Las Vegas, Tony le Croate, l'autorité en la matière, donnait le *Patrick-Henry* à 5 contre 2, le *Jupiter* à 3 contre 1, et le *Challenger* à 50 contre 1.

La première semaine de novembre, les navettes de la Nasa commencèrent à approvisionner le *Patrick-Henry* pour son long voyage. Le *Jupiter* revenait d'un vol d'essai autour de la Lune ; quant au *Pogo Stick*, il transportait en orbite les premiers éléments du Beignet. Et la direction de Douglas-Dellinore envoya à Pete ses meilleurs hommes pour lui faire comprendre qu'il était battu.

« Je suis désolé, Van, lui dit le directeur du projet, mais la partie est finie. Pour atteindre Jupiter au moment le plus favorable, il faut absolument partir en février. Et on n'y arrivera jamais. Pas moyen. Même avec deux équipes là-haut, on aura de la chance si on achève le Beignet à cette date ; alors le *Challenger*...

— Bon, dit Pete, faisons une croix sur le Beignet. On se contentera du *Challenger*.

— Mais il faut bien loger quelque part les ouvriers qui vont se charger de la construction ! Ils ne vont pas dormir dans leur combinaison spatiale, quand même ! »

Pete s'accorda quelques instants de réflexion, puis : « Écoutez, voilà ce qu'on va faire : on va envoyer nos gars là-haut en même temps que le *Pogo Stick*. Le *Leapfrog* les ravitaillera en même temps qu'il apportera les pièces pour le *Challenger*. On se débrouillera avec une seule navette. »

Le directeur du projet se tourna vers ses collaborateurs, implorant leur aide du regard. L'un d'eux griffonnait des calculs sur son bloc-notes. « Même comme ça, conclut-il, ça ne marchera pas. Avec une seule navette, on aura tout juste fini d'expédier les pièces là-haut d'ici à février. Rien à faire.

— C'est bon ! s'écria Pete. Arrêtez de me répéter que c'est impossible ! Si on ne peut pas partir en février, on partira en mars, voilà tout. Le *Challenger* n'aura qu'à être plus rapide que les autres. »

Le directeur du projet poussa un soupir. Il commençait à en avoir sérieusement marre. « Ce n'est pas aussi simple. Partir plus tard compliquerait énormément l'ensemble de l'opération. Il nous faudra beaucoup plus de combustible, ainsi qu'une poussée bien plus forte. Autrement dit, de plus gros moteurs, plus puissants. Ce qui augmentera la masse de l'astronef. Il faudra tout reprendre de zéro.

« Mais non. Jonglez avec ce que vous avez. Il y a plein de moyens de diminuer sa masse. En réduisant l'équipage à un seul homme, on supprime un tas de provisions et d'équipement de vie. Supprimez sondes et détecteurs, et vous voilà débarrassés d'un tiers de la masse excédentaire. Doublez la taille et la puissance des moteurs, prévoyez le combustible en conséquence. Il n'y aura plus ensuite qu'à calculer le temps qu'on mettra à arriver à proximité de Jupiter. »

Les autres le regardèrent, éberlués.

« Mais… tout ce gâchis… bredouilla l'un.

— Pas de sondes ? s'étrangla un autre. Vous ne pourrez pas faire d'expériences. Comment comptez-vous étudier Jupiter sans sondes ?

— En me posant dessus », dit Pete, superbe. Tous en restèrent bouche bée.

Mais on découvrit par la suite qu'au moins deux d'entre eux l'avaient pris au sérieux.

L'équipage du *Patrick-Henry* fêta Noël à bord, au cours d'un voyage d'essai autour de la Lune. Les Russes annoncèrent qu'ils avançaient d'une semaine la date de leur départ : ils partiraient fin janvier. Et Pete fit une déclaration à la CBC.

« Voilà comment ça aurait dû se passer depuis toujours, dit-il, un sourire jusqu'aux oreilles. Avec panache, parce que l'espace est le dernier refuge des romantiques, de tous les rêveurs qui n'ont pas leur place sur Terre. Je vais reprendre les étoiles à tous ces technocrates, ces *bureaucrates*, pour les donner à ceux qui sont capables de vraiment les apprécier. »

Là-haut, à coups d'heures supplémentaires payées triple, les ouvriers commençaient à assembler les pièces de la coque du *Challenger* autour de ses énormes moteurs à fusion.

De nouveau à l'extérieur, Vito évoluait le long de la coque en écoutant Janie, baigné par la lumière du Soleil et des étoiles.

« C'est dommage de ne pas disposer d'un fichier informatisé, disait-elle. Ce nom me dit quelque chose, mais je n'arrive pas à mettre le doigt dessus. Ça remonte à loin, de toute façon. Au début du XXIe siècle, au moins, si ce n'est à la fin du XXe. »

Vito avait le soleil dans le dos. L'ombre de ses jambes formait de longs sabres argentés sur la coque. Les voir le fit sourire – il songeait au noir terne du *Flycaster*.

« Il est vraiment chouette, en tout cas, remarqua-t-il. Je me demande qui l'a fait construire.

— Un dingue. Ce machin n'a aucune raison de se trouver là. Il ne devrait même pas exister. »

Vito ne répondit pas. Il avait trouvé le panneau qui permettait d'accéder aux moteurs en cas de panne. Empoignant son laser, il fit sauter les boulons qui le maintenaient en place et se glissa à l'intérieur.

Il n'y avait pas de baie vitrée. La seule lumière provenait des étoiles, visibles par le trou à présent béant du panneau. Vito alluma donc sa torche. Pour se retrouver entouré de tout un enchevêtrement de machines d'un noir luisant.

« Alors ? s'impatientait Janie.

— Il y a bien des moteurs à fusion, énormes, mais loin d'être récents, c'est une certitude. On pourrait obtenir la même poussée aujourd'hui avec des moteurs trois fois plus petits. N'empêche, ça devait leur garantir une belle accélération. Le *Challenger* n'avait rien d'un tortillard de l'espace, je te le garantis. »

Janie s'excita tout à coup. « Formidable ! Tu penses qu'il est encore récupérable ? On pourrait peut-être le bricoler pour le remettre en état de marche ? »

Vito promenait sa torche de toutes parts, trouant les froides ténèbres qui séparaient les moteurs. « Mouais. Il n'y a pas de commandes ici non plus. Et pas de combustible, naturellement. Je mettrais ma main au feu que ces moteurs ne sont raccordés à *rien*, rien du tout. Toute la grosse artillerie est là, mais ça pêche franchement côté finitions. Tu sais, acheva-t-il après un nouveau regard circulaire, j'ai bien l'impression que cet astronef n'est jamais allé nulle part. »

En fin de compte, Pete se fit avoir. À l'usure. Quand on rêve, on se fait toujours avoir.

Le Sénat adopta la loi sur le visa spatial durant la première semaine de janvier. « En un sens, déclara l'auteur du projet, cette affaire Van Dellinore aura été un mal pour un bien. Ça nous a obligés à réglementer plus strictement les voyages dans l'espace. Et je suis ravi que nous ayons pu le faire aussi rapidement. »

La deuxième semaine de janvier, l'équipe de Douglas-Dellinore, menacée d'arrestation, regagna la Terre. Elle venait de terminer le montage de la coque du *Challenger*.

La troisième semaine de janvier, le conseil d'administration de Pete se révolta. Et le flanqua dehors.

« Cette histoire est un fiasco complet, s'indigna le porte-parole de ses adversaires à la réunion du conseil. Merde ! Nous avons voté pour une campagne de publicité à cinq cents millions de dollars censée faire de nous des bienfaiteurs de l'humanité, nous donner une pure merveille d'astronef, faire doubler les chiffres de vente du moindre de nos produits, et couronner le tout par un documentaire sensationnel pour l'holovision.

« En fait, pour trois fois plus que la somme initialement prévue, nous n'avons récolté que de la mauvaise publicité. Au lieu d'apparaître comme des gens sérieux patronnant des recherches de pointe, on passe pour des gugusses juste bons à financer une vulgaire combine publicitaire. Notre marge de sécurité est tellement mince qu'une catastrophe n'a rien d'inenvisageable – je n'ai pas besoin de vous faire un dessin pour vous expliquer l'effet que ça produirait. Et qui va s'amuser à regarder une émission sur la *troisième* mission vers Jupiter ? Et que fait notre P-DG pendant ce temps ? Il déclare au pays qu'il va ouvrir la voie aux amoureux de l'espace.

« Et ce n'est pas tout ! Le voilà maintenant qui nous demande d'ignorer la loi. Eh bien moi, j'en ai plus qu'assez. Arrêtons les frais, renonçons au projet Jupiter et remplaçons M. Van Dellinore par un nouveau P-DG. »

Et il demanda un vote. Pete avait toujours 37 % des actions. Si sa sœur refusa de le lâcher, tous les autres actionnaires passèrent dans l'opposition.

Il céda de fort mauvaise grâce. « Allez vous faire foutre, lança-t-il au conseil. Vous ne voulez pas m'aider ? Eh bien, je me débrouillerai sans vous. » Et il partit en claquant la porte.

Le nouveau P-DG hocha tristement la tête. « Nous avons commis une erreur en choisissant Van Dellinore. Il n'est pas le digne héritier de son père. Je me demande même s'il n'est pas un peu fou. »

Lizak, resté pour ramasser les procurations de Pete, poussa un soupir. « Il faut le comprendre, monsieur le président. Pete n'a rien d'un fou. C'est juste qu'il se prend pour Don Quichotte. »

Pete avait encore sa fortune personnelle, qui était considérable. Il en réalisa la plus grande partie du jour au lendemain. « Je vous paierai moi-même, dit-il aux hommes pour les décider à reprendre le travail. Je *doublerai* votre salaire. Et si vous êtes arrêtés, je vous paierai un avocat. Ce n'est pas le moment de tout lâcher, on ne va pas se laisser battre par ces salauds.

Le monde entier a les yeux fixés sur nous. Vous pouvez accomplir un exploit historique. »

Les hommes ne manquèrent pas d'applaudir son discours. Mais ce fut tout. Ils étaient réalistes, et le rêve de Pete ne représentait pour eux qu'un boulot comme les autres.

Le *Jupiter* partit la dernière semaine de janvier, tandis que le *Patrick-Henry* effectuait ses derniers essais. Pete, n'ayant toujours personne pour travailler sur le *Challenger* en orbite, demanda à engager les Russes qui avaient fabriqué le *Jupiter*. Les autorités soviétiques ne daignèrent même pas répondre.

La première semaine de février, le *Patrick-Henry* partit à son tour. Pete annonça qu'il allait lui-même terminer le *Challenger* en orbite en recrutant, parmi les chômeurs de l'aéronautique, une équipe sans aucune expérience de l'espace. Mais quand il voulut se rendre à Woomera, on l'arrêta pour avoir essayé de quitter la Terre sans visa.

À peine avait-il obtenu sa libération sous caution que le nouveau P-DG annonça la vente du *Pogo Stick*, du *Leapfrog* et de la base de Woomera à la Nasa. Pete surenchérit. La société refusa son offre. Pete l'attaqua en justice.

Le *Jupiter* avait déjà dépassé Mars quand le procès s'ouvrit, suivi de près par le *Patrick-Henry*. Pete, de guerre lasse, laissa alors tomber.

Inutile de dire qu'il ne vit jamais Jupiter de près. Même la station Shepard, il n'y alla qu'une fois, vingt ans plus tard, en qualité de président de la Commission des affaires spatiales. On tenait à ce qu'il fasse un laïus aux premiers colons qui partaient s'installer sur Ganymède.

« Ça ira ? s'enquit Vito, une fois à mi-chemin entre le *Challenger* et le *Flycaster*.

— Une seconde, laisse-moi vérifier. Oui, je crois qu'on peut y arriver, même sans équipement de tractage spécial. Dommage qu'on n'ait pas un peu plus de puissance. Mais ça devrait coller en y allant doucement. On va sans doute devoir l'arrimer très serré – il va falloir carrément le ficeler au *Flycaster*.

— La coque est en duralliage, lui rappela-t-il. Ça ne se perce pas comme de l'acier. Il faudra passer nos filins par le sas et le panneau de la chambre des moteurs.

— Et la baie avant – n'oublie pas la baie avant.

— Tu as raison, on pourra la briser facilement. »

Sitôt qu'il se fut agrippé à la surface du *Flycaster*, Vito se dirigea vers le harpon.

Jupiter compte treize satellites de nos jours ; celui qui porte le nom de *Patrick-Henry* ressemble peu ou prou à un gratte-ciel inachevé. Chaque jour, des astronefs chargés de touristes quittent les hôtels de Ganymède et de Callisto pour aller en faire le tour, et les guides leur retracent sa courte victoire – deux jours –, et la catastrophe qui s'ensuivit.

Le *Jupiter*, ramené au sol, remonté pièce par pièce, occupe toute une aile de l'Institut d'astronautique de Moscou. L'orgueilleuse plaque fixée sur sa coque rappelle son sauvetage de l'équipage du *Patrick-Henry* en détresse, et le retour triomphal que la Terre lui a réservé.

À quatre reprises, ils l'ont percé de leur cruel harpon. Perché au sommet du *Flycaster*, Vito surveille l'opération de halage, songeant au prix qu'ils vont pouvoir tirer de leur prise.

Chicago, Illinois
Juillet 1973

LA BATAILLE DES EAUX-GLAUQUES

(en collaboration avec Howard Waldrop)

Quand les hommes de la station des Eaux-Glauques virent l'étoile filante traverser le firmament, ils surent qu'il s'agissait d'un présage.

Ils l'observèrent en silence depuis la tourelle du laser, en haut de la tour centrale. Apparue dans le ciel nocturne au nord-est de la station, l'étoile traça un brillant sillage au milieu de la fine brume de poussière que formaient les spores, passa au zénith, puis disparut enfin à l'ouest, derrière l'horizon.

Sheridan, le zoologiste au crâne ovoïde, fut le premier à parler – pour lancer une remarque tout à fait superflue : « Bon, c'est fini. »

Delvecchio secoua la tête. « Ça ne fait que *commencer* », rectifia-t-il en se tournant vers les autres. Sur les sept survivants, seuls cinq étaient présents. Sanderpay et Miterz se trouvaient encore à l'extérieur, à prélever des échantillons.

« Ils vont réussir à se poser, reprit fermement Delvecchio. Ils ont traversé trop lentement l'atmosphère pour avoir brûlé comme un météore. Le radar va peut-être réussir à les repérer par triangulation.

L'atterrissage a dû être brutal, mais ils ont une chance de s'en être tirés. »

Reyn, le plus jeune de l'équipe, leva les yeux de la console radar et hocha la tête pour confirmer l'opinion de son chef. « Pas de problème, je les ai sur mon écran. Encore que ce soit un miracle qu'ils aient pu suffisamment ralentir avant de rentrer dans l'atmosphère. D'après les bribes de phrases que j'ai pu saisir malgré les parasites, ils ont dû se faire rudement secouer, là-haut.

— Si jamais ils survivent, fit Delvecchio, ça va nous mettre dans une position difficile. J'avoue ne pas trop savoir que faire.

— Moi, si, dit Sheridan. On se prépare au combat. Si tant est qu'il y ait des survivants après un tel atterrissage, il faut qu'on soit prêts à se défendre. Ils seront couverts de moisissure avant d'arriver ici. Et ils *viendront*, vous le savez. Il va falloir les tuer. »

Delvecchio le fusilla du regard. Le zoologiste n'y allait jamais par quatre chemins, et cela ne lui facilitait guère la tâche – il devait ensuite mettre fin aux bagarres que provoquaient ses sorties percutantes. « D'autres suggestions ? » demanda-t-il aux autres.

Reyn avait une lueur d'espoir dans les yeux. « On pourrait essayer de leur porter secours *avant* que la moisissure ne s'empare d'eux. » Il désigna d'un geste la fenêtre, derrière laquelle se déployait le paysage marécageux envahi de moisissure. « On pourrait prendre un petit aéro pour tenter de les rejoindre. On les ramènerait par petits groupes jusqu'à la station, et on les isolerait dans la salle de stérilisation… » Il passa une main nerveuse dans ses épais cheveux noirs. « Non. Ils sont probablement trop nombreux. Ça demanderait trop de voyages. Sans même parler des noctules des marais… Je ne sais pas.

— Le vaccin, suggéra Granowicz, un grand mince, spécialiste en exopsychologie. On pourrait leur apporter du vaccin par aéro. Après, ils pourraient tenter d'atteindre la station à pied.

— Le vaccin n'agit pas très longtemps, objecta Sheridan. Son effet a tendance à s'affaiblir rapidement, et il ne garantit aucune immunité persistante. D'ailleurs, qui va se dévouer pour le leur apporter ? Toi, peut-être ? Tu te rappelles la dernière fois qu'on a sorti un aéro ? Ces maudites noctules l'ont mis en pièces. C'est comme ça qu'on a perdu Blatt et Ryerson. Ça fait près de huit mois que la moisissure nous cloue au sol. Qu'est-ce qui te fait croire qu'elle va tout d'un coup nous laisser bien gentiment décoller ?

— Il faut quand même tenter le coup », lança Reyn avec fougue. À en juger par le tour que prenait la discussion, Delvecchio voyait poindre incessamment une bagarre de tous les diables. Il suffisait que Sheridan soit d'un avis pour que Reyn défende son contraire. « Ce sont des *hommes* qui sont là-bas, vous vous rappelez ? Ike a raison, je pense : on peut leur apporter du vaccin. On a quand même une petite chance de réussir. On peut lutter contre les noctules, *nous*, alors que ces pauvres types n'ont pas la moindre chance contre la moisissure.

— Ils n'ont pas la moindre chance *quoi qu'on fasse*, rétorqua Sheridan. C'est *nous* qui sommes en danger. Eux, ils sont condamnés. La moisissure sait qu'ils sont là-bas, à l'heure qu'il est. S'il y a des survivants, elle est probablement en train de les attaquer.

— C'est bien le problème, intervint vivement Delvecchio avant que Reyn n'ait le temps de répliquer. Il faut partir de l'hypothèse que la moisissure va sauter sur l'occasion pour les capturer et les envoyer nous attaquer.

— Exactement ! s'exclama Sheridan en hochant vigoureusement la tête. Et n'oubliez pas : nous n'avons pas affaire à de simples civils. L'astronef qui s'est fait descendre transportait des troupes. Les survivants seront armés jusqu'aux dents. Et nous, qu'avons-nous en dehors du laser de la tourelle ? Des fusils à tranquillisant, quelques couteaux. Pour se battre contre des stridences, des canons de 75 mm, et Dieu sait quoi d'autre encore. Sans préparation, on est morts. *Morts !* »

Granowicz se tourna vers Delvecchio. « Qu'en penses-tu, Jim ? Tu crois qu'il a raison ? Qu'on a une chance de s'en tirer ? »

Son interlocuteur poussa un soupir. Sa position de chef n'était décidément pas une sinécure. « Je comprends parfaitement ton point de vue, Bill, dit-il en se tournant vers Reyn. Mais j'ai bien peur d'être d'accord avec Sheridan. Ton plan est foireux, sans compter qu'il n'y a pas que nos vies en jeu. Si les survivants ont des stridences ou des armes lourdes, ils n'auront aucun mal à abattre les murs de la station. Vous savez tous ce que ça signifie. L'astronef censé venir nous ravitailler arrive dans un mois. Si jamais la moisissure pénètre dans la station, la Terre n'aura plus à se préoccuper des Fyndayi. La moisissure mettra définitivement fin à la guerre ; elle n'aime pas beaucoup que ses hôtes se battent entre eux. »

Sheridan hochait la tête de plus belle. « Exact. Il faut donc qu'on élimine les survivants. Il n'y a pas d'autre solution. »

Andrews, le petit mycologue d'une nature éminemment discrète, intervint alors pour la première fois : « On pourrait tenter de les capturer, suggéra-t-il. Je suis en train de tester plusieurs formules susceptibles de tuer le parasite sans nuire à son hôte. On pourrait les maintenir en état d'hibernation jusqu'à ce que j'aie trouvé la bonne.

— Et combien d'années ça prendrait ? demanda sèchement Sheridan.

— Non, intervint Delvecchio, on n'a aucune raison d'espérer pouvoir les battre – ils ont tous les avantages de leur côté. Je ne vois donc pas comment on pourrait même *envisager* de les capturer.

— Mais qui vous dit qu'on ne peut pas les sauver ? insista Reyn, en tapant du poing sur la console. Il faut tenter le coup. Le jeu en vaut la chandelle.

— On a réglé ça, Bill, trancha Delvecchio. Pas de tentative de sauvetage. Nous n'avons que sept hommes pour lutter contre… des centaines d'adversaires, peut-être. Je ne peux pas me permettre d'en perdre un pour la beauté du geste.

— La beauté du geste, rétorqua Reyn, ce serait plutôt sept hommes qui essaient d'en battre des centaines. D'ailleurs, il n'y a peut-être qu'une poignée de survivants à sauver.

— Et s'ils ont tous survécu ? répliqua Sheridan. S'ils ont tous été victimes de la moisissure ? Réfléchis, Reyn. Il y a de la poussière de spores absolument partout. Ils vont en absorber dès qu'ils se mettront à respirer de l'air non filtré. Dans soixante-douze heures, ils partageront le lot de toute vie animale sur cette planète, et la moisissure les lâchera sur nous.

— Merde à la fin, Sheridan ! hurla Reyn. Ces types se trouvent peut-être encore dans leurs capsules d'hibernation. Ils ne savent peut-être même pas encore ce qui s'est passé. Comment diable veux-tu que je le sache ? Si on arrive à l'astronef *avant* qu'ils n'en sortent, on a encore une chance de les sauver, ou du moins de faire quelque chose. Il faut tenter le coup !

— Non mais tu t'écoutes parler, de temps en temps ? Un atterrissage brutal, ça bousille presque à coup sûr le système d'hibernation. Ces types sont réveillés, ça ne fait pas l'ombre d'un doute. Et la première chose qu'ils vont faire, c'est regarder leurs cartes. Sauf que l'existence de la moisissure est un secret d'État : ils n'auront aucune idée du merdier dans lequel ils sont tombés. Tout ce qu'ils y apprendront, c'est que la station des Eaux-Glauques est la seule construction humaine de la planète. Ils se dirigeront forcément par ici. Ils vont se faire contaminer. Et on aura une attaque sur les bras.

— C'est pour ça qu'il faut faire vite, riposta Reyn. Il faudrait armer quelques aéros et partir tout de suite. Sans perdre une minute. »

Delvecchio décida de mettre fin à la discussion. La dernière du genre avait duré une nuit entière. « On tourne en rond à discutailler comme ça. » Il lança un regard sévère aux deux hommes. « Ça ne nous sert à rien de continuer à ergoter, sauf à exacerber les tensions entre nous. D'ailleurs, il se fait tard. » Il consulta sa montre. « Allons nous reposer… disons six heures. On reprendra à l'aube. Nous serons plus calmes, moins fatigués, et on aura les idées un peu plus claires. Et puis, Sanderpay et Miterz seront rentrés. Ils ont leur mot à dire, eux aussi. »

Trois de ses compagnons marmonnèrent leur accord. Pas le quatrième.

« Non », protesta énergiquement Reyn. Il se leva, dominant tous les autres de sa taille. « Ce sera trop tard. Il n'y a pas de temps à perdre.

— Bill, tu… commença Delvecchio.

— Ces hommes vont peut-être y passer pendant que nous dormons, l'interrompit crânement Reyn. Il faut absolument faire quelque chose.

— Non, dit Delvecchio. C'est un ordre. On en reparlera demain matin. Va te coucher, Bill. »

Reyn lança des regards à la ronde, en quête de partisans. Pour n'en trouver aucun. Il fusilla Delvecchio des yeux, puis tourna les talons et sortit.

Delvecchio dormit mal. Il se réveilla au moins à deux reprises, dans des draps froids trempés de sueur. Dans ses cauchemars, il sortait de la station pour aller ramasser des échantillons à analyser. Enfoncé jusqu'aux genoux dans la vase verdâtre, il regardait au loin un tracteur amphibie qui bringuebalait dans la boue dans sa direction. Un être humain était perché dessus, les traits cachés par son masque-filtre et sa mince combinaison dermique. Quand Delvecchio lui faisait signe, le conducteur lui répondait et commençait à s'approcher. Pour s'arrêter à sa hauteur, descendre du tracteur et lui agripper fermement la main.

Sauf qu'à ce moment-là Delvecchio pouvait voir à travers le masque transparent. C'était Ryerson, son ami Ryerson, le géologue qui avait péri. Un Ryerson à la tête grotesquement enflée, avec de longs rubans de moisissure qui lui pendaient des oreilles.

Le second cauchemar lui ôta toute envie de se rendormir. Ils n'avaient jamais retrouvé Ryerson et Blatt, après l'accident. Vu la violence du choc, de toute façon, ils n'auraient sans doute pas retrouvé grand-chose. Mais Delvecchio rêvait souvent d'eux, et il avait l'impression de ne pas être le seul à qui ça arrivait.

Il s'habilla dans le noir et se rendit à la tour centrale. Sanderpay, le spécialiste des télécommunications, était de garde. Il s'était endormi sur la petite banquette installée près de la tourelle du laser, où les détecteurs de la station pouvaient le réveiller immédiatement en cas de danger. Le duralliage renforcé des murs était un matériau ultrarésistant, mais la moisissure avait à sa disposition quelques bestioles fort dangereuses. Sans même parler des sas à garder.

Décidant de laisser Sanderpay dormir, Delvecchio se rapprocha de la fenêtre. Les grands projecteurs installés sur les murs inondaient le terrain alentour d'un violent rayonnement blanc qui donnait à la boue un miroitement écœurant. On voyait des spores flottantes traverser rapidement les faisceaux lumineux. Il semblait y en avoir bien plus que d'habitude, surtout vers l'ouest, mais c'était sans doute son imagination qui lui jouait des tours.

Mais cela pouvait aussi signifier que la moisissure était... inquiète. La poussière de spores avait toujours été dix fois plus épaisse autour de leur établissement que partout ailleurs à la surface de la planète. Ç'avait d'ailleurs été l'un des premiers indices laissant entendre que cette saleté de moisissure était intelligente – et qu'elle leur était hostile.

Ils ignoraient encore jusqu'où allait ladite intelligence, mais son hostilité ne faisait quant à elle pas le moindre doute. La moisissure parasitait toutes les espèces de la planète ; à un moment ou à un autre, elle s'était servie de la plupart d'entre elles pour attaquer la station. Elle voulait *aussi* les hommes. Voilà pourquoi une pluie de spores s'abattait en permanence sur les Eaux-Glauques depuis plus d'un an. Le champ de force qui entourait la station les empêchait d'y pénétrer, et les salles de stérilisation étaient équipées pour tuer toutes celles qui se seraient accrochées à un tracteur ou à une combinaison, ou qui auraient été aspirées dans le sas. Mais la moisissure n'abandonnait pas la partie.

À l'autre bout de la pièce, Sanderpay se redressait sur sa couchette avec force bâillements. Delvecchio se tourna vers lui. « Bonjour, Otis. »

Sanderpay étouffa un dernier bâillement d'une énorme main rougeaude. « Bonjour, répondit-il en dépliant ses longs membres. Qu'est-ce qui se passe ? C'est toi qui prends le tour de garde de Bill ? »

Delvecchio se raidit. « Hein ? Reyn devait te relever ? »

Sanderpay se tourna aussitôt vers l'horloge. « Euh… oui. Ça fait une heure qu'il aurait dû le faire, le petit salopard. Ça me file des crampes, moi, de dormir sur ce truc. On pourrait le rendre un peu plus confortable, non ? »

Delvecchio écoutait à peine. Sans répondre, il s'approcha d'un bond de l'interphone mural pour joindre Granowicz, dont le poste était le plus proche du hangar à aéros. À en croire sa voix, l'appel l'avait réveillé.

« Ike, c'est Jim. Va au hangar, vite. Dis-moi combien il reste d'aéros. »

Granowicz fut de retour moins de deux minutes plus tard, qui leur parurent une éternité. « Le numéro 5 n'est plus là, dit-il, la voix parfaitement réveillée désormais.

— Merde. » Delvecchio coupa brutalement la communication et se tourna d'un mouvement brusque vers Sanderpay. « La radio, vite. Il manque un aéro. Appelle-le. »

Tout étonné qu'il fut, Sanderpay s'exécuta néanmoins. Delvecchio le regarda faire sans cesser de jurer entre ses dents.

Les parasites finirent par laisser place à une voix humaine : « Oui, Otis, je t'écoute. » C'était la voix de Reyn, bien entendu.

Delvecchio se pencha sur l'émetteur. « J'avais dit : pas d'opération de sauvetage. »

Il y eut un éclat de rire entrecoupé de parasites. « Vraiment ? Merde alors ! Ça a dû m'échapper, Jim. Les longues conférences ont tendance à m'ennuyer, je ne t'apprends rien.

— Je ne veux pas d'un héros mort sur les bras. Reviens !

— J'en ai bien l'intention. Après leur avoir apporté le vaccin. Je vais ramener dans mon aéro autant d'hommes que possible. Le reste fera le chemin à pied. Le vaccin a un effet très temporaire, mais ça devrait suffire pour peu qu'ils aient atterri là où on l'a estimé.

— Nom de Dieu ! jura Delvecchio. Bill, fais demi-tour. Tu te souviens de Ryerson ?

— Bien sûr. Il était géologue. Un petit bonhomme bedonnant, c'est ça ?

— Reyn ! »

Petit gloussement. « Oh, ne t'inquiète pas pour moi, va ! Je compte bien réussir. Ryerson n'était pas sur ses gardes – et il en est mort. Pareil pour Blatt. Moi, je ne commettrai pas la même erreur. J'ai monté un laser sur l'appareil. Deux noctules ont d'ailleurs déjà eu l'occasion d'en tâter. Ces énormes bestioles sont tellement faciles à abattre.

— *Deux*, tu dis ! La moisissure peut en envoyer des centaines, s'il lui en prend l'envie. Écoute-moi, bon sang ! Reviens !

— Mais oui, ne t'inquiète pas ! Mais pas sans mes invités. » Puis il coupa la communication dans un éclat de rire.

Delvecchio se redressa, les sourcils froncés. Sanderpay, estimant sans doute qu'il fallait dire quelque chose, parvient péniblement à sortir un « Eh bien, euh… » Delvecchio ne l'entendit même pas.

« Reste sur cette fréquence, Otis. Sait-on jamais, cet imbécile serait bien capable de réussir. Je veux être prévenu dès son retour. » Il se dirigea vers l'interphone. « Essaie de l'appeler à peu près toutes les cinq minutes. Ça m'étonnerait qu'il te réponde, mais bon.

Il va se retrouver dans un joli merdier, si ce laser monté Dieu sait comment le lâche. »

Il se tourna vers l'interphone, composa le numéro de Granowicz. « Ike, c'est encore Jim. Va voir dans l'atelier ce qu'il a pris comme laser. J'attends.

— Pas la peine. On a déjà vérifié. C'est un des petits modèles, de faible puissance. Il l'a soudé à la va-vite et il a tout laissé branché. C'est Ned qui a découvert ça – il a vu aussi qu'il avait bricolé des supports pour tenir son laser. Et il a également pris un thermo-conteneur.

— OK. Merci, Ike. Rassemblement général ici dans dix minutes. Il faut qu'on s'organise.

— Eh bien, ça va ravir Sheridan !

— Non. Si. Peut-être… » Delvecchio coupa la communication, puis appela Andrews.

Le mycologue mit un bon moment avant de répondre. « Arnold ? fit sèchement Delvecchio quand l'autre se manifesta enfin, tu peux aller voir ce qui manque dans les stocks ? »

Andrews fit son retour au bout de quelques minutes interminables. « Un tas de fournitures médicales : des seringues, des pansements, des éclisses en plastique et même quelques sacs à cadavres. Qu'est-ce qui se passe ?

— Reyn est parti, et vu ce que tu viens de me dire, c'est *vraiment* pour une opération de sauvetage. Il en a pris beaucoup ?

— Pas mal. Mais rien qu'on ne puisse remplacer.

— Bon. Réunion ici dans dix… non, dans cinq minutes.

— D'accord. » Puis Andrews raccrocha.

Delvecchio appuya sur le bouton qui ouvrait tous les canaux de la base. C'était la première fois en quatre mois qu'il l'utilisait – depuis le jour où les hydres s'étaient massées près des murs de la station. Ç'avait été une fausse alerte ; pas cette fois, il le savait.

« Réunion dans cinq minutes dans la tourelle », dit-il.

Les murs froids que les machines faisaient vibrer répercutèrent ses mots en une série d'échos.

« ... Que si on ne se prépare pas *maintenant*, il sera beaucoup trop tard ensuite. » Delvecchio fit une pause pour observer les cinq hommes affalés sur leurs sièges. Sanderpay était toujours devant le poste de radio, ses interminables jambes allongées jusqu'au centre de la pièce. Ses quatre compagnons s'étaient regroupés autour de la table, une tasse de café à la main.

Aucun d'eux ne semblait prêter une attention particulière à ce que disait leur chef. Granowicz regardait par la fenêtre d'un air absent, les pensées et les yeux tournés, comme à son habitude, vers la moisissure qui poussait sur les arbres autour de la station. Andrews, penché sur un bloc-notes, était en train de griffonner, un stylo à la main. Ned Miterz, un grand blond aux épaules carrées, avait du mal à rester calme ; Bill Reyn était son meilleur ami. Tour à tour il pianotait sur la table, avalait de grandes gorgées de café, et tirait nerveusement sur sa moustache tombante. Sheridan avait le regard rivé au sol.

Mais, chacun à sa façon, ils écoutaient, même Sanderpay, malgré son casque sur les oreilles. Quand Delvecchio eut cessé de parler, Sanderpay ramena ses longues jambes sous son siège et prit la parole. « C'est horrible d'en être arrivé là, Jim, dit-il tout en frottant ses oreilles engourdies par le casque. Que ces soldats aient débarqué ici, ce n'était déjà pas une bonne nouvelle en soi. Mais Bill va se retrouver dans le même guêpier, maintenant qu'il est parti les rejoindre. Je pense, eh bien, je pense qu'il faut faire une croix sur lui. Et se préoccuper des attaques à venir. »

Delvecchio poussa un profond soupir. « C'est dur à avaler, je le sais. S'il finit par les trouver sans s'être fait prendre avant, eh bien, tout sera pour le mieux. S'ils ont été exposés à l'air ambiant, dans trois jours ils appartiendront à la moisissure, qu'ils aient ou non été vaccinés. S'il les ramène, on les met trois jours en observation, histoire de voir si les symptômes apparaissent. Dans l'affirmative, il faudra les tuer. Sinon, on n'aura rien perdu, et on fera la même chose quand les autres arriveront. Mais ça fait beaucoup de "si", tout ça… S'il ne réussit pas, on peut le considérer comme mort. En fait, il est fort probable que tous ces types soient morts, ou qu'ils aient été contaminés. Dans un cas comme dans l'autre, on se prépare au pire et on oublie Reyn jusqu'à son retour. Ce que je vous demande, pour l'heure, c'est de réfléchir à des moyens *pratiques* de nous défendre contre des soldats bien armés agissant sous l'emprise d'une intelligence que nous ne comprenons pas. »

Il passa une fois encore ses compagnons en revue.

Sanderpay poussa une soudaine exclamation et attrapa le micro, sous le regard interdit de ses compagnons.

« On t'écoute, Bill », dit-il en branchant le haut-parleur mural. Les grésillements de la radio qui emplirent alors la salle les firent grincer des dents.

« … Raison. Ce foutu machin envoie des insectes envahir l'appareil… s'écrasent… sur les instruments… pare-brise… barbouillés… » C'était la voix de Reyn. En bruit de fond, ils percevaient comme un crépitement de pluie d'orage.

« … noctules juste avant les insectes… probablement en train de passer à l'attaque. Foutu support de laser… pas tenu… » Il y eut un bruit sourd. « … peux plus tourner… l'ai eu, ce salaud… bon Dieu de bon Dieu… » Deux nouveaux coups sourds, puis une espèce de frottement métallique.

« … dans les arbres… Perds… altitude… noctules… quelque chose coincé dans le moteur… Merde, plus de jus… rien. Si je… »

Puis plus rien. À part de nouveaux grésillements.

Le visage blême, l'air assommé, Sanderpay attendit quelques secondes avant d'essayer de reprendre contact avec Reyn. Au bout d'un moment, il se résolut à baisser le son.

« Voilà ce qui nous attend dans deux ou trois jours, dit alors Delvecchio. La moisissure ne recule devant rien pour capturer des créatures douées d'intelligence. Dès qu'elle se sera emparée des survivants, elle les enverra attaquer notre station. Et ils sont armés, pas besoin de vous le rappeler.

— On lui avait pourtant bien dit de ne rien tenter », fit sèchement Sheridan.

Miterz posa brutalement sa tasse de café et se releva d'un bond. « Espèce de connard, tu pourrais pas la fermer pour une fois ? Bill est probablement mort à l'heure qu'il est, et tout ce que tu trouves à dire, c'est "Je vous l'avais bien dit" ! »

Sheridan sauta sur ses pieds à son tour. « Tu crois que j'aime ça, écouter quelqu'un se faire tuer en direct ? Juste parce que je ne l'aimais pas ? Tu crois que c'est drôle ? Hein ? Tu crois que j'ai envie de me battre avec des gens dont c'est le *métier*, de se battre ? Hein ? » Fixant l'un après l'autre chacun de ses compagnons, il se passa une main sur le front pour essuyer la sueur qui s'y était formée. « Eh bien non, je n'en ai pas la moindre envie. J'ai la trouille. Ça ne m'amuse pas de dresser des plans de bataille alors qu'il y a peut-être des hommes là-bas, blessés ou à l'agonie, qui ne peuvent compter sur personne pour leur porter secours. »

Il marqua une pause. Sa voix, déjà tendue à craquer, se mit à trembler. « Reyn a été stupide de sortir de la station. Mais peut-être a-t-il été le seul d'entre nous à faire preuve d'humanité. Je me suis contraint à ne *pas* penser au sort de ces hommes. J'ai essayé de vous préparer à l'idée de vous battre au cas où certains de ces soldats parviendraient jusqu'à nous. Et puis merde ! J'ai *peur* de sortir dans cette forêt infestée ! Déjà que je n'ose pas m'approcher de la moisissure, même à l'intérieur de la station… Zoologiste, moi ? Je n'arrive même pas à faire mon travail. Tous les animaux de cette planète portent ce… ce truc immonde. Moi, je n'en supporte même pas le contact. Je ne veux pas non plus me battre, mais, tôt ou tard, je doute d'avoir le choix. »

Il s'essuya une fois encore le visage, puis se tourna vers Delvecchio. « Je… excuse-moi, Jim. Toi aussi, Ned. Excusez-moi, tous. Je suis… j'ai… Je n'aime pas plus ça que vous. Mais il faut bien en passer par là. » Il se rassit, l'air infiniment las.

Delvecchio se frotta le nez – décidément, son statut plus ou moins officiel de chef n'avait pas que des avantages. Sheridan ne s'était jamais laissé aller à ce point. Il ne savait pas très bien comment prendre la chose.

« Eldon, dit-il enfin, ne t'en fais pas. » Pour autant qu'il s'en souvienne, c'était la première fois que quelqu'un de la station appelait Sheridan par son prénom. « Ça ne va être facile pour personne. Tu as peut-être raison, à propos de notre humanité. Il faut parfois savoir laisser ses sentiments de côté pour penser à… euh, je ne sais pas. La moisissure a enfin trouvé le moyen d'arriver jusqu'à nous. Elle se servira des soldats pour nous attaquer, comme elle s'est servie du moindre être vivant de cette maudite planète, comme elle essaie de nous avoir en ce moment même, pendant qu'on discute, en nous envoyant des vers fouisseurs, des insectes et des arthropodes. Les défenses de la station devraient suffire contre ces bestioles. Notre seul *vrai* problème, ce sont les soldats.

— Rien que ça ? s'exclama Granowicz.

— Ça, et ce que nous allons devoir faire s'ils réussissent à abattre les murs ou à neutraliser le champ de force. Il n'est pas conçu pour résister à des stridences, à des lasers ou à des explosifs, juste pour empêcher les insectes et autres bestioles volantes d'entrer. L'une des premières choses à faire, je pense, c'est de trouver le moyen de renforcer le champ – en le branchant sur les autres sources d'énergie, par exemple. Et puis il y a les murs, et les sas d'entrée. Ce sont les endroits les plus vulnérables. Une dizaine de bonnes charges d'explosifs suffirait à tout faire s'écrouler. Je ne vois pas comment on peut résister.

— Pourquoi se contenter de résister ? » intervint Miterz. Il avait toujours le visage durci, mais l'objet de sa colère était passé de Sheridan à la moisissure. « Qu'est-ce qui *nous* empêche de passer à l'attaque en premier ? »

Les suggestions se mirent alors à pleuvoir. La moitié étaient impossibles à appliquer, le quart peu susceptibles de réussir, et la plupart des autres parfaitement grotesques. Au bout d'une heure, ils avaient éliminé toutes les solutions impraticables – mines, pièges, clôture à haute tension, etc. Jamais Delvecchio n'avait assisté à conversation plus étrange. Elle illustrait parfaitement la folie d'hommes projetant la perte d'autres hommes, et la nature même des hommes en question rendait la chose plus étrange encore. Tous étaient des scientifiques ou des techniciens, pas des militaires ni des tueurs. Ils dressaient leurs plans sans enthousiasme, avec le calme de ceux qui vont avoir à porter le cercueil d'un ami à son enterrement, avec le détachement de ceux dont c'est le tour de former un peloton d'exécution à l'aube.

Ce qui, d'une certaine façon, était bel et bien le cas.

Une heure plus tard, Delvecchio, enfoncé jusqu'aux chevilles dans la boue verdâtre, maniait laborieusement une scie électrique en suant toute l'eau de son corps sous sa mince combinaison. La scie était branchée sur la batterie d'un tracteur sur lequel était perché Miterz, un laser de chasse sur les genoux ; il levait l'arme de temps à autre pour abattre une des hydres qui rampaient dans les broussailles alentour.

Delvecchio avait déjà entaillé à la base quatre des grands arbres qui entouraient la station des Eaux-Glauques, jusqu'aux trois quarts des troncs environ. Juste assez pour que le laser de la tourelle puisse abattre rapidement les arbres en cas de besoin. C'était une idée de manœuvre désespérée, mais les hommes qui l'avaient conçue *étaient* désespérés.

Son cinquième arbre faisait plus que de la résistance. Il était d'une essence différente, dur comme du roc, tout noueux et couvert de plantes grimpantes. Delvecchio avait déjà dû changer deux fois de lame alors qu'il n'en avait entaillé que la moitié. Ça l'avait mis sur les nerfs. Il suffisait que la scie glisse, fende sa combinaison, pour qu'il se retrouve à la merci des spores.

« Putain de scie ! s'exclama-t-il en voyant la lame se rompre pour la troisième fois. Ça coupe à une allure de tortue. *Merde* à la fin !

— Prends les choses du bon côté, lui suggéra Miterz. Pense aux dégâts que cet arbre va causer en tombant. Même un blindage en duralliage ne devrait pas y résister. »

Delvecchio ne parut pas trouver ça drôle. Il changea la lame sans rien répondre et se remit à sa tâche.

« Ça devrait aller, dit-il au bout d'un moment. L'entaille m'a l'air assez profonde. On devrait peut-être utiliser les lasers pour couper le reste des arbres ?

— Ça consomme énormément d'énergie, dit Miterz. Pas sûr qu'on puisse se le permettre. » Il leva soudain son laser pour abattre une hydre qui s'approchait de Delvecchio par-derrière. L'énorme saurien – plus d'un mètre de long – tout d'écailles et de griffes, se dressa sur le ventre, pour aussitôt retomber dans une gerbe de boue. Son hurlement d'agonie vint brièvement ponctuer la scène. « Il y en a vraiment beaucoup, aujourd'hui. »

Delvecchio était remonté sur le tracteur. « Tu te fais des idées, lui dit-il en prenant le volant.

— Pas du tout, répliqua gravement son compagnon. Je suis un écologiste, ne l'oublie pas. L'écosystème qui nous entoure n'a rien de naturel. La moisissure éloigne les créatures inoffensives et nous envoie les plus féroces. Et aujourd'hui, il y en a encore plus que d'habitude. » Il pointa quelque chose avec son laser. Dans les broussailles, deux grosses hydres, que la moisissure recouvrait comme un voile, étaient en train de brouter des plantes grimpantes sur un arbre. « Tiens, regarde. Tu as vu ce qu'elles font ?

— Elles mangent, fit Delvecchio en démarrant. Et alors ? » Le tracteur avança par à-coups, faisant jaillir derrière lui de grandes gerbes de vase gluante.

« Les hydres sont omnivores, reprit Miterz, mais elles préfèrent la viande. Elles mangent des plantes uniquement lorsqu'elles ne trouvent pas de proie. Ce n'est pourtant pas ce qui manque, par ici. » Il s'interrompit, contempla un instant la scène, puis, d'un mouvement nerveux, frappa le plancher de la cabine avec la crosse de son laser.

« Nom d'un chien ! s'exclama-t-il avec fureur, elles sont en train de dégager un chemin ! » Ses paroles se bousculaient sur ses lèvres. « Un chemin pour permettre aux soldats de passer. Un chemin qui commence ici et qui va jusqu'à eux. Ils arriveront plus vite s'ils ne sont pas obligés de tailler dans les broussailles.

— N'importe quoi, fit Delvecchio avec un reniflement de mépris.

— Ah ouais, tu crois ? Qui peut savoir ce que la moisissure a en tête ? C'est un être conscient. Elle peut retourner toutes les créatures de la planète contre nous si l'envie lui en prend. Faire ouvrir une route à coups de dents à travers les marécages, ça doit être l'enfance de l'art pour elle ! » Le ton de Miterz était devenu distant, songeur.

Delvecchio, qui n'aimait guère le tour que prenait la conversation, préféra garder le silence. Ils s'attaquèrent donc à un nouvel arbre, puis à un autre encore. Mais Miterz, l'esprit en ébullition, semblait de plus en plus nerveux. Il s'agitait constamment, tournait et retournait fébrilement son laser entre ses mains – il essaya même à plusieurs reprises de tirer sur sa moustache, oubliant que son masque-filtre l'en empêchait. Delvecchio, au final, décida qu'il était temps de rentrer.

La décontamination leur prit deux bonnes heures, comme à l'accoutumée. Ils attendirent patiemment dans l'entrée, puis dans les salles de stérilisation, le temps que les pompes, les vaporisateurs, les lampes thermiques et à ultraviolets les nettoient, eux et le tracteur.

Après avoir passé le dernier sas, ils ôtèrent leurs combinaisons désormais stériles.

« Putain de merde, lança Delvecchio, j'espère bien qu'on n'aura plus besoin de ressortir. La décontamination nous prend davantage de temps que ce qu'on fait dehors. »

Sanderpay les y attendait, tout sourire. « Je crois avoir trouvé quelque chose qui pourrait nous être utile. J'avais presque oublié qu'on avait ça.

— Ah oui ? Quoi ? » Miterz, qui avait dégagé le chargeur du laser, était en train de remettre celui-ci sur le râtelier, tapotant machinalement quelques boutons au passage.

« Les fusées-sondes. »

Delvecchio se tapa le front. « Bien sûr ! Bon sang, je n'y avais même pas pensé ! » Il se souvenait, à présent. Les premiers temps, Blatt, le météorologue, avait procédé régulièrement à des tirs de fusées-sondes – des engins de un mètre quatre-vingts – pour étudier la moisissure. Ils avaient découvert une forte concentration de spores jusqu'à une altitude de quinze mille mètres, qui allait se raréfiant jusque vers vingt-cinq mille mètres. Par la suite, Blatt avait continué à tirer rituellement ses fusées deux fois par jour, pour rassembler des données sur le régime très irrégulier des vents de la planète. Ils disposaient de ballons météo, certes, mais ceux-ci ne leur servaient pratiquement à rien. Dès qu'on les lâchait, en général, les noctules s'empressaient de converger dessus. La mort de Blatt avait signé l'arrêt des tirs – il n'y avait personne d'autre pour analyser les données. Mais les tubes de lancement fonctionnaient toujours, pour autant qu'ils le sachent.

« Tu penses pouvoir en faire de petits missiles téléguidés ? lui demanda Delvecchio.

— Et comment, répondit Sanderpay, toujours souriant. J'ai même déjà commencé. Mais le tir ne pourra pas être très précis. D'abord, les fusées auront déjà dépassé les mille cinq cents mètres avant qu'on puisse les contrôler. Ensuite, il faudra en modifier la trajectoire, ce qui n'aura rien d'aisé. Elles sont censées tracer une courbe très large, alors que ce qu'on veut, nous, c'est les faire retomber pratiquement à leur point de lancement. Ce sera aussi facile que de se battre au corps à corps avec un crocodile à deux têtes. Je pense les remplir moitié avec cet explosif qu'Andrews est en train de fabriquer, et moitié avec du phosphore. Mais ça risque de poser des problèmes.

— Écoute, Otis, tu fais pour le mieux. Ça n'en reste pas moins une bonne nouvelle, et Dieu sait qu'on en avait besoin. La situation n'est peut-être pas aussi désespérée qu'on l'avait cru.

— Et la radio ? intervint Miterz, qui avait attentivement suivi toute la conversation sans se départir de sa morosité. Bill n'a pas rappelé ?

— Non, dit Sanderpay. Juste les grésillements solaires habituels, et quelques sifflements pas piqués des hannetons. Il doit y avoir une tempête de tous les diables à moins de mille cinq cents kilomètres d'ici. Mais je vous préviendrai, si jamais je capte quelque chose. »

Miterz ne répondit pas. Il contemplait leur arsenal en secouant la tête.

Delvecchio suivit son regard. Huit lasers trônaient sur le râtelier. Huit lasers et seize chargeurs, le stock standard pour une station de recherche telle que la leur – chaque chargeur permettant de tirer une cinquantaine de rafales ultrarapides. Cinq fusils à tranquillisant, plus un assortiment de seringues et de projectiles divers. Autant dire rien, s'il fallait se battre contre des forces blindées. Peut-être pourraient-ils bricoler certains des projectiles les plus lourds pour en faire des obus explosifs. Mais ils en avaient si peu… certainement pas de quoi s'attaquer à du duralliage. Merde.

« Vous savez, fit Miterz, s'ils arrivent à pénétrer dans la station, on n'aura plus qu'à faire nos prières.

— Rien ne dit qu'ils y parviendront », dit Delvecchio.

La nuit était tombée sur la station des Eaux-Glauques. Ils avaient organisé des tours de garde. Andrews s'était posté en hauteur, dans la tourelle du laser, devant le tableau de commande des détecteurs. Delvecchio, Sanderpay et Granowicz s'attardaient à la cafétéria après avoir dîné, à l'étage au-dessous. Miterz et Sheridan étaient déjà allés se coucher.

Sanderpay passait en revue ce qu'ils avaient accompli dans la journée. Il pensait avoir plus ou moins réussi à bricoler les fusées. Et Andrews avait fait des miracles pour fabriquer des explosifs avec les éléments qu'il avait trouvés dans le laboratoire de Reyn.

« … mais Arnold n'aime pas beaucoup ça, poursuivait Sanderpay. Il veut retourner travailler sur ses échantillons de moisissure. Ce n'est pas du tout sa spécialité, et il ignore si ce qu'il fabrique a une quelconque valeur. Et il a raison. C'était Bill, le chimiste.

— Bill n'est pas là, rétorqua sèchement Delvecchio, qui n'était pas d'humeur à supporter la critique. Même si ça remonte à perpète, Arnold a quand même quelques notions de chimie organique – aucun de nous ne peut en dire autant. Ce n'est quand même pas moi qui suis censé le faire, non ? Je suis entomologiste. À quoi bon ? Je me sens tellement inutile.

— Oui, je sais bien, dit Sanderpay. Moi non plus, ça ne m'amuse pas de travailler sur des fusées. J'ai été obligé de retirer chaque fois la moitié du propergol. En neuf heures, j'en ai fait que trois. On va à l'encontre de toutes les lois de l'aérodynamique, à essayer de forcer ces engins à retomber près de leur point de départ. Et tous les autres se heurtent eux aussi à des problèmes presque insolubles. On bricole, on jure, on s'énerve, et pour quel résultat ? Si on fait ceci, il faut faire cela. Mais si on fait cela, ça fout tout le reste en l'air. C'est une station de recherche, ici. Elle a des airs de forteresse, bien sûr, mais ça n'en fait pas une pour autant. Et *nous*, nous sommes des scientifiques, pas un groupe de démolition. »

Granowicz eut un petit rire. « Ça me rappelle cette histoire qui est arrivée sur Terre, au XXe siècle. Tu sais, ce savant allemand, là… von Brau ? Von… von Braun. On leur avait dit, à lui et à ses hommes, que l'ennemi n'allait pas tarder à se pointer. Les militaires ont commencé à les préparer au combat – les manœuvres, le maniement d'armes, tout ça. Histoire qu'ils affrontent l'ennemi sur le périmètre même de leur complexe de missiles, qu'ils vendent chèrement leur peau.

— Et qu'est-ce qui s'est passé ? demanda Sanderpay.

— Oh, ils ont foutu le camp, fit Granowicz d'une voix grinçante. Et ils ont fait cinq cents kilomètres pour se rendre. »

Delvecchio avala d'un coup sa énième tasse de café, puis mit les pieds sur la table. « Judicieuse idée, dit-il, sauf que nous, on n'a nulle part où aller si jamais on fout le camp d'ici. On va donc être obligés de tenir le coup *sur* le périmètre de notre complexe de missiles, pour peu qu'on puisse l'appeler comme ça. Et ça ne saurait tarder.

— Dans trois jours, d'après mes calculs, confirma Granowicz.

— Si la moisissure ne les y aide pas », ajouta Delvecchio.

Les deux autres le regardèrent. « Que veux-tu dire par là ? demanda Granowicz.

— Ce matin, Ned et moi avons vu des hydres quand on était dehors. Beaucoup d'hydres. Occupées à dévorer les plantes grimpantes situées à l'ouest de la station. »

Une lueur de compréhension passa aussitôt dans le regard de Granowicz ; Sanderpay, quant à lui, lança d'une voix perplexe « Et alors ?

— Miterz pense qu'elles sont en train de dégager un chemin. »

Granowicz se passa une main fine sur son menton. « Putain. C'est très intéressant, ça, et *très* inquiétant. C'est bien ce que je pensais, elles commencent des deux côtés à la fois pour débroussailler l'ensemble du chemin. »

Le regard de Sanderpay passa de Delvecchio à Granowicz. Il grimaça, déplia ses longues jambes, les replia sous son siège dans une nouvelle position, mais garda le silence.

« Oui, oui, reprit Granowicz, toutes les observations concordent, tout s'explique. On aurait dû prévoir ça. Une attaque en masse, tout ce qui vit sur la planète œuvrant conjointement pour nous éliminer. C'est la moisissure… Un écosystème autonome, comme dit Ned. Le cas classique du parasite à conscience collective. Mais nous ne parvenons pas pour autant à la comprendre. Nous ne connaissons ni les prémices qui l'ont vue naître, ni ses expériences formatrices. Nous ne savons *rien*. À l'exception, peut-être, des hydrogélatines de Noborn, on n'a jamais conduit de recherches sur quoi que ce soit de comparable ; et encore, c'était un organisme collectif composé de colonies distinctes qui s'étaient assemblées parce que chacune y trouvait son compte. Une structure inoffensive, en somme. Pour autant qu'on puisse en juger, la moisissure forme ici une seule entité, qui a tout englobé après avoir conquis l'ensemble de la planète à partir d'un point central. » Il se frotta les mains d'un air songeur. « Oui. En se fondant sur cette théorie, on peut toujours essayer de deviner de quelle manière elle pense, et donc ce qu'elle compte faire. Quant à son hostilité implacable..., elle me paraît logique, elle cadre bien avec le reste.

— Comment ça ? demanda Sanderpay.

— Eh bien, tu vois, elle ne s'était encore jamais heurtée à une autre forme d'intelligence supérieure – c'est là, je crois, un point fondamental. Car elle nous juge d'après elle-même, n'ayant jamais connu d'autre être intelligent. Elle, elle ne sait rien faire d'autre qu'asservir, capturer toute créature avec laquelle elle entre en contact. Alors elle nous met dans le même sac, elle craint de nous voir essayer de conquérir toute la planète, comme elle-même l'a fait autrefois.

« Sauf que, au risque de me répéter, ce n'est pas à *nous* qu'elle attribue l'intelligence. Nous sommes des animaux à ses yeux, des animaux petits et mobiles. Chaque fois qu'elle a rencontré des formes de vie comparables, c'étaient *toujours* des espèces inférieures. La station, en revanche, c'est quelque chose de nouveau, d'étranger à son expérience. Pour la moisissure, c'est la *station*, l'entité intelligente. J'en mettrais ma main au feu. Une entité qu'elle peut comparer à *elle-même*. Une entité qui atterrit sur sa planète, qui s'y installe, qui envoie des émissaires fouiner chez elle et étudier ses hôtes. Quant à nous autres, elle doit nous considérer comme de vulgaires animaux, de simples instruments. »

Delvecchio poussa un soupir. « Oui, oui, j'ai déjà entendu cette théorie, et j'admets qu'elle est assez convaincante. Mais peux-tu la prouver ?

— Des preuves, nous en avons tout autour de nous. La station est attaquée en permanence, vingt-quatre heures sur vingt-quatre. Alors que nous, quand on sort recueillir des échantillons, on ne subit une attaque qu'une fois sur deux environ. Pourquoi ça ? Eh bien, est-ce que *nous*, nous tuons systématiquement toutes les hydres qui passent devant nos yeux ? Non, bien sûr que non. La moisissure *non plus* ne cherche pas particulièrement à nous tuer, sauf quand on commence vraiment à la faire chier, parce qu'elle nous voit comme quantité négligeable. Les aéros, en revanche – mobiles sans être des animaux, *donc* étranges –, elle essaie systématiquement de les éliminer. Parce qu'à ses yeux, ce sont des émissaires importants de la station.

— Pourquoi envoie-t-elle des spores, alors ? » demanda Delvecchio.

Granowicz balaya l'objection d'un geste désinvolte. « Oh ! La moisissure voudrait bien s'emparer de nous, ça ne fait aucun doute – histoire de priver la station de ses hôtes. Mais c'est la station *proprement dite* qu'elle veut éliminer. Il est impensable pour elle de coopérer avec une autre entité intelligente... Peut-être, qui sait, a-t-elle dû détruire d'autres colonies de moisissure de la même espèce qu'elle – des colonies rivales – pour établir sa domination sur la planète. Peut-être qu'elle se sent menacée dès qu'elle détecte un être intelligent. Et la station en regorge. »

Il allait continuer, mais Delvecchio enleva soudain ses pieds de la table et se redressa. « Bon sang ! »

Granowicz fronça les sourcils. « Qu'est-ce qu'il y a ? »

Delvecchio pointa l'index sur son compagnon. « Dis donc, Ike ! Comment la moisissure percevrait-elle l'astronef, si ta théorie se révélait juste ? »

Granowicz réfléchit un instant, hocha la tête, puis émit un long sifflement.

« Quoi ? fit Sanderpay Qu'est-ce que vous voulez dire ?

— L'astronef était mobile, mais ce n'est pas un animal, expliqua Granowicz en se tournant vers lui. Il est descendu du ciel tout comme la station, il s'est posé en détruisant de la moisissure et de nombreuses formes de vie qui lui servaient d'hôtes. Et depuis, il n'a pas bougé. Exactement comme la station. La moisissure la voit probablement comme une autre station, une nouvelle menace. Ou une extension de *notre* station.

— Oui, intervint Delvecchio. Mais ça va encore plus loin que ça. Si tu as raison, la moisissure est peut-être *en ce moment même* en train de se déchaîner... contre la coque de l'astronef. Et, pendant ce temps, elle laisse les hommes filer sans encombre. »

Il y eut un silence de mort, finalement rompu par Sanderpay. « Oh ! Bordel de merde ! J'ai saisi ! » Son regard alla scruter chacun des présents, l'un après l'autre.

Granowicz, l'air pensif, se frottait le menton. « Non, dit-il enfin. C'est plausible, mais je doute que ça se passe comme ça.

— Pourquoi ? demanda Delvecchio.

— Eh bien, même si la moisissure ne considère pas les soldats comme le plus grand danger, elle essaiera quand même de s'emparer d'eux, tout comme elle le fait avec nous-mêmes. Ça lui procurerait *à la fois* des hommes et des armes, ce qui lui donnerait de quoi annihiler et la station et l'astronef. Je suis à peu près sûr que ça se passera comme ça, en fait. Ces soldats vont constituer une proie facile pour les spores. Ils se feront cueillir comme autant de fruits mûrs.

— Ouais, probablement, dit Delvecchio, à l'évidence troublé. Mais cette histoire n'arrange pas nos affaires. S'il y a la moindre chance qu'ils puissent parvenir jusqu'ici sains et saufs, il faudra modifier nos plans.

— Mais il n'y en a pas la moindre, de chance, protesta Granowicz. La moisissure les contrôle *déjà* – pourquoi, sinon, leur ouvrirait-elle un chemin ? »

Sanderpay approuva, mais Delvecchio ne semblait guère convaincu.

« Nous n'en sommes pas sûrs, insista-t-il. Ce n'est qu'une hypothèse de Miterz, fondée sur des bases tout sauf solides. Il ne faut pas prendre ça pour parole d'évangile.

— Mais le raisonnement se tient, rétorqua Granowicz. Ça permettrait aux soldats d'arriver plus vite, ça accélérerait le... »

Le ululement de la sirène d'alarme vint l'interrompre.

« Des hydres, dit Andrews. Là où vous avez travaillé ce matin, dans les arbres. » Il appuya sur un bouton après avoir chaussé une paire de lunettes infrarouges. Un bourdonnement s'éleva.

Delvecchio prit quant à lui des jumelles. « Vous croyez que la moisissure les envoie en reconnaissance ?

— Aucun doute. » Granowicz, qui se trouvait juste derrière lui, était en train de regarder par-dessus son épaule.

« Je ne pense pas, fit Delvecchio d'un ton plein d'espoir. Des mines ou d'autres artefacts, elle ne manquerait pas de s'y attaquer, bien sûr ; on est bien placés pour le savoir. Mais là, on n'a fait qu'entailler quelques arbres. Ça m'étonnerait qu'elle arrive à comprendre pourquoi.

— Je tire quelques rafales ? s'enquit Andrews, assis à la console du laser.

— Pas tout de suite, dit Delvecchio. Attends un peu de voir ce qu'elles font. »

Les gros reptiles furetaient autour des troncs d'arbres. Quelques-uns rampaient dans la vase grouillante de moisissure, d'autres grattaient de leurs griffes les arbres entaillés.

« Branche les détecteurs directionnels », dit Delvecchio. Sanderpay, toujours à la console de commande, s'exécuta aussitôt. Ils entendirent d'abord le crépitement incessant des spores qui venaient bombarder les récepteurs. Puis, comme le micro tournait, leur parvinrent les sifflements stridents des hydres.

Et puis le craquement d'un arbre qui tombe.

Delvecchio, qui surveillait la scène aux jumelles, sentit soudain un frisson lui parcourir l'échine. L'arbre s'écroula au sol dans un grand bruit sourd, faisant jaillir de la vase de tous côtés. Plusieurs hydres, prises sous le tronc, poussèrent des hurlements d'agonie.

« Merde », fit-il. Pour aussitôt se décider : « Vas-y, Arnold, tire »

L'œil sur le viseur infrarouge, Andrews pressa quelques boutons, braqua son arme sur une hydre qui rampait à proximité de l'arbre abattu, puis tira.

Ceux qui n'avaient ni lunettes ni jumelles virent une petite lueur blanc-rouge apparaître entre la tourelle du laser et le groupe de reptiles. Un gargouillement se mêla aux sifflements des hydres. L'une d'elles eut un violent sursaut, puis retomba, immobile. Les autres s'éloignèrent en rampant dans les broussailles. L'espace d'une seconde, le calme régna.

Puis un deuxième arbre vacilla, et tomba de l'autre côté de la station.

La grosse tourelle pivota, Andrews fit de nouveau feu et tua une autre créature. Puis, sans attendre le craquement suivant, il s'attaqua aux hydres qui se trouvaient autour des autres arbres.

Delvecchio abaissa très lentement ses jumelles. « Je crois qu'on a travaillé toute la journée pour rien, dit-il. D'une façon ou d'une autre, la moisissure a *deviné* nos intentions. Elle est plus intelligente que nous ne le pensions.

— Reyn, dit Granowicz.

— Quoi, Reyn ? fit Delvecchio avec un regard interrogateur.

— Il savait qu'on allait tout faire pour défendre la station. Si jamais la moisissure l'a asservi, il est logique qu'elle parvienne à contrer le moindre de nos mouvements. Peut-être Reyn a-t-il survécu à la chute de son aéro, en fin de compte. Peut-être la moisissure a-t-elle fini par s'emparer d'un être humain. »

Delvecchio lâcha un juron bien senti, puis : « Tu as peut-être raison, bien sûr. À moins que ce ne soit qu'une immense coïncidence, une série d'accidents. Comment le savoir ? Comment savoir ce que cette saloperie a en tête, ce qu'elle fait ou entend faire ? » Il poussa un soupir exaspéré. « Putain de merde, on se bat dans le noir. Chaque événement qui nous tombe dessus peut avoir une bonne douzaine d'explications. Et chaque fois qu'on établit un plan, il faut prévoir une bonne douzaine de solutions de rechange.

— Ce n'est pas à ce point-là, dit Granowicz. Nous ne sommes pas entièrement dans le noir. On a découvert que la moisissure pouvait s'emparer de créatures terriennes, qu'elle en tirait un certain nombre de renseignements. Bon, elle absorbe au moins une partie des connaissances de ses victimes – on ne sait pas jusqu'à quel point au juste, c'est vrai, mais…

— Mais si ! Enfin… *peut-être* ! » Delvecchio jura de plus belle, l'air complètement dégoûté. « Bon sang, Ike, "jusqu'à quel point au juste", *c'est* la question cruciale ! *Si* la moisissure s'est emparée de Reyn, et *si* elle sait tout ce qu'il sait, ça veut dire qu'elle connaît tout ce qu'il y a à connaître sur la station des Eaux-Glauques et ses systèmes de défense. Qu'est-ce qui nous resterait comme chances, dans ce cas ?

— Eh bien… » Granowicz s'interrompit aussitôt, sourcils froncés. « Je… euh… Attends, il y a d'autres aspects à prendre en compte. Laisse-moi réfléchir un instant.

— C'est ça, fit Delvecchio, réfléchis. » Il se tourna vers Andrews. « Arnold, maintiens-les le plus loin possible. Je viendrai te relever dans quatre heures.

— Ça devrait aller, je crois », acquiesça Andrews, l'œil rivé au viseur infrarouge.

Après avoir donné quelques brèves instructions à Sanderpay, Delvecchio tourna les talons et quitta la tourelle. Il alla droit à sa couchette. S'endormir lui prit près d'une heure.

Delvecchio rêvait.

Il était vieux, et il avait froid. La station se présentait à sa vue sous tous les angles, comme un kaléidoscope d'images mouvantes ; vue du sol, vue des airs, comme s'il planait sur des ailes invisibles. Dans l'une de ces images, il la *sentait* comme un ver de terre peut sentir le lourd poids des rayons du soleil.

En une série de vues intérieures, il vit la station croulante, détruite – un simple amas de ferrailles. Tout cela, il le découvrait par les yeux d'un squelette qui gisait dans un coin de laboratoire. Dehors, il y avait des piles de cadavres vêtus d'uniformes de duralliage, la moisissure verdâtre qui sortait des visières brisées.

Et à travers les visières, il voyait les marécages. Tout était verdâtre, humide, vieux et froid. La planète tout entière.

À son réveil, Delvecchio était trempé de sueur.

Son tour de garde se déroula sans histoire. Les hydres avaient disparu aussi brusquement qu'elles étaient apparues, et il ne fit feu qu'à une seule reprise, sur une noctule qui s'était rapprochée imprudemment des murs de la station. Miterz vint finalement le relever. Delvecchio parvint à dormir quelques heures, ou du moins à se reposer. Car il passa la plus grande partie du temps parfaitement éveillé, à réfléchir.

Ça discutait ferme à la cafétéria quand il y pénétra le lendemain matin.

Granowicz se tourna immédiatement vers lui. « Écoute, Jim, ça m'a travaillé toute la nuit. Il y a un fait évident qui nous a échappé : si ce machin s'est emparé de Reyn, ou des soldats, ou de n'importe quel autre être humain, eh bien c'est une occasion à ne pas rater. L'occasion de communiquer, de commencer à nous comprendre. Grâce à eux, nous aurons un langage commun. Au lieu de nous battre contre la moisissure, il faut essayer de lui parler, de lui faire comprendre à quel point nous sommes différents.

— Tu es fou, Granowicz ! hurla Sheridan. Fou furieux, fou à lier ! Vas-y donc, toi, va parlementer avec ce truc. Mais ne compte pas sur moi. Cette chose est notre ennemi, elle l'a toujours été, et à présent elle envoie ces soldats nous tuer. Il *faut* qu'on les tue avant.

— Mais c'est l'occasion ou jamais de la comprendre, insista Granowicz, d'établir la communication, de...

— Ça, mon vieux, rétorqua Sheridan, c'était ton boulot depuis notre arrivée. C'est *toi,* le spécialiste en exopsychologie. Si tu n'as pas réussi, ce n'est pas une raison pour nous demander *maintenant* de risquer nos vies pour ça. »

Granowicz lui décocha un regard noir. Sanderpay, assis à côté de lui, se montra plus direct : « Sheridan, parfois je voudrais pouvoir te balancer à la moisissure. Tu serais mignon, tiens, avec des excroissances verdâtres qui te sortiraient des oreilles ! »

Delvecchio les fixa tous d'un œil sévère. « La ferme, tous tant que vous êtes. J'en ai soupé de vos conneries. J'ai réfléchi, moi aussi. »

Il tira une chaise et s'assit. Andrews se trouvait à une autre table, en train de finir tranquillement son petit déjeuner. D'un geste, Delvecchio l'invita à venir le rejoindre.

« J'ai plusieurs choses à vous dire, reprit Delvecchio. D'abord, fini les empoignades. On perd un temps fou à pinailler ou à s'engueuler, or on n'a pas de temps à perdre. C'est moi qui décide, et je ne veux *plus rien* entendre de ce genre. Si ça ne vous plaît pas, vous n'avez qu'à élire un autre chef. Compris ? » Il les regarda l'un après l'autre. Sheridan avait l'air un peu gêné, mais personne ne pipa mot. « Bon, reprit-il enfin. Si la question est réglée, passons à autre chose. » Il se tourna vers Granowicz. « Voyons d'abord ta suggestion, Ike. Tu veux parlementer ? Je regrette, mais c'est hors de question. C'est bien *toi*, hier soir, qui nous disais que la moisissure, du fait de ses… traumatismes de jeunesse ? ne pouvait qu'être hostile.

— Oui, convint Granowicz, mais avec les nouvelles connaissances que lui donneront…

— Rien à foutre », le coupa sèchement Delvecchio. Granowicz n'insista pas. « Que croyez-vous qu'elle fasse pendant que nous restons là à nous chamailler ? Si ta théorie est juste, elle va nous attaquer par tous les moyens à sa disposition. Et moi je la trouve tout à fait convaincante, cette théorie. Si on ne fait rien pour se préparer à l'attaque, nous sommes des hommes morts. Donc, nous allons nous préparer. À nous battre, pas à parlementer. »

Sheridan arbora un sourire de triomphe. Delvecchio se tourna vers lui et poursuivit : « Mais nous n'allons pas pour autant ouvrir le feu dès qu'ils pointeront leur nez, Sheridan. Quelque chose ne cesse de me tracasser dans ce que Ike a dit hier soir. Il y a une petite chance pour que la moisissure n'essaie *même pas* de s'emparer des soldats. Elle n'est peut-être pas intelligente au point de se rendre compte de leur importance. Il est possible qu'elle se concentre uniquement sur l'astronef. »

Sheridan se redressa brusquement. « Mais il *faut* qu'on leur tire dessus, s'écria-t-il. Ils vont nous tuer, Delvecchio. Tu ne peux… »

Chose surprenante, Sanderpay se joignit à lui : « La moisissure est en train de leur ouvrir un chemin – elle a déjà fait tomber les arbres. Et puis ce matin… tiens, Jim, regarde un peu : ça pullule d'hydres et de noctules. Elle *s'est* emparée des soldats, je le sais. Pourquoi concentrerait-elle ses forces ici, autrement ? »

Delvecchio les fit taire d'un geste. « Je sais, Otis, je sais. Tu as raison. Tout ce qu'on voit autour de nous semble aller dans ton sens, mais on doit en avoir la certitude. Attendons de les avoir en visuel, ça nous donnera enfin une certitude. S'ils sont possédés, feu roulant dessus, séance tenante. Il faut qu'on les anéantisse d'un seul coup, parce qu'on sera baisés, si ça devient un combat en bonne et due forme. Ils sont plus nombreux et mieux armés que nous ; si on leur donne la moindre possibilité de riposter, prendre d'assaut la station sera un jeu d'enfant pour eux. Mais peut-être que la moisissure les fera tous arriver en même temps. Peut-être qu'on pourra tous les tuer avant même qu'ils s'aperçoivent qu'on a ouvert le feu. »

Granowicz semblait dubitatif, et Sheridan franchement sceptique. « Ridicule. Chaque instant d'hésitation ne fait qu'accroître les risques. Et tout ça pour quoi ? Pour une chance aussi minime ? La moisissure les a presque certainement en son pouvoir.

— Sheridan, dit calmement Delvecchio, tu commences sérieusement à m'emmerder. Écoute-moi, pour une fois. Il nous reste une chance dans deux cas : *primo*, si la moisissure est trop stupide pour s'emparer d'eux, et *secundo*, si elle est trop futée pour le faire. »

Granowicz haussa les sourcils. Andrews s'éclaircit la gorge. Sheridan se contenta d'arborer un air profondément vexé.

« Si Reyn est bien en son pouvoir, poursuivit Delvecchio, elle n'ignore peut-être plus rien de nous. Peut-être va-t-elle faire exprès de ne *pas* s'emparer des soldats. Grâce à Reyn, elle *saura* que nous comptons les anéantir. Peut-être se contentera-t-elle d'attendre.

— Mais pourquoi ferait-elle dégager un chemin par… » commença Sanderpay, pour s'interrompre aussitôt. « Oh ! Oh, je vois ! Oh, non ! Jim, elle ne peut pas…

— Jim, intervint Granowicz, tu n'attribues pas simplement une intelligence supérieure à la moisissure, tu voudrais aussi nous faire croire qu'elle est proprement machiavélique.

— Non, rétorqua Delvecchio, je ne veux rien vous faire croire du tout, je me *contente* de mentionner une possibilité. Une possibilité horrible, mais contre laquelle il faut absolument nous préparer. Ça fait plus d'un an qu'on ne cesse de la sous-estimer. Chaque fois, elle s'est révélée un peu plus intelligente que ce à quoi on s'attendait. On ne peut plus se permettre de commettre une erreur pareille. On ne peut pas se payer le luxe de se tromper cette fois-ci. »

Granowicz acquiesça à contrecœur.

« Je n'ai pas fini, poursuivit leur chef. Otis, je veux que ces missiles soient terminés aujourd'hui même, au cas où ils arriveraient plus tôt que prévu. Les explosifs aussi, Arnold. Et je ne veux plus vous entendre râler. Vous êtes tous les deux exemptés de corvée de garde jusqu'à ce que vous en ayez fini. Les autres prendront deux tours à la file. Et à partir de maintenant, nous allons constamment porter nos combinaisons, même à l'intérieur de la station, au cas où un assaut soudain aurait raison des écrans de défense. »

Tous acquiescèrent d'un signe de tête.

« Dernière chose : on va balancer tous les échantillons hors de la station. Je ne veux plus voir un seul bout de moisissure, une seule bestiole ou une seule plante originaire de cette planète entre nos murs. » Repensant à son rêve, il frissonna intérieurement.

Sheridan tapa sur la table avec un grand sourire. « Voilà qui est parlé ! Ça fait des semaines que je milite pour qu'on se débarrasse de ces saletés ! »

Mais cette perspective ne semblait guère enchanter Granowicz. Quant à Andrews, il affichait un air franchement réprobateur. Le regard de Delvecchio passa de l'un à l'autre.

« Mais je n'ai que quelques petits animaux, Jim, plaida Granowicz. Des musaraignes, des trucs comme ça – des bestioles tout à fait inoffensives. Et elles sont parfaitement isolées ! J'essayais d'établir le contact avec la moisissure, de communiquer avec elle d'une façon ou d'une autre…

— Non, dit Delvecchio. Désolé, Ike, mais on ne peut pas courir un tel risque. Si les murs cèdent, ou si la station est endommagée, on a de fortes chances de se retrouver sans électricité. Et alors le danger d'infection viendra *à la fois* de l'intérieur et de l'extérieur. C'est trop dangereux. Tu pourras toujours attraper d'autres animaux plus tard.

— Mais mes cultures… fit Andrews après s'être raclé la gorge. Je viens tout juste d'en terminer l'analyse, je suis en train de déterminer les propriétés de chaque espèce de moisissure. Encore six mois de recherche, Jim, et, eh bien, je pense… » Il secoua la tête.

« Tu as toujours tes notes. Tu pourras reprendre tes travaux ensuite, pour peu que nous survivions.

— Oui, mais… » Andrews hésita. « Mais il faudra recommencer les cultures, ça va me prendre un temps fou. Et, Jim… » Il hésita de nouveau, regarda les autres.

Delvecchio eut un sourire sans joie. « Vas-y, Arnold. Ils risquent de mourir d'ici peu. Peut-être ont-ils le droit de savoir. »

Andrews hocha la tête. « Mon travail est bien avancé, Jim. Mon *vrai* travail, hein, la raison d'être même de cette station. J'ai réussi à provoquer une mutation de la moisissure, à en créer une variété dénuée d'intelligence, extrêmement virulente, mortelle pour ses hôtes.

« J'en suis au stade final, il ne me reste plus qu'à rendre cette variété mutante capable de se reproduire dans l'atmosphère fyndayi. Et je suis à *ça* d'y arriver ! » Il les gratifia l'un après l'autre d'un regard suppliant. « Laissez-moi continuer, et bientôt on pourra en inonder les planètes des Fyndayi, et ça mettra fin à cette putain de guerre. Pensez à toutes les vies humaines que ça va sauver ! Pensez à tous ceux qui mourront si jamais on retarde mes travaux. »

Il s'interrompit, gêné. Un long silence s'installa autour de la table.

Ce fut Granowicz qui le rompit. Il se caressa le menton, lâcha un drôle de petit gloussement. « Et moi qui voyais tout ça comme une entreprise courageuse, parfaitement propre, dit-il d'une voix amère. Aller au-devant d'une forme d'intelligence inconnue, qui ne ressemble à aucune de celles que nous avions rencontrées jusqu'alors, chercher, tant bien que mal, à communiquer avec une entité consciente peut-être unique dans l'univers. Et maintenant j'apprends que mon travail servait seulement de couverture à une guerre bactériologique. Même ici, on ne peut pas échapper à cette putain de guerre. » Il eut un petit rire bref. « La base scientifique des Eaux-Glauques. La station de recherche pacifique ! Quelle vaste blague !

— C'était indispensable de garder le secret, Ike, lui expliqua Delvecchio. Les possibilités d'applications militaires étaient trop prometteuses pour qu'on s'abstienne d'essayer ; mais les Fyndayi n'auraient eu aucun mal à découvrir un programme structuré de recherche bactériologique. Les équipes comme celles des Eaux-Glauques, en revanche – des équipes de prospection planétaire tout ce qu'il y a de plus normal –, il y en a à foison. Les Fyndayi n'ont ni le temps ni l'envie d'aller y regarder de près. Ils ne s'en donnent même pas la peine.

— Ça n'a guère d'importance, je suppose, dit Granowicz, le regard fixé sur la table. Nous serons peut-être tous morts dans quelques jours, de toute façon. Le fait de le savoir n'y change pas grand-chose. Mais… mais… » Il s'interrompit.

Delvecchio haussa les épaules. « Je regrette, Ike. Tout comme je regrette pour tes expériences, Arnold. Mais on va devoir balancer toutes tes cultures. Tant qu'elles restent dans la station, elles constituent un danger pour nous.

— Oui, mais la guerre… tous ces gens… plaida Andrews, au supplice.

— N'importe comment, Arnold, si jamais on ne se sort pas de ce mauvais pas, nous perdons tout.

— Il a raison, fit Sanderpay en posant la main sur l'épaule d'Andrews. Ça n'en vaut pas le coup. »

Celui-ci acquiesça d'un signe de tête. Delvecchio se leva.

« Très bien, c'est réglé. Maintenant, au travail. Arnold, les explosifs. Otis, les fusées. Ike et moi, nous nous occupons de balancer tous les échantillons. Mais d'abord, je vais mettre Miterz au courant. D'accord ? »

Tous acceptèrent d'un murmure sans enthousiasme.

Ça ne leur prit que quelques heures pour réduire à néant le travail de toute une année. Il fallut certes plus longtemps pour les fusées, les explosifs et les autres systèmes de défense, mais arriva enfin le moment où tout fut prêt. Une longue attente débuta dès lors pour les hommes de la station des Eaux-Glauques. Sur les nerfs, ils ne cessaient de transpirer dans l'inconfort de leurs combinaisons.

Sanderpay était de permanence à la radio. Un jour passa. Puis deux. Puis trois – la tension commençait à devenir insupportable. Quatre, et ils étaient prêts à craquer. Au cinquième, ils se détendirent un tant soit peu. L'ennemi avait du retard.

« Vous croyez qu'ils vont d'abord essayer d'entrer en contact avec nous ? lança alors Andrews.

— Je ne sais pas, lui répondit Sanderpay. Vous y avez pensé ?

— Moi, oui, intervint Granowicz. Mais ça ne change rien. S'ils sont toujours eux-mêmes, ils essaieront bien évidemment d'entrer en contact avec nous ; et si c'est la moisissure qui les dirige, elle voudra certainement nous donner le change. Ça suppose qu'elle puisse absorber suffisamment de connaissances de ses hôtes pour savoir se servir d'une radio, ce qui reste à prouver. Je doute fort qu'elle n'essaie pas, cela dit ; tout message radio que nous recevrons devra donc être traité avec la plus grande méfiance.

— Ouais, fit Delvecchio. C'est bien le problème. On ne peut se fier à *rien*. Tout ce qu'on fait se fonde sur des suppositions. On n'a absolument rien de concret à se mettre sous la dent.

— Je sais, Jim, je sais. »

Le sixième jour, ils virent un orage se déchaîner à l'horizon. Des nuages de spores passaient çà et là, emportés par le vent, déchirés en minces lambeaux. De lourds nuages noirs s'amoncelaient au-dessus de la station. Des éclairs sillonnaient le ciel à l'ouest.

La radio couinait, crachait comme une bête à l'agonie, des sifflements déchiraient les airs, le tonnerre grondait. Les hommes de la station des Eaux-Glauques attendaient dans la tour que les heures passent.

Tôt ce matin-là, ils avaient entendu une voix à la radio, mais elle s'était évaporée presque aussitôt, sans que rien d'intelligible ne leur parvienne. Des parasites avaient ensuite crépité presque toute la journée. Les soldats, avait calculé Delvecchio, devaient se trouver juste à la limite de l'orage.

Était-ce un accident ? Ou quelque chose de délibéré ? Il entreprit de poster ses hommes : Andrews au laser, dans la tourelle, Sanderpay au poste de tir des fusées, Sheridan et lui-même à l'intérieur de la station, armés de fusils laser, Granowicz au hangar à aéros, où les appareils restants avaient été bourrés de bombes de fortune, et Miterz sur le mur d'enceinte.

Ils attendaient dans leurs combinaisons, leurs masques-filtres prêts à l'emploi mais non attachés. Obscurci par l'arrivée de l'orage, le ciel avait déjà pris les teintes du crépuscule. Bientôt, l'orage et la nuit allaient atteindre de concert la station des Eaux-Glauques.

Delvecchio arpentait les couloirs d'un pas impatient. Enfin, il se décida à revenir à la tour pour voir comment ça se passait. Andrews, à la console du laser, scrutait le paysage alentour par la fenêtre. Il avait posé une canette de bière à côté de lui, sur le viseur infrarouge. C'était la première fois que Delvecchio voyait boire le tranquille petit mycologue.

« Ils sont là, dit Andrews, quelque part. » Il avala une gorgée de bière, reposa la canette. « J'aimerais… eh bien, j'aimerais qu'ils *arrêtent* de nous faire attendre. » Il regarda Delvecchio. « On va probablement tous se faire tuer, tu sais. Tout ou presque est contre nous. »

Son « presque » était certainement de trop, mais Delvecchio n'eut pas le cœur de le lui dire. Il se contenta donc de hocher la tête, le regard fixé sur la fenêtre. Toutes les lumières de la station étaient éteintes. Ils avaient tout arrêté, sauf les génératrices, les commandes de la tourelle et le champ de force. Celui-ci, alimenté par le courant supplémentaire, était plus résistant que jamais. Assez ? Delvecchio aurait été bien en peine de le dire.

Une petite dizaine de silhouettes fantomatiques planaient aux abords du champ, se détachant sur le ciel d'orage. Tout en ailes et en serres, avec une longue queue pointue et hérissée : des noctules des marais. Des grosses, de plus de deux mètres d'envergure.

Elles n'étaient pas seules. Les broussailles grouillaient d'hydres, et d'énormes sangsues nageaient dans l'eau à proximité du mur sud. Les capteurs détectaient toutes sortes d'animaux.

Était-ce l'orage qui les chassait ? Ou se rassemblaient-ils pour l'assaut ? Ça non plus, Delvecchio n'aurait su le dire.

La porte de la tour s'ouvrit sur Sheridan, qui balança aussitôt son laser sur la table située près de la porte. « Ces trucs-là ne servent à rien. On ne peut pas les utiliser à moins qu'ils ne pénètrent dans la station, ou bien qu'on n'aille à leur rencontre – et ça, il ne faut certainement pas compter sur moi pour m'y risquer. De quoi ça aurait l'air à côté de *leurs* armes, de toute façon ? »

Delvecchio ouvrit la bouche pour répondre, mais Andrews le devança. « Regardez par là. D'autres noctules sont en train d'arriver. Et cette bestiole, là, qu'est-ce que c'est ? »

Une énorme créature noire fendait lentement les airs de ses grandes ailes de chauve-souris ; elle faisait deux fois la taille d'une noctule.

« La première expédition les a baptisées les “diaboliques”, dit Delvecchio après un long silence. Elles vivent dans les montagnes, à près de deux mille kilomètres d'ici. » Un autre silence. « Ah ! cette fois, ça y est ! »

Ils virent des masses se mouvoir sur terre comme dans les eaux à l'ouest de la station. Le tonnerre roula en échos multiples. Puis, dominant le grondement de l'orage, s'éleva un hurlement perçant, suraigu.

« Bon Dieu, lança Sheridan, qu'est-ce que c'était que *ça* ?

— Je sais ce que c'était, dit Andrews, le visage blême. Ça s'appelle une stridence. C'est un fusil à ultrasons, qui brise la membrane des cellules en concentrant les sons. J'en ai vu fonctionner une, un jour. Je... ça liquéfie pratiquement les chairs.

— Dieu du ciel », fit Sheridan dans un souffle.

Delvecchio bondit à l'interphone. Tous les récepteurs de la station étaient branchés, à plein volume. « À vos postes de combat, les gars, leur dit-il tout en ajustant son masque. Bonne chance. »

Il sortit dans le couloir et descendit l'escalier, suivi par Sheridan qui avait ramassé son laser. Une fois au pied des marches, Delvecchio lui fit signe de s'arrêter. « Reste là, Eldon. Je prends le sas principal. »

La pluie avait commencé à tomber à grosses gouttes sur les marécages qui entouraient les Eaux-Glauques, mais le champ de force en protégeait la station. Le vent d'ouest soufflait en grondant. L'orage ne menaçait plus : il *était* là. Sur le ciel tumultueux se détachait la silhouette indistincte, en forme de dôme, du champ de force.

Delvecchio traversa en hâte la cour et les couloirs, puis le système de décontamination, pour enfin arriver au sas principal. Là, il s'installa sur le capot d'un tracteur pour regarder le grand écran qui faisait office de fenêtre. L'interphone était fixé au mur à côté de lui.

« Des animaux fouisseurs s'attaquent au champ de force souterrain, Jim, lui signala Andrews depuis sa tourelle. Les instruments enregistrent entre cinq et six chocs par minute. Mais rien d'inquiétant, le champ tient le coup. »

Il se tut, ne laissant plus qu'à entendre le bruit du tonnerre au-dehors. Histoire de meubler le silence, Sanderpay se mit à bredouiller quelque chose à propos des fusées. Mais Delvecchio n'écoutait que d'une oreille. Le terrain qui s'étendait au-delà des murs n'était plus qu'un magma de boue fouettée par la pluie. On n'y voyait presque rien. Il régla l'écran pour obtenir les images captées par les caméras de la tourelle – celles-là mêmes que suivait Andrews.

« Les contacts souterrains s'intensifient, dit soudain ce dernier. Il y en a une vingtaine par minute maintenant. »

Des noctules s'approchaient – une d'abord, puis une deuxième, à la lisière du champ, terribles et silencieuses, portées par le vent et la pluie. Le laser de la tourelle pivota dans leur direction, mais elles disparurent avant qu'Andrews ne puisse faire feu.

Puis il y eut un mouvement au sol. Telle une vague irrépressible, des hydres se mirent à déborder les limites du terrain. Le canon du laser pivota, s'abaissa. Il y eut un éclair, un nuage de vapeur aussitôt dissipé. Une hydre tomba, puis une autre.

Au sud, une sangsue s'élevait des eaux grises à proximité des murs de la station. La tourelle tourna, cracha deux éclairs rouges. Un jet de vapeur s'éleva au point d'impact. La sangsue se tordit, se recroquevilla, puis s'immobilisa au second coup.

Delvecchio hocha la tête sans rien dire. Il serra plus fort son fusil.

La voix d'Andrews s'éleva de nouveau dans l'interphone. « Il y a un homme là-bas. Près de toi, Jim. »

Il enfila ses lunettes infrarouges et se repassa les images de la caméra placée juste à l'entrée du sas. Une ombre indistincte se tenait dans les broussailles.

« Un seul ? demanda-t-il.

— Je n'en détecte qu'un, en tout cas. »

Delvecchio hocha la tête, réfléchit, se décida. « J'y vais », dit-il.

Il y eut un concert de voix dans l'interphone. « Je ne crois pas que ce soit prudent, lança l'une d'elles (celle de Granowicz ?).

— Attention, Jim, fais gaffe », intervint une autre, peut-être celle de Sanderpay.

Puis, sans aucun doute possible, celle de Sheridan : « N'y va surtout pas ! Tu vas les faire entrer ! »

Ne tenant aucun compte de cet avertissement, Delvecchio appuya sur le bouton qui commandait l'ouverture extérieure et se laissa glisser derrière le volant du tracteur. La pluie vint inonder le sas dès que les portes se furent écartées.

Le tracteur s'avança sur la rampe d'accès dans un bruit de ferraille, puis se mit à glisser sur la vase sans un cahot. Delvecchio se trouvait à présent en plein sous l'orage ; il sentait des gouttes de pluie le picoter à travers sa fine combinaison. Il conduisait d'une main – l'autre tenait le laser.

Il arrêta le tracteur juste à la sortie du sas. « Sortez, hurla-t-il à pleins poumons, au point de couvrir le bruit du tonnerre. Montrez-vous ! Si vous me comprenez encore, si la moisissure ne vous a pas asservis, sortez tout de suite ! »

Il s'interrompit, plein d'espoir. Une interminable minute s'écoula. Il allait appeler de nouveau lorsqu'un homme sortit en courant des broussailles.

Un bref instant, Delvecchio vit une forme aux cheveux sombres trempés, pieds nus, les vêtements en lambeaux, trébucher dans la boue. La moisissure lui recouvrait presque l'intégralité du visage, ainsi qu'une partie du dos et de la poitrine.

L'homme – la créature plutôt – leva le bras et lança une pierre dans sa direction. Il rata sa cible, mais continua de courir sans cesser de hurler. Glacé d'horreur, Delvecchio leva son fusil et tira. L'être couvert de moisissure tomba quelques mètres derrière le rideau d'arbres.

Delvecchio abandonna le tracteur là où il se trouvait et repartit à pied en direction du sas d'entrée. Les portes étaient restées ouvertes. Il se précipita à l'interphone.

« Elle les contrôle, dit-il. Je répète, elle les contrôle, et elle est hostile. C'est parti pour la boucherie. »

Aucune réponse. Juste un long silence, suivi d'un sanglot étouffé. Puis la voix d'Andrews s'éleva, calme et détachée. « Autre chose sur l'écran. Un groupe d'hommes… une trentaine, peut-être une quarantaine. Ils arrivent de l'ouest, en formation. Beaucoup de métal – du duralliage, je crois.

— Le gros des troupes, dit Delvecchio. Ça ne va pas être une partie de plaisir de les tuer. Branle-bas de combat. N'oubliez pas : feu à volonté, toutes les armes à la fois ! »

Le fusil sur la saignée du bras, il retourna sous la pluie jusqu'à la rampe. Des formes humaines se dessinaient au loin dans le champ de vision de ses lunettes. Juste quelques-unes, au début. Les soldats s'étaient déployés en arc de cercle.

Une fois sorti de la station, il marcha jusqu'au tracteur et s'accroupit derrière. Il vit la tourelle pivoter ; puis un trait rouge fendit la nuit pour aller toucher la première forme indistincte, qui chancela sous le choc. De nouveaux rideaux de pluie s'abattirent alors, dissimulant le paysage. Après un second tir de laser, Delvecchio se décida, très lentement, à épauler son fusil pour entrer dans la partie, tirant sur les vagues silhouettes qui apparaissaient dans ses lunettes.

Il entendit derrière lui la première fusée-sonde jaillir du tube de lancement ; l'espace d'un éclair, la flamme de sa tuyère vint balayer le dôme, puis la fusée disparut dans la nuit. Une autre la suivit aussitôt, puis une autre encore ; le tir devenait régulier.

Les ombres indistinctes couraient toutes ensemble ; un groupe important s'était massé à quelques mètres à peine de la lisière de la forêt. Delvecchio tira dans le tas, nota leur emplacement – et espéra qu'Arnold n'avait pas oublié.

Non, Arnold n'avait pas oublié. Abaissant le canon du laser, il tira sur un tronc d'arbre tout proche. Dans un craquement de bois qui cède, l'arbre vacilla, puis tomba.

Pour autant que Delvecchio put en juger, l'arbre n'avait touché personne. *Une autre idée qui a foiré*, se dit-il amèrement. Ce qui ne l'empêcha pas de continuer à tirer en direction de la forêt.

Soudain, une énorme explosion retentit à la limite du terrain, qui éclipsa tout le reste. Une gerbe d'eau jaillit des marécages, une hydre fut projetée en l'air, hurlant d'effroi. Des morceaux de sangsue se mirent à retomber en pluie.

La première fusée.

Puis une deuxième explosion, une seconde plus tard – dans les arbres, cette fois. Suivie d'autres encore, coup sur coup. Quelques fusées tombèrent à proximité de l'ennemi, deux directement sur lui. Des arbres s'écroulèrent, et Delvecchio crut entendre s'élever des hurlements.

Tout n'était peut-être pas perdu, se dit-il sans cesser de faire feu.

Il y eut un sifflement au-dessus de sa tête. Granowicz était en train de décoller. Delvecchio prit le temps de lancer un rapide coup d'œil sur l'aéro, qui se dirigeait droit sur les arbres. Tout ce que le ciel comptait de formes de vie convergea aussitôt vers l'appareil. Mais elles étaient trop lentes pour empêcher Granowicz de survoler le terrain en lâchant des bombes. Le marécage tremblait sous chaque impact, projetant en l'air de la boue et de l'eau qui allaient se mélanger à la pluie.

À présent, incontestablement, c'étaient bien des hurlements qu'il entendait.

Puis l'ennemi riposta.

De minces pinceaux de lumière déchirèrent la nuit, vinrent lécher les murs, soulevant des nuages de vapeur que la pluie emportait. Puis des obus, des explosions. Un coup sourd ébranla la station, puis un deuxième. Alors, quelque part dans la nuit et l'orage, quelqu'un ouvrit le feu avec une stridence.

Le mur derrière Delvecchio se mit à vibrer. Une autre détonation, beaucoup plus forte, retentit au-dessus de sa tête, contre le dôme du champ de force. L'espace d'un instant, la pluie disparut dans un tourbillon de gaz enflammé. Le vent dissipa rapidement la fumée, la station tout entière tremblait. Puis la pluie se remit à tomber sur le dôme, en grandes nappes.

Il y eut d'autres explosions. Les lasers crachaient et sifflaient de toutes parts sous la pluie, comme un horrible spectacle de son et lumière. Miterz tirait depuis le haut du mur d'enceinte, Granowicz effectuait un nouveau passage. Quant aux fusées, elles avaient cessé de tomber. Le stock était-il déjà épuisé ?

Le laser de la tourelle tirait, pivotait, faisait feu, pivotait à nouveau, tirait encore. Plusieurs explosions secouèrent alors la tour. Le monde qui les entourait s'était transformé en un chaos de pluie, de bruit, d'éclairs et de ténèbres.

Puis des fusées se remirent à fendre les cieux. Marécage et forêt tremblaient chaque fois qu'elles retombaient. L'une d'elles s'abattit dangereusement près de la station, faisant littéralement chanceler le coin est.

Le laser de la tourelle se remit à tirer, de petites rafales qui allaient se perdre dans la pluie. L'ennemi riposta par un feu nourri. Une stridence hurlait à intervalles réguliers.

Delvecchio vit soudain des noctules apparaître autour de l'avion ; elles arrivaient de tous côtés, convergeant sur l'appareil, manifestement décidées à l'abattre. L'une d'elles s'enfonça droit dans le réacteur après avoir adroitement replié ses ailes. Une énorme explosion troua aussitôt l'obscurité, illuminant la pluie de lueurs fantomatiques.

Des obus explosèrent autour du champ de force. Des lasers hurlaient depuis le dôme et la tour. La tourelle rougeoyait, entourée de vapeur. Au sud, une partie du mur disparut dans une explosion épouvantable.

Delvecchio tirait toujours, machinalement, à coups réguliers. Jusqu'à ce qu'il se rende compte qu'il n'avait plus qu'un laser vide entre les mains. Il hésita, se leva. Se retourna juste à temps pour voir la diabolique piquer sur la tourelle. Rien n'aurait pu l'arrêter. Avec un frisson soudain, Delvecchio se rendit compte que le champ de force n'existait plus.

Si des tirs de fusils laser vinrent transpercer le monstre, la tourelle demeurait quant à elle immobile, silencieuse. La créature infernale alla s'écraser contre les fenêtres dans un grand bruit de vitres cassées, s'écroulant à l'intérieur en emportant verre, plastique et montants de duralliage.

Delvecchio entreprit de reculer vers la rampe du sas. Une hydre se dressa alors sur son passage et lui entailla la jambe d'un coup de dents. Sous l'effet de la douleur fulgurante, ses yeux se brouillèrent d'un nuage rouge, qui disparut presque aussitôt. Il trébucha, reprit son équilibre, fit un pas en avant. Sa jambe, tout engourdie, saignait abondamment. Il se servit du laser déchargé comme d'une béquille.

Une fois à l'intérieur, il appuya violemment sur le bouton qui commandait la fermeture des portes. Rien ne bougea. Il éclata d'un rire soudain. Ça n'avait pas d'importance, *plus rien* n'avait d'importance. Les murs avaient été percés, la station avait perdu son champ de force.

Les portes intérieures, par chance, fonctionnaient encore. Il traversa tant bien que mal les couloirs pour enfin émerger dans la cour. Les génératrices étaient en train d'expirer autour de lui.

Plusieurs coups atteignirent la tourelle. Qui finit par exploser, s'élevant littéralement vers le ciel dans un grincement strident. Trois autres frappèrent simultanément la tour. L'étage supérieur, pulvérisé, retomba en une pluie de métal.

Delvecchio s'immobilisa dans la cour, ne sachant plus soudain où aller. Le nom d'Arnold lui vint aux lèvres, mais aucun son n'en sortit.

Les génératrices cessèrent de fonctionner. Lasers, missiles et noctules exécutaient une espèce de ballet aérien mortifère. La nuit régnait en maîtresse, illuminée d'éclairs, d'explosions, et de rafales de lasers.

Delvecchio recula contre un mur, s'y adossa. Le tir de barrage se poursuivait. Le sol de la station tremblait, bouillonnait, se déchirait. Il entendit crier, comme si quelqu'un l'appelait en mourant.

Il se laissa glisser par terre et y resta, immobile, le fusil serré entre les mains, tandis que les obus continuaient de pleuvoir sur la station. Puis le silence tomba.

Adossé, impuissant, contre les décombres du mur, il vit alors une hydre traverser à toute vitesse la cour dans sa direction. La pluie la faisait paraître plus énorme encore. Mais la créature s'effondra en hurlant avant de l'atteindre.

Un mouvement derrière lui – il se retourna en hâte. Une silhouette en combinaison lui adressa un signe de la main, puis alla prendre position près d'un laboratoire en ruine.

Delvecchio voyait des formes se mouvoir sur ce qui restait des murs. Il aurait donné cher pour avoir un chargeur plein dans son laser.

Un mince trait de lumière rouge fendit le rideau de pluie à côté de lui. L'une des formes s'écroula. Mais l'homme derrière lui avait fait feu trop vite, et d'une position par trop visible. Les autres silhouettes concentrèrent aussitôt leur tir sur lui. Les lasers se mirent à crépiter au-dessus de la tête de Delvecchio. Il y eut une brève riposte, puis le silence.

Lentement, très lentement, Delvecchio se dirigea vers le laboratoire en rampant dans la boue. Personne ne parut le remarquer. Épuisé, il parvint enfin à la forme inerte en combinaison. C'était Sanderpay, mort.

Il lui prit son laser. Il y avait cinq hommes devant lui, d'autres dans les ténèbres au-delà. Toujours à plat ventre, Delvecchio visa un homme, puis un autre, puis un autre encore. Des geysers de vapeur s'élevaient autour de lui à chaque riposte des silhouettes en uniforme de duralliage. Il tira, tira et tira encore, jusqu'à ce que tous ceux qui l'encerclaient fussent tombés. Puis il se releva, et se mit tant bien que mal à courir.

Un coup emporta le talon de sa botte, et il sentit aussitôt une vague de chaleur lui inonder le pied. Il se retourna, tira, poursuivit sa route, dépassa la tour détruite et les laboratoires en ruine.

Plusieurs rayons de laser vinrent alors lui frôler le crâne. Il y avait quatre, cinq, peut-être six ennemis. Delvecchio se laissa tomber derrière ce qui avait été le mur d'un laboratoire. Il tira par-dessus, vit une silhouette tomber. Fit feu de plus belle. Pour enfin s'apercevoir que son chargeur était de nouveau vide.

Les rayons des lasers ennemis se concentraient sur le mur, brûlant l'obstacle, le transperçant presque. Les hommes se déployaient. Il n'y avait plus d'espoir.

Un chaos de bruits et de flammes envahit alors la nuit. Un cadavre complètement tordu tournoya dans les airs. Un trait de laser venu de derrière Delvecchio suivit presque aussitôt l'explosion.

C'était Sheridan, qui descendait l'un après l'autre les hommes surpris au beau milieu de la cour. Il s'arrêta de tirer une seconde, lança une charge d'explosifs, puis reprit son laser. Un gros débris délogé par la fusillade vint alors le frapper, et il tomba.

Delvecchio se releva en même temps que lui. Tous deux demeurèrent un instant ainsi, à chanceler sur place. Sheridan ne cessait de tourner sur lui-même, en quête d'un ennemi – mais il n'y avait plus personne. Il hoquetait de fatigue dans sa combinaison.

La pluie diminuait d'intensité, contrairement à la douleur, qui se faisait plus aiguë.

Ils se frayèrent un chemin parmi les décombres, y voyant de nombreux corps recroquevillés, en uniforme de duralliage, quelques-uns en combinaison. Sheridan s'arrêta à côté de l'un d'eux, le retourna. La visière avait brûlé, ainsi qu'une partie du visage. D'un coup de pied, il remit le cadavre dans sa position initiale.

Delvecchio en examina un autre. Il lui enleva le casque, regarda les narines, le front, les yeux, les oreilles. Rien.

Sheridan s'était quant à lui arrêté à proximité d'un corps en combinaison, à moitié recouvert par les décombres. Il resta immobile pendant un long moment, puis : « Delvecchio. *Delvecchio !* »

Une fois qu'il l'eut rejoint, celui-ci se baissa pour ôter le masque-filtre.

L'homme, toujours vivant, ouvrit les yeux. « Dieu du ciel, Jim, dit-il. Pourquoi ? Oh, mais *pourquoi* as-tu fait ça ? »

Delvecchio ne disait rien. Il restait là, pétrifié, à contempler le corps à ses pieds.

Son regard finit par croiser celui de Bill Reyn.

« Je suis arrivé à passer, Jim, dit celui-ci entre deux quintes ensanglantées. Après le crash… n'ai eu aucun mal… tout près… arrivé à pied. Ils… ils étaient encore à l'intérieur, la plupart en tout cas. Presque aucun… sortis. »

Nouvelle quinte de toux, brève et sourde.

« J'y suis arrivé… le vaccin… la plus grande partie, en tout cas… quelques-uns étaient sortis… contaminés… sans espoir. Mais… mais nous leur avons ôté… leurs uniformes et leurs armes. Comme ça… ils pouvaient pas… faire de mal… on a dû se battre… tout du long. Moi, la moisissure m'a foutu la paix, mais bon sang, ces types en duralliage… on en a perdu quelques-uns… sangsues… hydres… »

Sheridan tourna les talons, laissa tomber son fusil par terre, puis s'élança en direction des laboratoires.

« On a essayé les radios… des combinaisons, et… celles des casques d'uniforme, Jim. Mais l'orage… on aurait dû attendre, mais le vaccin… dure pas… plus d'effet… essayé de ne pas vous blesser… vous êtes mis à nous tirer dessus… tuer… »

Il s'étrangla en avalant son propre sang. Delvecchio le regardait, incapable de lui venir en aide. « Une fois encore, dit-il d'une voix morne, défaite. Une fois encore, nous l'avons sous-estimée. Nous… non, pas nous, *moi*… moi, j'ai… »

Reyn mit trois bonnes heures à mourir. Delvecchio ne retrouva jamais Sheridan. Il essaya de remettre seul en marche les génératrices, mais n'y parvint pas.

Le ciel se dégagea juste avant l'aube. Des étoiles apparurent, blanches et brillantes sur le firmament nocturne. La moisissure n'avait pas encore lâché de nouvelles spores. Ça ressemblait presque à une nuit sans lune sur Terre.

Assis sur un tas de décombres, un fusil laser ravi à un soldat mort dans les mains, une douzaine de chargeurs à la ceinture, Delvecchio évitait de regarder l'endroit où gisait Reyn. Il essayait de trouver un moyen de faire marcher la radio. Un astronef de ravitaillement devait bientôt arriver.

À l'est, le ciel commença bientôt à pâlir. Une noctule, puis une autre se mirent à voler en cercles au-dessus des ruines de la station des Eaux-Glauques.

Et les spores se mirent à tomber.

Kansas City, Missouri
Chicago, Illinois
Grand Prairie, Texas
Juin-août 1972

UN LUTH CONSTELLÉ DE MÉLANCOLIE

Entre les mondes voyage une jeune femme.

Elle a les yeux gris et le teint pâle, du moins s'il faut en croire la légende. Ses cheveux tombent en une cascade noire comme le charbon, on y entrevoit parfois des reflets roux. Son front est ceint d'un cercle de métal poli, une couronne sombre qui retient ses cheveux et fait parfois planer des ombres sur ses yeux. Elle s'appelle Sharra ; elle connaît les passages entre les mondes.

Le début de son histoire se perd dans la nuit des temps ; l'on ne sait même plus de quel monde elle est originaire. Sa fin ? Sa fin reste dans les limbes du futur, et nous n'en saurons rien quand elle adviendra.

Ne nous en reste que le milieu – un fragment de ce milieu, plutôt, la plus petite partie de la légende, une simple bribe de la quête. Une anecdote dans cette histoire éternelle, où l'on parle d'un monde sur lequel Sharra s'est arrêtée, de Laren Dorr, le ménestrel solitaire, et de la façon dont, brièvement, leurs vies se sont touchées.

L'instant d'avant, il n'y avait qu'une vallée plongée dans le crépuscule. Le soleil couchant était suspendu, violet, énorme, sur la crête ; ses rayons obliques tombaient sur une forêt épaisse d'arbres aux troncs noirs luisants et de feuilles spectrales, incolores et transparentes. Les seuls bruits audibles étaient le cri des oiseaux-de-deuil, que la nuit faisait sortir de leurs nids, et le murmure impétueux du torrent qui traversait la forêt, au fond de la vallée.

Puis, lasse et blessée, Sharra arriva par une ouverture invisible dans le monde de Laren Dorr. Elle portait une robe blanche toute simple, tachée de sang et de sueur, ainsi qu'un lourd manteau de fourrure à moitié arraché de ses épaules. Son bras gauche, mince et nu, arborait trois longues éraflures sanglantes. Elle apparut au bord du torrent, tremblante, jeta un coup d'œil rapide, circonspect, autour d'elle, puis s'agenouilla pour panser ses blessures. L'eau était boueuse malgré le courant rapide, d'un vert sombre, lugubre. Sharra n'avait aucun moyen de savoir si elle était potable, mais elle avait soif, et elle se sentait très affaiblie. Elle but donc, lava ses blessures du mieux qu'elle le put et les pansa avec des bandes de ses vêtements. Puis, comme le soleil violet plongeait derrière la crête, elle se traîna vers un coin abrité sous les arbres et s'endormit d'épuisement.

La jeune femme s'éveilla dans des bras puissants, qui la soulevaient comme une plume pour l'emporter elle ne savait où. Elle commença à se débattre, mais les bras resserrèrent leur emprise, l'empêchant de bouger. « Du calme », lui dit une voix mélodieuse. Elle entrevit alors un visage dans la brume de plus en plus épaisse, un visage d'homme, un long visage empreint de douceur. « Vous êtes faible, lui dit-il, et la nuit tombe. Il nous faut rentrer avant qu'il ne fasse vraiment noir. »

Sharra cessa de lutter, sachant pourtant qu'elle aurait dû persévérer. Mais elle luttait depuis si longtemps... Elle le regarda, en quête d'une réponse. « Pourquoi ? » lui demanda-t-elle. Puis, sans attendre la réponse : « Qui êtes-vous ? Où allons-nous ?

— Dans un endroit sûr.

— Chez vous ? s'enquit-elle, à moitié endormie.

— Non. » Il parlait si bas qu'elle l'entendait à peine. « Non, ce n'est pas "chez moi", ça ne le sera jamais, mais ça en tient néanmoins lieu. » Elle entendit des éclaboussements, comme s'ils traversaient le torrent, et entraperçut devant eux, sur la crête, la silhouette pointue, biscornue, d'un château à trois tours qui se détachait, noir, sur le soleil. *Bizarre*, se dit-elle, *il n'était pas là tout à l'heure.*

Elle s'endormit.

Il se trouvait là à son réveil, en train de la regarder. La jeune femme était allongée sous une pile de couvertures chaudes et moelleuses, dans un lit à baldaquin. Les rideaux du lit étaient ouverts, son hôte se tenait assis à l'autre bout de la pièce, dans la pénombre. La lueur des chandelles dansait dans ses yeux, et il avait croisé les mains sous son menton. « Vous vous sentez mieux ? » s'enquit-il, sans faire le moindre geste.

Elle se redressa, s'aperçut aussitôt qu'elle était nue. Sa méfiance en éveil, elle porta la main à son front d'un mouvement plus rapide que la pensée. Mais la sombre couronne se trouvait toujours là, bien en place, la jeune femme sentait le froid du métal sur sa peau. Personne n'y avait touché. Un peu détendue, elle s'adossa contre les oreillers, ramenant les couvertures sur elle. « Beaucoup mieux. » Et tout en le disant, elle s'aperçut que ses blessures avaient disparu.

L'homme lui adressa un sourire triste et nostalgique. Il avait un visage énergique, des cheveux couleur de charbon, dont les boucles tombaient en mèches paresseuses sur des yeux sombres un peu trop grands. Il était mince et, même assis, il semblait grand. Il portait un costume de cuir gris souple, sur lequel sa mélancolie semblait tomber comme un manteau. « Des marques de griffes tout le long de votre bras, dit-il avec une moue pensive, vos vêtements pratiquement arrachés. Il semble que quelqu'un ne vous aime guère.

— Pas quelqu'un, dit Sharra, quelque chose : un gardien, un gardien à la porte du passage. Les Sept n'aiment guère qu'on passe d'un monde à l'autre. Et moi, ils me détestent tout particulièrement. »

Il dénoua ses mains, les posa sur les accoudoirs sculptés de son fauteuil. Puis hocha la tête, sans se départir de son sourire mélancolique. « Tiens donc. Vous connaissez les Sept, et vous connaissez les portes. » Son regard se porta sur le front de Sharra. « La couronne, bien sûr. J'aurais dû m'en douter. »

Sharra lui sourit. « Vous vous en doutiez déjà, en fait. J'irai même jusqu'à dire que vous le saviez. Qui êtes-vous ? Dans quel monde nous trouvons-nous ?

— Le mien, lui répondit-il posément. Je lui ai bien donné un millier de noms, mais aucun ne lui convenait vraiment. J'en ai trouvé un parfait, une fois, mais je l'ai oublié. C'était il y a très longtemps. Moi, je m'appelle Laren Dorr. Du moins est-ce ainsi qu'on me nommait autrefois, quand j'avais encore besoin d'un nom. Ce n'est plus d'une très grande utilité, en ces lieux. *Ça*, au moins, je ne l'ai pas oublié.

— Votre monde ? Êtes-vous donc un roi ? Ou un dieu ? »

Laren Dorr éclata d'un rire spontané. « Oui, et plus que ça encore. Je suis ce que je choisis d'être. Il n'y a personne ici pour me contredire.

— Qu'avez-vous fait à mes blessures ?

— Je les ai guéries. » Il eut un geste d'excuse. « Ce monde m'appartient, vous savez. Il me confère… certains pouvoirs. Pas autant que je voudrais, peut-être, mais ils ne sont aucunement négligeables.

— Oh, fit-elle sans conviction.

— Vous pensez que c'est impossible – à cause de votre couronne, bien sûr. Mais vous n'avez qu'à moitié raison. Je ne peux pas vous faire de mal avec mes… pouvoirs, pas tant que vous la portez, mais ça ne m'empêche pas de vous venir en aide. » Il sourit de plus belle, et son regard s'adoucit, se fit rêveur. « Mais cela n'importe guère. Quand bien même je le pourrais, jamais je ne vous ferais de mal, Sharra. Cela fait si longtemps. »

Sharra sursauta, saisie. « Comment connaissez-vous mon nom ? »

Il se leva, tout sourire, et vint s'asseoir à côté d'elle sur le lit. Avant de répondre, il lui saisit la main et commença à la caresser d'un léger mouvement du pouce. « Oui, je connais votre nom : Sharra. Vous voyagez à travers les mondes. Il y a bien des siècles, quand les montagnes avaient une autre forme, et que ce soleil violet encore au début de son cycle était rouge, ils sont venus pour m'annoncer votre venue. Je les hais, chacun des Sept, et je les haïrai toujours, mais c'est avec plaisir cette nuit-là que j'ai accueilli la vision qu'ils m'ont apportée. Ils m'ont juste donné votre nom, en me disant que vous alliez venir ici, sur ma planète. Ainsi qu'une autre chose, mais la première me suffisait. C'était une promesse. La promesse d'une fin ou d'un commencement, la promesse d'un changement.

Et tout changement est bienvenu sur cette planète. Je vis seul ici depuis des milliers de cycles solaires, Sharra, et chacun d'eux dure des siècles. Il y a fort peu d'événements pour marquer l'agonie du temps. »

Sourcils froncés, Sharra secoua ses longs cheveux noirs, dont les doux reflets roux se mirent à briller à la lueur des chandelles. « En savent-ils donc tant à l'avance ? lui demanda-t-elle d'une voix inquiète. Savent-ils ce qui *va* se passer ? » Elle le dévisagea. « Vous disiez qu'ils vous avaient également dit autre chose ? »

Il lui pressa la main, très légèrement. « Ils m'ont dit que je vous aimerais. » Sa voix était toujours aussi triste. « Mais il n'y avait nul besoin d'être un grand prophète pour le deviner. J'aurais pu en dire autant moi-même. Il y a bien longtemps – le soleil était jaune, je crois, en ce temps-là –, j'ai décidé que j'aimerais n'importe quelle voix pourvu qu'elle diffère de l'écho de la mienne. »

Sharra s'éveilla à l'aube ; les rayons du soleil violet inondaient la chambre par une grande fenêtre à ogive qui ne se trouvait pas là la nuit précédente. On lui avait préparé un choix de vêtements : un grand caftan jaune, une robe rouge vif ornée de pierreries, ainsi qu'un ensemble d'un vert profond. La jeune femme opta pour l'ensemble, qu'elle revêtit en hâte. Avant de quitter la chambre, cependant, elle alla regarder par la fenêtre.

Elle se trouvait dans une tour qui surplombait des remparts en ruine, ainsi qu'une cour triangulaire toute poussiéreuse. Deux autres tours, semblables à des allumettes tordues surmontées de minces aiguilles coniques, s'élevaient aux deux autres angles du triangle. Un grand vent faisait flotter les rangées de pennons gris alignés le long du mur, mais rien d'autre ne bougeait.

Et, au-delà des murs du château, rien qui ressemblât à la vallée – absolument rien. Le château, avec sa cour et ses tours biscornues, était juché au sommet d'une montagne, et, de quelque côté qu'on se tournât, à perte de vue, se dressaient des montagnes plus hautes encore, un panorama de falaises de pierre noire, de murailles rocheuses déchiquetées et d'aiguilles de glace sur lesquelles le soleil faisait jouer des reflets violets. La fenêtre était hermétiquement close, mais le vent semblait glacial.

La porte de la chambre était ouverte. Sharra se hâta de descendre un escalier de pierre en colimaçon, traversa la cour, puis pénétra dans le bâtiment principal, une construction basse, en bois, adossée au mur. La jeune femme arpenta alors d'innombrables salles, certaines vides, froides et poussiéreuses, d'autres somptueusement meublées, avant de trouver Laren Dorr attablé devant son petit déjeuner.

Il y avait un siège vide à côté de lui ; la table était chargée de victuailles. Après s'être assise, Sharra s'empara d'un petit pain chaud, souriant malgré elle. Laren lui rendit son sourire.

« Je vais partir aujourd'hui, lui dit-elle entre deux bouchées. Je regrette, Laren, mais il me faut vraiment trouver la porte. »

L'homme poussa un soupir. Son expression de mélancolie désespérée ne l'avait pas quitté – elle ne le quittait jamais. « C'est ce que vous disiez hier soir, oui. Eh bien, il semble que j'aie attendu toute cette éternité pour rien. »

Il y avait de la viande, plusieurs sortes de petits pains, des fruits, du fromage, du lait. Sharra remplit son assiette, le visage un peu assombri, en évitant le regard de Laren. « Je regrette, répéta-t-elle.

— Restez un peu, dit-il. Juste un tout petit peu. Vous pouvez vous le permettre, je crois. Laissez-moi vous faire découvrir mon univers. Laissez-moi chanter pour vous. » Ses grands yeux sombres et las se teintèrent d'une nuance interrogatrice.

Elle hésita. « Eh bien… trouver une porte me prend un certain temps, en général. Accompagnez-moi donc un peu, dans ce cas. Mais, Laren, en fin de compte, il faudra quand même que je parte. J'ai promis. Vous comprenez ?

— Je comprends. Mais écoutez : je sais où se trouve la porte, je peux vous la montrer, vous éviter de la chercher. Restez avec moi, disons… un mois ? Un mois selon votre manière de compter le temps. Et puis je vous mènerai à la porte. » Il l'étudia du regard. « Cela fait longtemps, très longtemps que vous cherchez, Sharra. Peut-être avez-vous besoin de repos. »

Lentement, pensivement, elle croqua un fruit sans le quitter des yeux. « Peut-être bien, en effet, dit-elle enfin, pesant le pour et le contre. Sans compter qu'il y aura un gardien. Vous pourriez bien m'être utile à ce moment-là. Un mois… ce n'est guère long. Je suis restée bien plus longtemps sur d'autres mondes. » Elle hocha la tête, un sourire vint lentement éclairer son visage. « Oui, dit-elle, c'est d'accord. » Il lui toucha légèrement la main.

Après le petit déjeuner, il lui montra donc le monde qu'ils lui avaient donné.

Ils se tenaient immobiles côte à côte sur le petit balcon qui surplombait la plus haute des trois tours – Sharra, vêtue de vert sombre, Laren comme une grande ombre d'un gris doux. Laren faisait tourner le monde autour d'eux. Il fit voler le château au-dessus de mers tumultueuses, d'où s'extirpaient de longues têtes noires serpentines qui les regardaient passer. Il les emmena à l'intérieur de cavernes souterraines remplies d'échos qui brillaient d'une faible lueur verte ; des stalactites humides s'y égouttaient sur les tours et des troupeaux de boucs blancs aveugles gémissaient à l'extérieur des remparts. Lorsqu'il frappa des mains, tout sourire, les vapeurs épaisses d'une jungle tropicale s'élevèrent aussitôt autour d'eux ; des arbres qui grimpaient en échelles de lianes jusqu'au ciel, des fleurs géantes d'une douzaine de couleurs différentes, des singes à longs crocs qui glapissaient agrippés aux murs. Il frappa de nouveau dans ses mains, et les singes disparurent. Brusquement, la poussière de la cour devint sable et ils se retrouvèrent sur une grève qui s'étendait à l'infini au bord d'un triste océan gris, avec pour seul mouvement discernable le lent battement des ailes diaphanes d'un grand oiseau bleu. Laren lui montra tous ces paysages, et bien d'autres encore, pour enfin, lorsque le crépuscule parut vouloir s'étendre de toute part, se décider à ramener le château sur la crête qui surplombait la vallée. Et Sharra revit la forêt aux troncs noirs où il l'avait trouvée, elle entendit à nouveau les gémissements et les pleurs des oiseaux-de-deuil dans les feuilles transparentes.

Elle se tourna vers lui. « Quel monde agréable.

— Détrompez-vous. » Laren avait posé les mains sur le froid parapet de pierre ; son regard errait sur la vallée qui s'étendait à leurs pieds. « Je l'ai exploré de fond en comble, jadis ; à pied, muni d'une épée et d'un bâton. J'étais un homme joyeux à l'époque, animé d'un profond espoir. Derrière chaque colline se cachait un nouveau mystère. » Il eut un petit rire. « Mais ça aussi, c'était il y a fort longtemps. Je sais à présent ce qu'il y a derrière chaque colline : rien qu'un horizon vide. »

Il la regarda, puis haussa les épaules à sa façon coutumière. « Il y a sans doute pire, comme enfer ; mais celui-ci est le mien.

— Alors, venez avec moi, dit-elle. Conduisez-moi à la porte et partez avec moi. Il y a d'autres mondes. Moins étranges, peut-être, moins beaux, mais vous n'y serez pas seul. »

Il haussa de nouveau les épaules. « À vous écouter, dit-il d'une voix légère, on pourrait croire que rien n'est plus facile. J'ai trouvé la porte, Sharra. J'ai essayé mille fois. Son gardien ne m'empêche nullement de passer. Une fois de l'autre côté, j'aperçois brièvement un nouveau monde… puis tout à coup je me retrouve dans la cour. Non. Je ne peux pas partir. »

Elle lui prit la main. « Comme c'est triste. Rester seul aussi longtemps. Vous devez être quelqu'un de très fort, Laren. Moi, je serais devenue folle au bout de quelques années à peine. »

Il se mit à rire, un rire plein d'amertume. « Oh, Sharra. Je suis devenu fou mille fois. Ils m'ont guéri, mon amour. Ils me guérissent toujours. » Un mouvement d'épaule, puis il l'entoura de son bras. Un vent froid se levait. « Venez, ajouta-t-il en l'entraînant, il nous faut rentrer avant la tombée de la nuit. »

Ils montèrent jusqu'à la chambre de Sharra, s'assirent sur son lit. Puis Laren apporta des victuailles ; de la viande, saisie à l'extérieur, saignante à l'intérieur, du pain chaud, du vin. Ils se mirent à manger tout en bavardant.

« Pourquoi vous ont-ils envoyé ici ? lui demanda-t-elle entre deux bouchées, après avoir avalé une gorgée de vin. Qu'avez-vous fait pour les offenser ? Qui étiez-vous avant ?

— Je ne m'en souviens plus, lui répondit-il, sauf dans mes rêves. Et les rêves… cela fait si longtemps que je n'arrive même plus à distinguer les vrais des visions nées de ma folie. » Il soupira. « Parfois je rêve d'avoir été un roi, un grand roi sur un autre monde que celui-ci, qui n'avait à se reprocher que d'avoir rendu son peuple heureux. Les gens avaient donc abandonné le culte des Sept, et déserté les temples. Un jour, je me suis réveillé dans ma chambre, dans mon château, pour découvrir que mes serviteurs avaient disparu. Même chose quand je suis sorti : plus de peuple ni de royaume, sans même parler de la femme qui dormait auprès de moi.

« Mais il y a d'autres rêves. Je me souviens parfois vaguement d'avoir été un dieu – un *demi*-dieu, plutôt. J'avais des pouvoirs, un savoir –, mais ce n'était pas *le* savoir, la doctrine des Sept. Ils me craignaient, car, pris séparément, j'aurais pu les battre l'un après l'autre. Mais les affronter tous les sept à la fois m'était impossible, et c'est précisément ce qu'ils m'ont forcé à faire. Ils ont fini par m'abandonner ici, en ne me laissant qu'une infime partie de mes pouvoirs. Un acte d'autant plus cruel que, lorsque j'étais un dieu, j'exhortais les hommes à se rapprocher les uns des autres, je leur disais que par l'amour, le rire et la parole, ils pouvaient éloigner les ténèbres. Voilà tout ce que les Sept m'ont enlevé.

« Mais il y a pire. À d'autres moments, j'ai l'impression que j'ai toujours vécu ici, que j'y suis né il y a de ça une éternité. Que tous mes souvenirs sont fallacieux, qu'ils ne m'ont été envoyés que pour me faire souffrir davantage. »

Sharra le dévisageait. Lui ne la regardait pas, il avait les yeux perdus dans le lointain, pleins de brume et de rêves, de souvenirs à moitié morts. Il parlait très lentement, d'une voix qui ressemblait elle aussi à de la brume, une brume flottante, tourbillonnante, qui dissimulait certaines choses – des mystères inaccessibles, des lumières lointaines qu'on n'atteindrait jamais.

Son regard revint alors se poser sur la jeune femme. « Ah, Sharra, reprit-il, prends bien garde où tu mets les pieds. Même ta couronne ne te sauvera pas d'un affrontement direct avec eux. Bakkalon, l'Enfant pâle, déchirera tes chairs, Naa-Slas se repaîtra de ta douleur, et Saagael de ton âme. »

Dans un frisson, elle se coupa une nouvelle tranche de viande. Mais celle-ci était froide, dure, et la jeune femme s'aperçut soudain que les chandelles étaient presque entièrement consumées. Combien de temps avait-elle passé à l'écouter parler ?

« Attends. » Il se leva, sortit. Près de la porte, là où précédemment se trouvait une fenêtre, il n'y avait à présent plus qu'un mur gris et rugueux ; dès les derniers rayons du soleil, les vitres devenaient toutes de pierre. Laren revint au bout de quelques instants, tenant par une sangle de cuir un instrument de musique en bois sombre et brillant. Sharra n'avait jamais rien vu de tel. L'instrument avait seize cordes, pour autant de couleurs, et sur toute sa longueur brillaient des barres de lumière incrustées dans le bois poli. Laren s'assit, le pied de l'instrument par terre, l'autre extrémité lui arrivant juste au-dessus de l'épaule. Ses doigts touchèrent délicatement les cordes ; les lumières eurent un sursaut, et soudain la chambre s'emplit d'une musique qui s'évanouit aussitôt.

« Mon compagnon. » Tout sourire, il fit jouer ses doigts sur l'instrument. La musique monta, puis mourut, un filet de notes perdues, sans mélodie. Ses doigts touchèrent les barres de lumière, et l'air se mit à miroiter, à changer de couleur.

Il commença à chanter.

« Je suis le seigneur de la solitude.
Et mon fief est désert… »

… Les premières notes s'envolèrent, basses et mélodieuses, avec la voix veloutée, embrumée, *lointaine*, de Laren. Le reste de la chanson, Sharra s'y accrocha, essayant en vain de se souvenir de chaque mot. Ils s'enfuyaient, tous. Ils la touchaient, la caressaient, puis fondaient et disparaissaient de nouveau dans le brouillard, allant et venant si vite que la jeune femme ne parvenait pas à se rappeler ce qu'ils avaient été. Et, avec les mots, la musique ; nostalgique, mélancolique, pleine de secrets qui venaient se briser contre elle avec des pleurs, des murmures, des promesses de mille histoires à raconter. La flamme des chandelles s'aviva tout autour de la chambre, des boules de lumière apparurent, se mirent à danser, à se fondre les unes dans les autres ; l'air était rempli de couleurs.

Les paroles, la musique, la lumière ; Laren les prenait, les tissait, en faisait une tapisserie, une *vision* qu'il s'efforçait de présenter à la jeune femme.

Elle le vit tel qu'il se voyait dans ses rêves ; un roi, grand et fort, toujours fier, des cheveux aussi noirs que les siens, des yeux qui lançaient des éclairs. Habillé tout de blanc moiré, une culotte moulante, une chemise à grandes manches romantiques, un ample manteau qui volait dans le vent comme une écharpe de neige. Son front était ceint d'une couronne d'argent scintillant, une fine épée brillait du même éclat à son côté. Un Laren plus jeune, un Laren qui se mouvait sans mélancolie, qui se mouvait dans un monde de magnifiques minarets d'ivoire et de paresseux canaux bleus. Et le monde tournait autour de lui – amis, amantes, une femme en particulier, que Laren décrivit avec des mots de lumière et de feu. Une infinité de jours où il faisait bon vivre, où il faisait bon rire. Et puis, brusquement, abruptement, les ténèbres. Il se trouvait ici, prisonnier de ce monde vide.

La musique se fit gémissement ; les lumières pâlirent ; les mots devinrent tristes, perdus. Sharra vit Laren s'éveiller dans son château à présent désert. Elle le vit chercher de salle en salle, sortir, pour se retrouver devant un monde inconnu. Elle le vit quitter le château, aller vers les brumes d'un lointain horizon dans l'espoir que les brumes ne soient que fumée. Elle le vit marcher et marcher encore, d'horizon en horizon, de jour en jour ; le grand soleil devint rouge, puis orange, puis jaune, mais toujours sa planète était déserte. Tous les endroits qu'il lui avait montrés, il s'y était déjà rendu – à pied – ; ceux-là, et bien d'autres encore. Enfin, plus perdu que jamais, il voulut rentrer. Et le château vint à lui.

Au cours du processus, le blanc qu'il portait était devenu gris, un gris fumée. Mais sa chanson n'était pas finie. Les jours passaient, et les années, et les siècles, et Laren devint las, il devint fou, mais jamais il ne vieillissait. Le soleil brillait d'un éclat vert et violet, puis d'une dure lumière blanche et bleue, mais chaque cycle avait raison d'un certain nombre de couleurs dans son univers. Ainsi chantait Laren, une infinité de jours et de nuits solitaires, vides, où il n'avait que sa musique et ses souvenirs pour lutter contre la folie ; voilà ce que ses chansons firent éprouver à Sharra.

Et quand la vision eut disparu, quand la musique mourut et que la voix mélodieuse se fondit enfin dans le silence, quand Laren se tut et lui sourit, la jeune femme s'aperçut qu'elle tremblait.

« Merci », dit-il d'une voix douce. Il prit son instrument, lui souhaita une bonne nuit, puis se retira.

Le jour suivant se leva, froid et couvert, mais Laren emmena néanmoins Sharra chasser dans la forêt. Ils poursuivirent une mince créature blanche, mi-chatte, mi-gazelle, trop rapide pour rendre la chasse aisée et trop féroce pour qu'ils puissent la tuer. Peu importait à Sharra. La chasse lui plaisait davantage que la curée. Elle éprouvait une joie singulière, exaltante, à courir dans une forêt qui allait s'enténébrant, avec en main un arc qu'elle n'utilisait jamais, et sur l'épaule un carquois rempli de flèches taillées dans le bois des arbres lugubres qui les entouraient. Tous deux étaient emmitouflés dans des fourrures grises, et Laren, coiffé d'un capuchon à tête de loup, lui souriait. Dans leur course, ils brisaient sous leurs bottes les pâles feuilles fragiles comme du verre.

Plus tard, sans même avoir tué leur proie, ils revinrent épuisés au château de Laren. Qui leur servit un beau festin dans la grande salle à manger. Ils ne cessaient de se sourire d'un bout à l'autre d'une table de quinze mètres. Sharra était donc en train de contempler par la fenêtre les nuages qui passaient derrière lui lorsque la vitre se transforma soudain en pierre.

« Pourquoi les fenêtres se murent-elles ? Et pourquoi ne sors-tu jamais la nuit ? »

Il haussa les épaules. « Ah, j'ai mes raisons. Les nuits, vois-tu, ne sont pas saines ici. » Il but une gorgée de vin chaud épicé dans un grand hanap émaillé. « Dans le monde d'où tu viens, d'où tu es partie, dis-moi, Sharra, y avait-il des étoiles ? »

Elle fit un signe affirmatif. « Oui. Cela fait très longtemps, et pourtant je m'en souviens. Les nuits étaient très sombres, les étoiles autant de points de lumière, dures, froides, lointaines. Elles formaient parfois des dessins dans le ciel. Les hommes de ma planète, à l'origine, donnaient un nom à chacun de ces dessins ; ils racontaient de belles histoires à leur propos. »

Laren hocha la tête. « J'aurais aimé ta planète, je crois. La mienne lui ressemblait un peu. Mais nos étoiles avaient un millier de couleurs, et elles se déplaçaient dans la nuit telles des lanternes éthérées. Parfois elles s'entouraient de voiles pour cacher leur éclat. Alors, nos nuits brillaient d'une lumière douce, comme filtrée à travers une toile d'araignée. Parfois j'allais voguer sous les étoiles, avec celle que j'aimais. Simplement pour regarder les étoiles ensemble. C'était parfait, pour chanter. » Sa voix avait retrouvé toute sa tristesse.

Les ténèbres avaient pénétré dans la pièce, les ténèbres et le silence. Les mets avaient refroidi, et Sharra ne pouvait plus distinguer le visage de Laren à l'autre bout de la longue table. Elle se leva, puis alla lestement s'asseoir sur la grande table, à côté de son siège. Tout sourire, Laren fit un simple geste, et soudain, dans un bruit de vent, des torches s'allumèrent dans la grande salle à manger tout le long des murs. Il lui offrit encore du vin ; les doigts de Sharra s'attardèrent sur les siens en prenant la coupe.

« C'était ainsi pour nous aussi, dit-elle, quand le vent était assez chaud et qu'il n'y avait personne alentour, Kaydar et moi aimions aller dormir ensemble, sous les étoiles. » Elle hésita, le regarda.

« Kaydar ? répéta-t-il, le regard interrogateur.

— Tu l'aurais apprécié, Laren, et ç'aurait, je crois, été réciproque. Il était grand, avec des cheveux roux et des flammes dans les yeux. Kaydar avait des pouvoirs, tout comme toi, mais les siens étaient plus grands encore. Et il avait une telle volonté ! Ils me l'ont enlevé, un soir ; ils ne l'ont pas tué, non, ils se sont contentés de l'arracher à mes bras, à notre univers. Depuis, je le cherche. Je connais les passages, je porte la sombre couronne – ils ne m'arrêteront pas aisément. »

Laren avala une gorgée de vin, puis contempla le reflet des torches sur le métal de son hanap. « Il y a une infinité de mondes, Sharra.

— J'ai tout mon temps. Je ne vieillis pas, Laren, pas plus que toi. Je le trouverai.

— Tu l'aimais tant que ça ? »

Sharra essaya de réprimer un sourire fugitif, plein de tendresse – sans y parvenir. « Oui. » Et c'était sa voix désormais qui semblait un peu perdue. « Oui, tant que ça. Il m'a donné du bonheur, Laren. Nous ne sommes restés ensemble que très peu de temps, mais il m'a vraiment rendue heureuse. Cela, les Sept ne peuvent me l'enlever. Le simple fait de le regarder me remplissait de joie – sentir ses bras autour de moi, voir l'allégresse dans ses yeux…

— Ah. » Il sourit à son tour, mais son rictus avait comme un goût de défaite. Le silence s'appesantit.

Puis Sharra se tourna vers lui. « Mais nous parlions de tout autre chose. Tu ne m'as toujours pas dit pourquoi tes fenêtres se muraient, la nuit venue.

— Tu as beaucoup voyagé, Sharra. Tu passes d'un monde à l'autre. As-tu jamais vu des mondes sans étoiles ?

— Oui, Laren, souvent. J'ai vu un univers où le soleil n'était qu'une braise ardente, avec une seule planète en orbite autour de lui. Les cieux étaient vastes et déserts une fois la nuit tombée. J'ai vu la terre de bouffons maussades, dénuée de tout ciel, où les soleils brûlaient en sifflant sous l'océan. J'ai parcouru les landes de Carradyne, observé les noirs sorciers mettre le feu à un arc-en-ciel pour éclairer cet astre sans soleil.

— Ce monde-ci n'a pas d'étoiles.

— Cela t'effraie-t-il tant que tu restes enfermé ?

— Non, mais il y a autre chose à la place. » Il la regarda. « Tu veux voir ? »

Elle acquiesça.

Les torches s'éteignirent, aussi brusquement qu'elles s'étaient allumées. La salle se retrouva noyée dans l'obscurité. Sharra se tourna légèrement pour regarder par-dessus l'épaule de Laren. Celui-ci ne bougea pas, mais derrière lui les pierres de la fenêtre tombèrent en poussière, laissant la lumière pénétrer dans la pièce.

Le ciel était sombre, mais la jeune femme y voyait une forme qui se mouvait sur le voile d'obscurité. Elle *irradiait* de la lumière – et la poussière de la cour, les pierres des remparts comme les pennons gris brillaient sous cet éclat. Étonnée, Sharra leva les yeux.

Son regard croisa celui de la forme, une forme plus haute que les montagnes, qui remplissait la moitié du firmament, et bien qu'elle émît suffisamment de lumière pour donner à voir le château, Sharra la sut plus sombre que les ténèbres. C'était une forme vaguement humaine, qui portait une longue cape à capuche – les ténèbres en dessous semblaient encore plus immondes que partout ailleurs. Les seuls bruits audibles provenaient de la respiration de Laren, des battements du cœur de Sharra, et des lamentations lointaines d'un oiseau-de-deuil ; mais dans la tête de la jeune femme résonnait un rire démoniaque.

L'ombre dans le ciel la regardait, *fouillait* en elle ; et la jeune femme sentait le froid des ténèbres pénétrer son âme. Pétrifiée, elle n'arrivait pas à détourner les yeux. L'ombre se mit à bouger. Elle leva la main, et une autre forme apparut à ses côtés, une minuscule silhouette humaine aux yeux de feu qui se tordait, hurlait, l'*appelait*.

Dans un terrible hurlement, Sharra parvint finalement à s'écarter de cette horrible vision. Quand son regard revint à la fenêtre, cependant, il n'y avait plus qu'un mur. Un mur de pierre solide, digne de confiance, ainsi qu'une rangée de torches allumées. Laren la tenait dans une étreinte ferme. « Ce n'était qu'une vision. » Il la serra contre lui, lui caressa les cheveux. « Avant, une fois la nuit venue, je m'amusais à en faire l'expérience la nuit. Juste pour voir. » Il semblait s'adresser davantage à lui-même qu'à la jeune femme. « Mais il n'en était nul besoin. Les Sept se relaient là-haut pour me surveiller, à tour de rôle. Je les ai vus trop souvent brûler d'une lumière noire sur la saine obscurité du ciel, tenant captifs ceux que j'aime. À présent, je ne regarde plus. Je reste à l'intérieur, à chanter derrière mes fenêtres en pierre-de-nuit.

— Je me sens… souillée, dit-elle, tremblant encore un peu.

— Viens, il y a de l'eau en haut. Ça te permettra de chasser le froid. Ensuite, je chanterai pour toi. » Il lui prit la main et la conduisit dans la tour.

Sharra alla donc prendre un bain chaud pendant que Laren accordait son instrument dans la chambre. Il était fin prêt quand la jeune femme revint, enveloppée de la tête aux pieds dans une grande serviette brune et moelleuse. Elle s'assit sur le lit, se sécha les cheveux et attendit.

Et Laren lui tissa des visions.

Cette fois-ci, il chanta l'autre rêve, celui où il était un dieu – l'ennemi des Sept. La musique était violente, fracassante, traversée d'éclairs et de frissons d'effroi, les lumières se fondirent pour former un champ de bataille écarlate sur lequel Laren, tout vêtu de blanc éblouissant, combattait des ombres et des formes cauchemardesques. Il y en avait sept, qui l'encerclaient, fonçant parfois soudainement sur lui pour se retirer aussitôt, le transperçant de lances d'un noir absolu ; Laren, pour sa part, ripostait par des feux et des tempêtes. Mais ils finirent par l'écraser. La lumière faiblit, s'atténua ; le chant se fit de nouveau calme, triste, la vision indistincte à mesure que passaient des siècles de rêve et de solitude.

À peine les dernières notes s'étaient-elles évanouies, et les dernières lueurs éteintes, que Laren reprit son chant. Une nouvelle chanson, cette fois, qu'il ne connaissait pas aussi bien. Ses doigts minces et gracieux hésitaient constamment, sa voix aussi manquait d'assurance, car il inventait les paroles au fur et à mesure. Sharra n'en ignorait pas la raison : c'était à présent d'*elle* qu'il parlait dans son chant, c'était désormais sa quête que narrait la ballade. Laren chantait un amour passionné, une quête sans fin, et une succession de mondes lointains ; son chant parlait de sombres couronnes et de gardiens à l'affût, qui avaient pour armes des griffes, des leurres et des mensonges. Tous les mots qu'elle avait prononcés, il les avait pris, utilisés, transformés. Dans la chambre se formaient sous ses yeux des panoramas scintillants où des soleils blancs incandescents brûlaient sous d'éternels océans, crépitaient dans des nuages de vapeur, où des hommes plus vieux que le temps allumaient des arcs-en-ciel pour éloigner la nuit. Et il chanta Kaydar, en fit un portrait fidèle, il prit, il comprit, il décrivit la vive flamme qu'avait été l'amour de Sharra, lui faisant croire de nouveau à son existence.

Mais la chanson finissait sur une question, la dernière note flottait comme un point d'interrogation dans l'air, dont l'écho n'en finissait pas de mourir. Ils attendirent la suite, sachant tous deux que rien d'autre n'allait venir. Pas encore.

Sharra pleurait. « À mon tour, Laren, je dois te dire merci. Merci de m'avoir rendu Kaydar. »

Il haussa les épaules. « Ce n'était qu'une chanson. Cela faisait bien longtemps que je n'avais pas eu de nouvelle chanson à chanter. »

Puis de nouveau il la quitta, lui touchant doucement la joue au passage. Toujours enroulée dans sa serviette, elle ferma la porte derrière lui, la verrouilla, puis alla de chandelle en chandelle, transformant d'un souffle la lumière en obscurité. Après avoir lancé la serviette sur un fauteuil, elle se glissa sous les draps, où elle mit une éternité à s'endormir.

Il faisait encore noir quand quelque chose, elle ne savait trop quoi, la réveilla. Elle ouvrit les yeux et resta immobile, à regarder autour d'elle – mais il n'y avait rien, *rien* n'avait changé. À moins que… ?

Elle le vit alors, assis dans le fauteuil à l'autre bout de la chambre, les mains croisées sous le menton, tout comme la première fois. Il était absolument immobile. « Laren ? appela-t-elle à voix basse, ne sachant trop encore s'il s'agissait bien de lui.

— Oui, dit-il sans bouger, je t'ai regardée dans ton sommeil la nuit dernière aussi. Tu ne pourrais imaginer depuis combien de temps je vis seul ici, et ce sera de nouveau le cas sous peu. Même quand tu dors, c'est merveilleux de te savoir à mes côtés.

— Oh, Laren ! » Il y eut un silence, une pause, une conversation muette. Puis la jeune femme rabattit les couvertures, et Laren vint à elle.

Ils avaient l'un et l'autre vu passer les siècles. Un mois ou un instant, ça revenait au même.

Ils dormaient ensemble chaque nuit, et tous les soirs Laren chantait pour eux. Ils discutaient pendant les heures d'obscurité, et allaient se baigner la journée dans des eaux cristallines qui reflétaient la splendeur violette du ciel. Ils faisaient l'amour sur des plages de sable fin ; et ils parlaient beaucoup d'amour.

Mais rien n'avait changé. En fin de compte, le moment vint. La veille du dernier jour, au crépuscule, ils allèrent se promener ensemble dans la forêt enténébrée où il l'avait trouvée.

Laren avait réappris à rire pendant le mois qu'il avait passé avec Sharra, mais à présent il sombrait de plus belle dans le silence. Il marchait à pas lents, lui tenant la main dans une étreinte désespérée, son humeur plus grise que sa chemise de soie. Enfin, au bord du torrent de la vallée, il s'assit et, l'attirant d'un mouvement, la fit asseoir auprès de lui. Après avoir enlevé leurs bottes, ils allèrent se rafraîchir les pieds dans l'eau. La soirée était douce, avec un petit vent triste qui soufflait en brusques rafales ; l'on entendait déjà les premiers oiseaux-de-deuil.

« Il te faut partir. » Il lui tenait toujours la main, mais évitait son regard. C'était une constatation, pas une question.

« Oui », dit-elle. Et sa voix avait des échos de plomb – la mélancolie l'avait gagnée à son tour.

« J'ai perdu tous mes mots, Sharra. Si mon chant pouvait présentement te donner une vision, je m'empresserais de la chanter pour toi. La vision d'un monde autrefois vide, d'un monde que nous peuplerions, nous et nos enfants. Voilà ce que je pourrais t'offrir. Ma planète ne manque ni de beautés ni de merveilles ni de mystère, pour peu qu'il y ait des yeux pour les voir. Et si les nuits sont sinistres, ma foi, les hommes ont affronté bien des nuits difficiles avant nous, sur d'autres mondes, en d'autres temps. Je t'aimerais, Sharra, autant qu'il m'est possible d'aimer. J'essaierais de te rendre heureuse.

— Laren… » commença-t-elle, mais il la fit taire d'un regard.

« Non. Je pourrais le dire, mais je n'en ferai rien. Je n'en ai pas le droit. Kaydar, à tes yeux, représente le bonheur, et seul un imbécile doublé d'un égoïste pourrait te demander d'y renoncer pour partager ma souffrance. Kaydar est flamme, et joie de vivre ; moi je ne suis que fumée, chanson et tristesse. Je suis resté seul trop longtemps, Sharra. Le gris qui est entré dans mon âme, je ne veux pas qu'il t'assombrisse. Et pourtant… »

Elle lui prit la main entre les siennes, la porta à ses lèvres, y déposa un rapide baiser. Puis elle la lâcha, pour poser la tête sur son épaule, qui n'avait pas bougé. « *Essaie* de venir avec moi, Laren ; si tu me tiens la main quand nous passons la porte, peut-être la sombre couronne te protégera-t-elle.

— Je veux bien essayer tout ce que tu voudras, mais ne me demande pas de croire que ça marchera. » Il soupira. « Tu as d'innombrables univers devant toi, Sharra, et je suis incapable de voir la fin de ton voyage. Mais ce n'est pas ici, ça, je le sais. Et peut-être cela vaut-il mieux. Je suis perdu, si tant est que j'aie jamais connu d'autre état. Je me souviens vaguement de ce que l'on appelle l'amour, je crois me rappeler à quoi ça ressemblait – il ne dure jamais, ça, je m'en souviens. Ici, étant l'un comme l'autre immuables et immortels, comment pourrions-nous ne pas finir par nous ennuyer ? Et au final par nous haïr ? De cela, je ne voudrais pas. » Il la regarda enfin ; un sourire triste et douloureux lui barrait le visage. « Je crois que tu n'as connu Kaydar que très peu de temps, pour en être aussi amoureuse. Peut-être, après tout, suis-je bel et bien machiavélique. Car en retrouvant Kaydar, tu risques de le perdre. Le feu s'éteindra un jour, mon amour, et la magie cessera d'agir. Alors, peut-être, te souviendras-tu de Laren Dorr. »

Sharra se mit à pleurer, doucement. Laren la prit dans ses bras, l'embrassa. « Non », lui murmura-t-elle doucement, avant de lui rendre son baiser. Et tous deux restèrent enlacés, sans mot dire.

Lorsque enfin l'ombre violette vira au noir, ils remirent leurs bottes et se levèrent. Laren l'étreignit, tout sourire.

« Il faut vraiment que je parte, lui dit Sharra. Il le faut. Mais c'est si dur, Laren, tu dois me croire.

— Je te crois. Je crois que je t'aime *justement* parce que tu pars. Parce que tu ne peux oublier Kaydar, ni les promesses que vous avez échangées. Tu es Sharra, celle qui voyage entre les mondes, et les Sept devraient te craindre bien davantage que le dieu que j'ai peut-être été. Je ne t'aimerais pas tant si tu n'étais pas ainsi faite.

— Tiens donc ? Je me rappelle t'avoir entendu dire que tu aurais aimé n'importe quelle voix, pourvu qu'elle ne soit pas l'écho de la tienne. »

Laren haussa les épaules. « Comme je l'ai souvent dit, mon amour, c'était il y a très, très longtemps. »

Ils rentrèrent au château avant la nuit, pour prendre un dernier repas, passer une dernière nuit ensemble, chanter une dernière chanson. Ils ne dormirent pas cette nuit-là, et Laren chanta de nouveau pour elle juste avant l'aube. Mais ce n'était pas une très bonne chanson ; sans queue ni tête, elle narrait l'histoire d'un ménestrel qui errait sur les routes d'un monde tout à fait quelconque. Rien de très intéressant ne lui arrivait jamais. Sharra ne parvenait pas à saisir le message de la chanson, que Laren chantait d'ailleurs sans conviction. C'était un fort étrange adieu, mais tous deux devaient composer avec le trouble qui les étreignait.

Il la quitta au lever du jour, en promettant de la retrouver dans la cour après s'être changé. Et il se trouvait effectivement là, à l'attendre, quand elle y descendit ; calme, souriant, sûr de lui, il portait un costume d'un blanc pur : une culotte moulante, une chemise à grandes manches bouffantes et une lourde cape qui flottait en claquant dans le vent. Mais le soleil l'éclaboussait du violet de ses rayons.

Sharra s'avança vers lui pour lui prendre la main. Vêtue de cuir épais, la jeune femme avait glissé un couteau dans sa ceinture, afin de pouvoir affronter le gardien. Ses cheveux, d'un noir de jais avec des reflets roux et violets, flottaient aussi librement que la cape de Laren, mais la sombre couronne était bien en place. « Adieu, Laren. J'aurais voulu pouvoir te donner davantage.

— Tu m'as beaucoup donné. Dans les siècles à venir, je m'en souviendrai. Tu seras mon repère pour mesurer le temps, Sharra. Quand un jour le soleil se lèvera dans un embrasement bleuté, je me dirai en le regardant : “Tiens, le premier soleil bleu depuis que Sharra m'est venue.” »

Elle hocha la tête. « Et moi, j'ai une nouvelle promesse. Un jour, je trouverai Kaydar. Et si d'aventure je parviens à le délivrer, nous reviendrons ici, ensemble, et nous allierons ma couronne et les feux de Kaydar contre toutes les ténèbres des Sept. »

Laren haussa les épaules. « Parfait. Si je ne suis pas là, n'oubliez pas de laisser un message. » Puis il sourit. « La porte, maintenant. Tu m'as promis de me montrer comment trouver la porte. »

Se retournant, Laren lui désigna la tour la plus basse, une structure de pierre couleur de suie dans laquelle Sharra n'était jamais entrée. Au pied de l'édifice se trouvait une grande porte de bois. Laren produisit une clé.

« Ici ? fit-elle, étonnée. Dans le château ?

— Ici », dit Laren. Ils traversèrent la cour, arrivèrent à la porte. Laren inséra la lourde clé de fer dans la serrure et commença à la faire jouer. Sharra, pendant ce temps, jetait un dernier coup d'œil alentour. Une sourde tristesse pesait sur son cœur. Les autres tours lui paraissaient mornes, sans vie, la cour triste et abandonnée. L'horizon était vide au-delà des hautes montagnes prises dans les glaces. Il n'y avait d'autre bruit que le cliquetis de la clé dans la serrure, d'autre mouvement que le vent qui soulevait la poussière de la cour et faisait claquer les sept pennons gris suspendus le long de chaque mur. S'en dégageait un sentiment de solitude qui la fit frissonner.

Laren ouvrit la porte. Il n'y avait pas de salle à l'intérieur ; juste un mur de brouillard mouvant, un brouillard sans couleurs, sans sons et sans lumière. « Voici la porte que vous cherchiez, gente dame », dit le ménestrel.

Sharra regarda, comme tant de fois elle avait regardé par le passé. À quoi ressemblerait le monde suivant ? Elle ne le savait jamais à l'avance. Mais peut-être y trouverait-elle Kaydar.

Elle sentit la main de Laren sur son épaule. « Tu hésites », dit-il d'une voix douce.

Sharra porta la main à son couteau. « Le gardien, dit-elle soudain. Il y a toujours un gardien. » Elle balaya rapidement la cour des yeux.

Laren poussa un soupir. « Oui, toujours. Certains essaient de te mettre en pièces avec leurs griffes, d'autres de t'égarer, d'autres encore de te leurrer pour que tu te trompes de porte. Il en est qui te retiennent avec des armes, d'autres avec des chaînes, et d'autres encore avec des mensonges. Et il y en a un, au moins, qui a essayé de te retenir par amour. Mais il n'en était pas moins sincère pour autant. Il t'aimait, il n'a jamais essayé de te tromper, à tes oreilles son chant n'a jamais été faux. » Et, d'un brusque mouvement qui contenait tout son amour et tout son désespoir, Laren la poussa à travers la porte.

A-t-elle fini par le trouver, son amant aux yeux de feu ? Ou bien cherche-t-elle encore ? Quel gardien a-t-elle dû affronter la fois d'après ?

Quand elle arpente la nuit, seule et perdue en terre étrangère, y a-t-il des étoiles dans le ciel ?

Je l'ignore. Lui aussi. Peut-être les Sept eux-mêmes ne le savent-ils pas. Ils sont très puissants, certes, mais même leur puissance a des limites, et il y a plus d'univers qu'ils n'en peuvent compter.

Une jeune femme voyage entre les mondes, mais à présent son chemin se perd dans la légende. Peut-être est-elle morte, peut-être pas. Les nouvelles mettent beaucoup de temps à passer d'un monde à l'autre, et tout ce que l'on raconte n'est pas vrai.

Mais il y a une chose que nous savons : c'est que dans un château désert, sous un soleil violet, un ménestrel solitaire attend, et chante son nom.

Chicago, Illinois
Mai 1974

LA NUIT DES VAMPYRES

L'annonce fut faite en *prime time*.

Les quatre grandes chaînes d'holovision, ainsi que la plupart des petites stations, arrêtèrent simultanément leurs émissions. Un instant durant, tous les écrans du pays ne furent plus que grisaille et crépitements. Puis une voix dit simplement : « Mesdames, messieurs, le président des États-Unis. »

John Hartmann était le plus jeune président que les États-Unis aient connu, et les journalistes aimaient à le considérer aussi comme le plus télégénique. C'était à ses traits bien dessinés, à son esprit de repartie et à son sourire éclatant que l'Alliance pour la Liberté avait dû sa mince majorité lors de l'âpre élection quadripartite de 1984. Son sens politique avait permis l'émergence au sein du Collège électoral de la coalition avec les Néo-Républicains, coalition qui l'avait porté à la Maison-Blanche.

Hartmann ne souriait pas ce soir-là. Assis à sa table de travail dans le bureau ovale, le visage dur, il regardait les papiers qu'il tenait à la main. Un instant de silence, puis il releva lentement la tête ; il semblait fixer de ses yeux noirs la moindre des salles de séjour du pays.

« Mes chers compatriotes, commença-t-il gravement, ce soir notre pays doit faire face à la crise la plus grave qu'il ait connue au cours de sa longue et glorieuse histoire. Il y a environ une heure, une de nos bases aériennes en Californie a été brutalement attaquée… »

La première victime avait été une sentinelle distraite. Son assaillant se montra rapide, silencieux et extrêmement efficace. Un seul coup de couteau, et elle mourut sans un gémissement, avant même de comprendre ce qui se passait.

Le corps n'avait pas encore touché le sol que les autres attaquants s'élançaient déjà. Après avoir déconnecté les systèmes d'alarme, ils entreprirent de couper au chalumeau la haute clôture électrique qui entourait la base. Lorsqu'elle eut cédé, d'autres envahisseurs surgirent de l'obscurité pour s'engouffrer par la brèche.

Mais des sirènes se mirent aussitôt à hurler – un système d'alarme devait encore fonctionner quelque part. La base endormie se réveilla en sursaut. Renonçant à une prudence désormais inutile, les assaillants se mirent à courir. Vers les pistes d'atterrissage.

Quelqu'un tira. Quelqu'un d'autre hurla. Les gardes postés devant l'entrée principale se tournèrent vers la base, déconcertés. Une rafale de mitrailleuse les balaya alors sur place, les plaquant tout sanglants contre leur propre clôture. Une grenade vint ensuite dessiner un arc dans le ciel – l'explosion fit voler en éclats la grille de l'entrée.

« L'attaque était bien préparée, disait Hartmann. Elle a été soudaine, et impitoyable. Dans ces conditions, la résistance qui leur a été opposée peut être qualifiée d'héroïque. Il y a eu près de cent morts parmi nos hommes. »

Le courant fut coupé quelques secondes seulement après le début de l'attaque. Une grenade bien placée détruisit le groupe électrogène de secours, plongeant les lieux dans une obscurité presque totale. La nuit était sans lune, et des nuages cachaient les étoiles. Seuls les éclairs des rafales de mitrailleuse et l'éclat éblouissant des explosions près de l'entrée déchirer les ténèbres.

La défense ne parvint jamais à s'organiser. Surpris par les sirènes, les hommes s'étaient jetés hors de leurs baraquements pour se précipiter vers l'entrée, où les combats semblaient se circonscrire. De chaque côté de la clôture, assaillants et défenseurs avaient déclenché des feux croisés meurtriers après s'être plaqués au sol.

Le commandant de la base n'avait pas été moins surpris que ses hommes. De longues et précieuses minutes furent perdues tandis qu'il cherchait, avec son état-major, à comprendre ce qui se passait. Leur réaction fut quasiment instinctive. Un cordon de défenseurs se mit en place autour de la tour de commandement, un autre autour de l'arsenal. D'autres hommes furent envoyés en hâte vers les avions.

Mais le gros des troupes se concentra sur la porte principale, où la bataille faisait rage.

Les défenseurs y conduisirent les armes lourdes de l'arsenal. Au mortier, quand ce n'était pas avec des grenades, ils entreprirent de bombarder les buissons qui entouraient le périmètre de la base. Après avoir systématiquement mitraillé les positions retranchées des attaquants, ils s'élancèrent hors de la base derrière un mur de fumée et de gaz lacrymogènes, débordant dans le mouvement les lignes ennemies.

Celles-ci étaient vides, en dehors des cadavres. Les assaillants avaient disparu aussi vite qu'ils étaient venus.

L'ordre de les poursuivre fut immédiatement donné. Pour être tout aussitôt annulé. Car un autre bruit couvrait à présent celui des mitrailleuses et des grenades.

Celui du décollage d'un avion à réaction.

« L'attaque était dirigée essentiellement contre l'entrée principale, disait Hartmann. Mais en dépit de la violence de l'assaut, il ne s'agissait là que d'une diversion. Pendant ce temps, un commando pénétrait dans un autre secteur, dégarni et ne pouvant offrir qu'une faible résistance, et réussissait à s'emparer de plusieurs avions.

« Car la cible de cette attaque, poursuivait le Président, le visage tendu par l'émotion, était une escadrille de bombardiers lourds, avec leurs chasseurs d'escorte. Ces bombardiers font partie de notre première ligne de défense contre une éventuelle agression communiste. Ils se tiennent donc constamment en état d'alerte, prêts à décoller en quelques secondes en cas d'attaque ennemie. »

Hartmann fit une pause théâtrale, consulta ses papiers, puis releva les yeux. « Nos troupes ont réagi avec rapidité et courage, je tiens à le souligner. Nous avons repris plusieurs avions aux attaquants, et plusieurs autres ont été abattus au décollage.

« En dépit de cette courageuse résistance, sept chasseurs et deux bombardiers armés de bombes nucléaires ont réussi à décoller. »

Nouvelle pause. Le décor du bureau ovale s'effaça, pour ne plus laisser que le Président assis à sa table, en surimpression d'un mur blanc. Et soudain, six phrases apparurent sur le mur.

« L'attaque se poursuivait encore au moment où j'ai reçu un ultimatum à Washington. Si certaines demandes n'étaient pas satisfaites dans les trois heures, une bombe à hydrogène serait lâchée sur Washington. Voici ces revendications. » Il les désigna d'un geste. « La plupart d'entre vous les ont déjà vues.

« Il s'agit de ce que certains appellent les "Six Demandes". Vous les connaissez aussi bien que moi, je n'en doute pas : retrait de l'aide américaine à nos alliés en Afrique et au Moyen-Orient, destruction systématique de nos moyens de défense, dissolution des Sections d'intervention urbaines qui ont restauré l'ordre public dans nos villes, mise en liberté de milliers de criminels, abrogation des lois fédérales qui répriment les écrits subversifs ou obscènes et, naturellement – il eut son célèbre sourire –, ma démission de la présidence. »

Le sourire s'effaça. « Ce serait un suicide pour notre pays, sa reddition dans le déshonneur. Un retour aux désordres et à l'anarchie de la société permissive d'autrefois. La majorité des Américains s'opposent de toute façon à ces revendications. Pourtant, comme vous le savez, une minorité – petite mais dangereuse – les soutient bruyamment ; elles constituent d'ailleurs l'intégralité du programme politique du soi-disant Front de libération américain. »

L'arrière-plan se modifia une fois encore. Les « Six Demandes » disparurent, pour faire place à une immense photographie : un jeune homme, barbu, les cheveux longs sous son béret noir – une couleur qu'il partageait avec son uniforme défraîchi. On ne peut plus mort. Il avait la moitié de la poitrine emportée.

« L'homme que vous voyez derrière moi a été tué au cours de l'attaque. À l'instar de tous les autres assaillants que nous avons retrouvés, il porte l'uniforme de l'aile paramilitaire du FLA. »

La photo disparut. Hartmann arborait un air sinistre. « Les faits sont là. Mais le FLA est allé trop loin, cette fois. Je ne céderai pas à un chantage nucléaire. Qui plus est, il n'y a pas lieu de s'inquiéter. Je vous le dis – et je m'adresse surtout ici à mes concitoyens de Washington –, vous n'avez rien à craindre. Je vous donne l'assurance que les avions pirates du FLA seront localisés et abattus bien avant d'avoir atteint leur objectif. En attendant, les dirigeants du FLA. vont apprendre qu'ils se sont trompés en croyant pouvoir intimider le gouvernement. Il y a trop longtemps qu'ils essaient de nous diviser et de nous affaiblir et qu'ils aident et soutiennent ceux qui voudraient voir le pays asservi. Nous ne les laisserons plus faire.

« Il n'y a qu'un mot pour qualifier l'attaque de cette nuit : *trahison.*

« Je traiterai donc les attaquants comme des traîtres à la patrie. »

« Je les ai sur mon écran, fit la voix de McKinnis dans un bruit de friture. Enfin, j'ai *quelque chose.* »

La nouvelle n'en était pas vraiment une pour Reynolds. Lui aussi les avait sur son écran radar. Juste à portée de leurs instruments, ils volaient plein est, haut – vingt-sept mille mètres – et vite, *très* vite.

Encore de la friture, puis la voix de Bonetto, le chef d'escadrille : « Ça a tout l'air d'être eux. J'en compte neuf. Allons-y. »

Il redressa son avion et commença son ascension. Les autres l'imitèrent aussitôt derrière lui, formant un V largement ouvert dans le ciel. Neuf chasseurs

Vampyre LF-7, au métal noir luisant orné de cocardes rouge-blanc-bleu. Des mâchoires argentées peintes sous l'avant venaient compléter le tableau.

Une meute fondant sur sa proie.

Une nouvelle voix retentit dans la radio. « Hé, les gars, on a eu une putain de chance de les trouver en premier ! Avec tous les chasseurs qu'ils ont à leurs basques ! Ça va nous valoir une sacrée promotion. Quelle veine ! »

Ce ne pouvait être que Dutton, songea Reynolds. Jeune, fougueux, impatient, il était bien du genre à trouver qu'ils avaient de la *veine*. Lui, au contraire, sentit soudain une sueur froide envahir sa combinaison de vol.

Mais Dutton avait raison, d'une certaine manière. Les bombardiers des Frontistes étaient des LB-4, des monstres armés de lasers à gaz qui avaient de la vitesse à revendre. Ils auraient pu faire n'importe quel détour et atteindre quand même Washington à temps, malgré tous les avions et tous les radars du pays à leur recherche.

Combien de chances Reynolds et les autres avaient-ils donc de leur tomber dessus en survolant au hasard le nord du Nebraska ?

Beaucoup trop, comme la suite ne manqua pas de le démontrer.

« Ils nous ont vus, dit Bonetto. Ils montent. Et ils accélèrent. On y va. »

Reynolds s'exécuta. Son Vampyre volait à l'extrémité d'une des ailes du V. Ses yeux scrutaient le ciel derrière le masque à oxygène, tout en surveillant les instruments. Mach 1,3, puis 1,4, puis plus vite encore.

Ils étaient en train de les rattraper.

Son écran radar lui montrait la position des Frontistes. Le cadran infrarouge, quant à lui, mettait en évidence la présence d'une source de chaleur droit devant eux. Mais par la mince fente du masque, rien. Rien que le ciel noir et glacé constellé d'étoiles. Ils se trouvaient au-dessus des nuages.

Les crétins, songea Reynolds. *Ils fauchent l'engin le plus sophistiqué jamais construit, et ils ne sont pas foutus de s'en servir correctement. Ils n'essaient même pas de brouiller nos radars. À croire qu'ils* cherchent *à se faire descendre.*

De la friture dans la radio, puis la voix de Bonetto qui reprenait : « Ils se mettent en palier. Attendez mon ordre pour larguer vos missiles. Et n'oubliez pas, ces engins-là peuvent faire très mal. »

Reynolds regarda de nouveau l'écran radar. Les Frontistes volaient à présent en palier à environ trente kilomètres du sol. C'était logique. Les LB-4 pouvaient grimper plus haut, mais les chasseurs d'escorte ne pouvaient guère dépasser ce plafond. Des Espadons, leur avait-on dit au briefing.

Ils devaient rester ensemble, bien sûr. Les Frontistes allaient avoir bien besoin de leurs Espadons – les Vampyres qui les pourchassaient n'étaient pas limités à un plafond de trente kilomètres, eux.

Reynolds plissa les yeux. Il lui semblait voir quelque chose devant lui, par la fente du masque. Un éclair argenté. Était-ce bien eux ? Ou son imagination ? Difficile à dire. Mais il allait bientôt avoir un visuel, de toute façon. Les poursuivants gagnaient sur leurs proies. Pour rapides que fussent les gros LB-4, ils étaient loin de valoir les Vampyres. Quant aux Espadons, ils étaient obligés de rester avec les bombardiers.

Ce n'était qu'une question de temps. Ils allaient les rattraper bien avant Washington. Et ensuite ?

Reynolds s'agita nerveusement. Il ne voulait pas y penser. C'était son baptême du feu. Une perspective qui ne l'enchantait guère.

Il avait la bouche sèche. Ce matin encore, Anne et lui avaient parlé de la chance qu'ils avaient de vivre ensemble, ils avaient fait des projets pour les vacances, et pour après. Il arrivait au bout de son engagement sain et sauf, sans même avoir quitté le sol des États-Unis, alors que tant de ses amis étaient morts au combat en Afrique du Sud. Mais lui, il avait eu de la chance.

Et maintenant, ça. Un événement qui ouvrait soudain la perspective de lendemains moins heureux. Voire pas de lendemains *du tout*. Cela lui faisait peur.

Mais ce n'était pas tout. Quand bien même il devait survivre, il ne s'en sortirait pas indemne. Parce qu'il lui faudrait *tuer*.

Cela n'aurait pourtant pas dû le gêner. C'était une possibilité intrinsèquement liée au fait de s'engager, il le savait bien. Mais il n'avait pas signé pour ça. Il pensait qu'il aurait à combattre des Russes, des Chinois – des *ennemis*, quoi qu'il en soit. L'intervention des États-Unis en Afrique du Sud, quand la guerre avait éclaté là-bas, l'avait profondément troublé. Mais il serait quand même allé s'y battre. L'Alliance panafricaine, à ce qu'on disait, était d'obédience communiste.

Mais les Frontistes n'étaient pas de lointains étrangers. C'étaient aussi ses voisins – l'instituteur d'à côté, son radical de pote d'université, les gosses noirs avec qui il avait grandi à New York. Il s'entendait plutôt bien avec les Frontistes, dès lors qu'ils ne parlaient pas politique.

Et quand bien même. Les Six Demandes n'étaient pas si absurdes. Reynolds avait entendu raconter pas mal de choses au sujet des SIU, les Sections d'intervention urbaines. Et Dieu seul savait ce que les troupes américaines fabriquaient en Afrique du Sud et au Moyen-Orient.

Il grimaça derrière son masque à oxygène. *Allons, mon vieux, regarde les choses en face. Tu as bel et bien songé à voter pour le FLA en 1984, même si tu as fini par te dégonfler et par voter pour Bishop, le candidat des néo-démocrates. Personne à part Anne n'est au courant de ce secret honteux*. Voilà bien longtemps qu'ils ne parlaient plus politique avec qui que ce soit. Si la plupart de ses amis étaient néo-républicains, quelques-uns s'étaient néanmoins tournés vers l'Alliance pour la Liberté. Et cela l'effrayait.

La voix crépitante de Bonetto vint interrompre ses pensées : « Attention, les gars. Ils vont attaquer. Allons-y ! »

Reynolds n'avait plus besoin de regarder son écran radar. Il les avait en visuel, désormais, juste au-dessus de lui. Des points lumineux qui se détachaient du ciel. De plus en plus gros.

Les Espadons fondaient sur eux.

De tous les journalistes qui commentaient l'intervention du Président sur les chaînes holo, Ted Warren, de la Continental, était celui qui semblait le moins catastrophé par la situation. C'était un homme d'expérience, à l'esprit vif et mordant. Il s'était accroché plus d'une fois avec Hartmann, et l'Alliance pour la Liberté l'accusait régulièrement de « parti pris frontiste ».

« Le discours du Président laisse de nombreuses questions en suspens, disait-il. Il a promis de traiter les membres du FLA comme des traîtres, mais nous ignorons encore ce qu'il entend par là exactement. Je me demande aussi, pour ma part, pour quelle raison le FLA aurait organisé cette attaque. Vous avez une idée, Bob ? »

Un nouveau visage apparut sur l'écran. Le reporter qui suivait les faits et gestes des dirigeants du FLA pour la Continental avait l'air encore mal réveillé – on l'avait tiré de son lit et expédié au studio *manu militari*.

« Non, Ted, répondit-il. Pour autant qu'on le sache, le FLA n'envisageait aucune action de ce genre. Si l'attaque n'avait pas été aussi bien organisée, j'aurais refusé de croire que les responsables nationaux du mouvement étaient au courant. Il aurait pu s'agir d'une initiative prise par un groupe d'extrémistes locaux – comme pour le coup de main sur le commissariat central de Chicago, pendant les émeutes de 1985. Vu la façon dont l'attaque a été préparée, cependant, sans même parler de l'armement utilisé, je doute qu'il en aille de même cette fois-ci. »

Warren, derrière son bureau de présentateur, hocha la tête d'un air entendu. « Oui, mais pensez-vous que l'aile paramilitaire du FLA aurait pu agir unilatéralement, à l'insu des cadres politiques du parti ? »

Le reporter réfléchit un instant avant de répondre. « Eh bien, c'est possible, oui, mais ça reste peu probable. Ce genre d'attaque réclame une organisation de premier ordre. Une opération de cette envergure nécessiterait à mon avis la participation du parti tout entier.

— Et pour quelle raison le FLA se serait-il lancé dans une opération pareille ?

— S'il faut en croire le Président, la menace nucléaire aurait pour but de le contraindre à accepter immédiatement les Six Demandes. »

Warren insista : « Oui, mais pourquoi en arriver à des solutions aussi extrêmes ? Le dernier sondage Gallup donne 29 % de voix aux Frontistes, contre tout juste

38 % au parti du Président, l'Alliance pour la Liberté. Ils ont donc fait un bond considérable depuis les élections de 1984, où ils n'avaient obtenu que 13 % des suffrages. Que le FLA risque le tout pour le tout dans une aventure aussi désespérée un an avant les élections ne laisse pas d'étonner. »

Cette fois, le reporter acquiesça. « Exact. Mais le FLA a déjà eu maintes fois l'occasion de nous surprendre, par le passé. C'est un parti dont la tactique n'est pas particulièrement facile à prévoir et, je pense…

— Excusez-moi, Bob, l'interrompit Warren, nous vous redonnerons la parole plus tard. Notre correspondant à Washington, Mike Petersen, nous appelle depuis le siège du FLA ; il a, je crois, Douglass Brown à ses côtés. Vous m'entendez, Mike ? »

L'image changea. On vit deux hommes debout devant un bureau, contre lequel l'un d'eux s'appuyait. Sur le mur du fond, l'emblème du FLA, le symbole de la paix avec un poing noir en surimpression. Le reporter tenait un micro devant le visage de son interlocuteur, un grand Noir, assez jeune, qui avait l'air furieux.

« Oui, Ted, je vous entends. » Puis le reporter se tourna vers son voisin : « Doug, vous étiez le candidat du FLA à l'élection présidentielle de 1984. Que pensez-vous des accusations du Président ? »

Brown eut un petit rire. « Venant de sa part, plus rien ne me surprend. Ce sont des mensonges éhontés. Le Front de libération américain n'a rien à voir avec cette pseudo-attaque. Je dis *pseudo*, car pour être sincère je doute qu'elle ait vraiment eu lieu. Hartmann est un dangereux démagogue, ce ne serait pas la première fois qu'il aurait recours à la calomnie.

— Alors le FLA conteste la réalité de l'attaque ?

— Eh bien… » Brown fronça les sourcils. « C'est ce qui me vient immédiatement à l'esprit – mais, ajouta-t-il aussitôt, je n'ai pas dit qu'il s'agissait de la position officielle du FLA. Tout cela m'a pris de court, je ne sais pas exactement ce qu'il en est. Mais c'est une possibilité. Comme vous le savez, l'Alliance pour la Liberté nous a déjà souvent accusés de choses invraisemblables.

— Dans son allocution de ce soir, le Président a dit que les membres du FLA allaient subir le sort qu'on réserve aux traîtres. Avez-vous une réaction à ce sujet ?

— Parfaitement. Une fois encore, ce n'est que de la vulgaire rhétorique. Au risque de me répéter, c'est *Hartmann*, le traître. C'est *lui* qui a trahi les idéaux de ce pays. Qui a créé les SIU pour tenir les ghettos en laisse ? Qui a décidé d'intervenir en Afrique du Sud ? Qui a fait voter la loi de censure ? Si *ça*, ce n'est pas de la trahison, alors je ne sais pas ce qu'il vous faut. »

— Merci, Doug. Et maintenant je rends l'antenne à Ted Warren ».

Warren réapparut alors à l'écran. « Je voudrais récapituler les faits pour ceux qui viennent de nous rejoindre. Une de nos bases aériennes en Californie a subi une attaque en début de soirée ; les assaillants se sont emparés de sept chasseurs et de deux bombardiers équipés de bombes nucléaires. Le gouvernement a reçu un ultimatum lui laissant trois heures pour l'accepter, sans quoi Washington serait détruite. Il ne reste plus qu'une heure et demie maintenant. Nous poursuivrons nos émissions jusqu'au dénouement de la crise… »

Reynolds approchait des trente mille mètres quelque part au-dessus de l'Illinois. Tout transpirant, il essayait de se convaincre que toutes les chances étaient de son côté.

Les Espadons étaient de bons avions. Il n'y avait pas plus rapide, ni plus maniable. Mais les Vampyres avaient leurs petits avantages bien à eux. Des missiles plus sophistiqués, de bien meilleurs systèmes de protection. Et ils avaient des armes dignes de ce nom, leurs crocs de *vampyres* ; des lasers à gaz montés à l'extrémité de chaque aile, capable de pénétrer l'acier comme du beurre. Les Espadons n'avaient rien d'équivalent à ça. Les Vampyres étaient les premiers chasseurs équipés de lasers opérationnels.

Sans compter l'avantage du nombre – neuf Vampyres contre sept Espadons. Et le fait – incontestable – que les Frontistes connaissaient moins bien leurs avions qu'eux.

Toutes les chances étaient donc du côté de Reynolds. Mais ça ne l'empêchait pas de transpirer.

Le V s'ouvrait lentement, à mesure que Reynolds et les autres accéléraient pour venir à la hauteur de Bonetto. D'après l'écran radar, les Espadons se trouvaient déjà au-dessus d'eux. Reynolds pouvait d'ailleurs les voir à l'œil nu à présent – leurs flancs d'un blanc argenté luisaient dans le ciel. Son système de poursuite par ordinateur ne les lâchait pas, ses missiles étaient fin prêts. Ne manquait plus que le signal de Bonetto.

« Feu ! » Un ordre bref, clair et net.

Reynolds pressa le bouton des missiles un et huit – une double traînée de flammes jaillit aussitôt de ses ailes pour aller zébrer le ciel nocturne. D'autres étaient partis parallèlement aux siens. Dutton, bouillant d'atteindre sa proie, en avait balancé quatre.

Rouge orangé sur fond noir à l'œil nu, ou noir sur fond rouge à l'infrarouge, ça revenait au même. Les traînées ascendantes des missiles des Vampyres croisèrent celles de leurs homologues frontistes, dessinant des croix fugitives dans le ciel.

Puis une explosion, celle d'un missile que les Frontistes avaient réglé pour un déclenchement à retardement. Une boule de feu orange s'épanouit brièvement. Les deux séries de missiles avaient disparu, à l'exception d'un survivant du tir de barrage qui, quoique touché, continua à grimper en oscillant, sans cependant atteindre sa cible.

Reynolds baissa les yeux sur son écran radar – il avait tout l'air de piquer une crise d'hystérie. Les Frontistes utilisaient leurs brouilleurs.

« Dispersez-vous, dit la voix crépitante de Bonetto. Feu à volonté. »

Les Vampyres s'exécutèrent. Reynolds et Dutton virèrent sur la gauche, McKinnis plongea, Bonetto et les autres obliquèrent sur la droite – à l'exception de Trainor, qui continua à grimper en direction des Espadons toujours en piqué.

Reynolds le suivit du coin de l'œil. Deux nouveaux missiles quittèrent les ailes de son coéquipier, puis deux autres encore, et enfin les deux derniers. Ses lasers déchirèrent brièvement le ciel – un geste futile, la cible était encore hors de portée.

Les Espadons, qui crachaient leurs missiles, ressemblaient à d'élégants oiseaux de proie argentés. Une soudaine explosion, et l'un d'eux s'arrêta de tirer.

Mais il était trop tôt pour se réjouir. Car au même moment, Trainor essayait de virer pour éviter la grêle de missiles ennemis. Son brouilleur radar et ses leurres thermiques les avaient certes abusés, mais pas suffisamment. Quand Reynolds, qui tournait le dos à l'explosion, sentit l'onde de choc atteindre son appareil, il se représenta l'avion détruit qui retombait en tournoyant, noir comme la nuit.

Le souffle coupé, Reynolds essaya un instant de se remémorer quelle tête avait Trainor. Mais il n'avait pas le temps de s'appesantir. Il vira brutalement, Dutton à ses côtés, pour repartir au combat.

Un nouveau nuage de flammes s'épanouit en contrebas. *McKinnis*, grinça Reynolds en son for intérieur. Il plongea aussitôt en piqué, les Frontistes sur les talons.

Mais il n'avait aucun moyen de vérifier s'il s'agissait bien de McKinnis ; le temps lui manquait de toute façon pour réfléchir à la question. Un simple coup d'œil à l'extérieur de son cockpit constituait déjà un luxe – un luxe des plus dangereux. Le cadran infrarouge, l'écran radar, l'ordinateur, réclamaient tous son attention.

Deux Frontistes étaient en train d'amorcer un virage sous son appareil ; l'ordinateur les suivait à la trace. Son doigt bougea comme par instinct. Les missiles deux et sept jaillirent de leur rampe en direction des Espadons.

Il entendit un bref hurlement dans sa radio, en même temps que le sifflement suraigu du signal d'alarme qui lui indiquait un missile ennemi en approche. Il activa ses lasers. L'ordinateur de bord repéra le missile et le pulvérisa dès qu'il se retrouva à portée de tir. Reynolds, qui ne l'avait même pas vu, se demanda à quel point c'était passé près.

Un flot de lumière orange illumina alors la fente de son masque. Un Espadon volait en éclats au-dessus de lui. Était-ce son missile ou celui de Dutton ? Reynolds ne le saurait jamais. Tout ce qu'il pouvait faire, c'était virer brusquement pour éviter la boule de feu qui fonçait sur lui, grossissait à vue d'œil.

Les quelques secondes de répit qu'il eut alors lui permirent de jeter un coup d'œil au cadran infrarouge. Un enchevêtrement de points noirs sur fond rouge. Mais il y en avait deux plus hauts que les autres. Dutton, avec un Frontiste à ses basques.

Reynolds replongea de plus belle, pour arriver au-dessus de l'Espadon, par-derrière, juste au moment où celui-ci larguait ses projectiles. Il était tout proche. Pas besoin de gâcher les missiles qui lui restaient. Il déclencha donc ses lasers.

Deux rais de lumière convergents partirent de l'extrémité de ses ailes pour aller mordre dans le fuselage argenté de l'Espadon, de chaque côté du cockpit. Le pilote frontiste tenta un piqué pour s'échapper. Mais le mini-ordinateur maintenait les lasers dans la bonne direction.

L'Espadon explosa.

Une autre détonation retentit presque simultanément – les missiles du Frontiste, touchés par les lasers de Dutton, dont il entendit soudain le rire dans sa radio, mâtiné de remerciements essoufflés.

Mais Reynolds restait concentré sur ses écrans. Son radar était de nouveau utilisable.

Il ne voyait plus que trois taches au-dessous de lui.

C'était fini.

La voix de Bonetto éclata de nouveau dans la radio. « Je l'ai eu ! hurlait-il. On les a tous eus ! Qui reste-t-il, là-haut ? »

Dutton répondit immédiatement. Puis Reynolds. Le quatrième Vampyre survivant était celui de Ranczyk, l'ailier de Bonetto. Il n'y en avait pas d'autre.

Reynolds eut un nouveau coup au cœur, plus fort encore qu'au cours du combat. C'était donc bien McKinnis, tout à l'heure. Il le connaissait bien. Un grand roux, qui jouait comme un pied au poker, mais toujours bon perdant. Son épouse était la reine des plats mexicains. Ils avaient voté néo-démocrate, tout comme Reynolds. Merde, merde et merde !

« On n'a fait que la moitié du boulot, disait la voix de Bonetto. Avec tout ça, les LB-4 ont repris de l'avance. On ferait mieux de ne pas traîner. »

Quatre Vampyres en formation, c'était bien moins impressionnant que neuf. Ils reprirent néanmoins de l'altitude et se mirent en chasse.

Ted Warren avait l'air fatigué. Les cheveux en bataille, il avait ôté son veston et desserré le foulard noir d'une élégance classique noué autour de son cou. Mais il ne lâchait pas le morceau.

« De tous les coins du pays, disait-il, on nous signale avoir aperçu les avions pirates. Il s'agit évidemment d'erreurs, la plupart du temps, mais comme aucune information officielle n'a encore été donnée, toutes sortes de bruits continuent de courir. En attendant, il ne reste plus qu'une heure avant l'expiration de l'ultimatum – le moment où la bombe nucléaire risque d'être lâchée sur Washington. »

Un écran s'anima soudain derrière lui. Pennsylvania Avenue[1] – le Capitole était visible dans le lointain – grouillait de voitures et de gens. « C'est la panique à Washington, disait Warren. La population qui voulait fuir la ville a envahi les rues, mais ça a créé des embouteillages monstres qui bloquent toute la circulation. De nombreux automobilistes ont abandonné leur véhicule pour s'enfuir à pied. Les SIU utilisent leurs hélicoptères pour essayer de rétablir l'ordre – ils exhortent les gens à rentrer chez eux. Et le président

1. Avenue centrale de Washington, où est située la Maison-Blanche. *(N.d.T.)*

Hartmann lui-même a annoncé qu'il avait l'intention de donner l'exemple en restant à la Maison-Blanche le temps que cette crise prenne fin. »

Les images de Washington disparurent, dévoilant un bref instant Warren les yeux braqués hors champ. « On vient de me dire que notre correspondant à Chicago, Ward Emery, se trouve avec Mitchell Grinstein, le chef des Milices de défense communales du FLA. À vous, Chicago. »

Grinstein se tenait sur les marches d'un bâtiment intégralement gris qui ressemblait à une forteresse. Grand et fort, il arborait des cheveux noirs en catogan et une moustache tombante à la Fu Manchu. Tout vêtu de noir, béret comme uniforme défraîchi, il portait l'insigne du FLA au cou, au bout d'une cordelette de cuir. Deux autres hommes, pareillement vêtus, et armés tous les deux, traînaient sur les marches derrière lui.

« Je me trouve avec Mitchell Grinstein, dit Emery. Son organisation a été accusée d'avoir participé à l'attaque de cette nuit contre la base aérienne de Californie – attaque qui s'est soldée par le vol de deux bombardiers nucléaires. Qu'avez-vous à nous dire à ce propos, Mitch ? »

Grinstein eut un sourire quelque peu sinistre. « Eh bien, je ne sais rien en dehors de ce que l'holo nous a montré. Je ne suis pas à l'origine de cette attaque, mais toutes mes félicitations à ceux qui l'ont menée. Si ça peut permettre aux Six Demandes d'être plus vite acceptées, je suis tout à fait pour.

— Douglass Brown a qualifié les accusations contre le FLA de "mensonges éhontés", poursuivit Emery. Il doute de la réalité même de cette attaque. Comment faire concorder ça avec ce que vous venez de dire ? »

Grinstein haussa les épaules. « Brown en sait peut-être davantage que moi. Je vous le répète, nous n'avons pas organisé cette attaque, mais certains de nos camarades ont peut-être fini par en avoir marre du néofascisme à la gomme de Hartmann. On est de tout cœur avec eux, s'ils ont décidé de prendre les choses en main.

— Alors vous pensez qu'il y a bien eu une attaque ?

— Euh… oui. Hartmann avait des photos. Même lui n'aurait pas eu le culot de les fabriquer de toutes pièces.

— Et vous approuvez l'attaque ?

— Ouais. Ça fait longtemps que les Milices communales le répètent : les Noirs et les pauvres n'obtiendront justice qu'en descendant dans la rue. Ça confirme ce qu'on a toujours dit.

— Et quelle est la position de l'aile politique du FLA ?

— Doug Brown et moi – nouveau haussement d'épaules –, on se rejoint sur la fin, mais on n'est pas toujours d'accord sur les moyens.

— Mais les Milices de défense communales ne relèvent-elles pas de l'appareil politique du FLA – et donc de Brown ?

— Sur le papier, oui, mais dans les rues, c'est une autre paire de manches. Les Brigades de la Liberté dépendent-elles de Hartmann quand elles lancent des expéditions punitives contre les marginaux et les Noirs ? Ce n'est pas évident, à voir la manière dont elles se conduisent. Les Milices, elles, défendent les gens contre les voyous, les Brigades de la Liberté et les SIU de Hartmann, et contre quiconque viendrait leur chercher des noises. On veut *nous aussi* obtenir satisfaction pour les Six Demandes, et peut-être qu'on serait prêt à aller un peu plus loin que Doug et les autres pour y arriver.

— Une dernière question, dit Emery. Dans son discours de ce soir, le Président a dit qu'il traiterait les membres du FLA comme des traîtres. »

Grinstein éclata de rire. « Qu'il s'y essaie. Qu'il essaie *seulement*. »

Les bombardiers frontistes étaient réapparus sur les écrans radar. Ils volaient toujours à trente-mille mètres, à environ Mach 1,7. Les Vampyres mettraient quelques minutes pour les rejoindre.

Presque machinalement, Reynolds scrutait le ciel à leur recherche. Il avait froid – trempé comme il l'était par sa propre sueur. Et il avait une peur bleue.

L'attente du combat, se disait-il, se révélait parfois pire que le combat lui-même. Ça laissait du temps pour gamberger, et gamberger ne donnait rien de bon.

La mort de McKinnis l'attristait, bien sûr, mais il ne pouvait s'empêcher de ressentir un profond soulagement – ce n'était pas *lui* qui avait péri. Mais il pouvait encore y passer. La nuit n'était nullement finie. Et les LB-4 faisaient de sacrés adversaires.

Et tout ça pour quoi ? Les Frontistes étaient des salopards doublés de parfaits imbéciles. Ils auraient pu s'y prendre autrement. Ils n'avaient pas besoin de faire une chose pareille. Toute la sympathie qu'il avait jamais pu éprouver pour le FLA avait disparu quand il avait vu McKinnis, Trainor et les autres se faire descendre et tomber en flammes.

Ils méritaient ce qui allait leur arriver. Hartmann n'allait pas les rater, ça ne faisait aucun doute. Tous ces innocents morts pour rien, pour un acte complètement gratuit – de l'esbroufe, sans la moindre chance de réussite.

C'était sans doute ça, le pire. Leur plan était voué à l'échec, parfaitement irréalisable. Quoi qu'il arrive, les Frontistes ne *pouvaient pas* gagner. Ils parviendraient peut-être à le descendre, comme McKinnis – d'accord. Mais il y avait d'autres escadrilles capables de les éliminer. Et même à supposer qu'ils parviennent jusqu'à Washington, il leur faudrait alors affronter la ceinture de missiles défensifs qui protégeait la ville. Hartmann avait donné de sa personne pour la faire passer devant le Congrès, mais personne ne devait trop le regretter à présent.

Et quand bien même ils parvenaient à percer cette ultime défense ? Ils pensaient *vraiment* que Hartmann allait céder ? Impossible. Pas lui. Il les mettrait au défi d'aller jusqu'au bout, histoire de les prendre à leur propre jeu. Soit ils reculaient, et ils perdaient toute crédibilité, soit ils lâchaient leurs bombes, et des millions de sympathisants quitteraient leurs rangs. La population était en grande majorité noire à Washington. Le FLA y avait obtenu une majorité confortable, en 1984. Combien déjà ? Dans les 65 %, s'il se souvenait bien.

C'était idiot, impossible. Et pourtant…

L'estomac noué, il aperçut soudain des points mobiles qui se détachaient sur le ciel étoilé. Les Frontistes, ces putains de Frontistes. Le visage d'Anne s'imposa alors à son esprit – et il se sentit soudain envahi de haine pour les avions des Frontistes, pour les *hommes* qui les pilotaient.

« Ne balancez pas vos missiles avant que j'en donne l'ordre, fit Bonetto. Et gardez l'œil ouvert. »

Les Vampyres accélérèrent, mais les Frontistes devancèrent l'attaque.

« Attention ! hurla Dutton.

— Ils se séparent ! » lança une voix de basse déformée par la friture – celle de Ranczyk.

Reynolds regarda son écran radar. Un des LB-4 descendait en piqué, gagnant de la vitesse à mesure qu'il approchait de la mer de nuages qui ondoyait en contrebas, sous la lumière des étoiles. L'autre montait lentement.

« On reste en formation, reprit Bonetto. Ils essaient de nous disperser. Mais on peut voler plus vite qu'eux. On les aura l'un après l'autre. »

Ils prirent de l'altitude. Ensemble, d'abord, et de front. Mais bientôt l'un des fuselages luisants commença à prendre de l'avance.

« Dutton ! » C'était la voix de Bonetto, qui le rappelait à l'ordre.

— Il me le faut ! » Dutton fit hurler la postcombustion de son Vampyre. Son ennemi se trouvait à portée de tir. Deux missiles jaillirent de ses ailes en direction de l'objectif.

Ils disparurent soudain, pulvérisés par les lasers du bombardier.

Bonetto lança un nouvel ordre. Trop tard. Dutton ne l'écoutait pas, il chargeait pour la mise à mort.

Reynolds était aux premières loges, cette fois.

Dutton avait pris beaucoup d'avance, et il accélérait encore pour placer ses lasers à portée de tir. Il n'avait plus de missiles.

Mais le laser du Frontiste avait une portée plus longue. Il fut le premier à atteindre sa cible.

Un frémissement sembla parcourir le Vampyre. Dutton plongea brutalement, redressa aussitôt, vira de tous côtés pour se libérer de l'emprise du laser meurtrier. Mais les ordinateurs de poursuite du LB-4 étaient plus adroits qu'il le serait jamais. Le laser ne lâchait pas prise.

Puis Dutton cessa de lutter. L'espace de quelques secondes, son Vampyre se rapprocha du bombardier, s'élevant vers le rai de lumière, ses propres lasers en action. En vain – il se trouvait encore trop loin. Et juste un bref instant.

Avant le hurlement.

Le Vampyre de Dutton n'explosa même pas, il parut juste… s'affaisser. Son laser cessa brusquement de fonctionner. L'avion vrilla. Des flammes vinrent lécher le fuselage sombre, trouant de leur clarté le velours noir de la nuit.

Reynolds ne vit pas la chute. La voix de Bonetto l'avait fait sursauter, le tirant de la transe où l'avait jeté ce cauchemar. « Feu ! »

Il lâcha les missiles trois et six, qui fendirent l'air en direction des Frontistes. Bonetto et Ranczyk avaient tiré simultanément. Les six missiles s'élevaient de concert, précédant légèrement les deux derniers. Ranczyk avait tiré une autre salve.

« Les lasers ! » cria Bonetto.

Reynolds fonça vers le bombardier à la suite de ses missiles, Ranczyk sur ses talons – ombres noires sur le ciel noir, qui obscurcissaient les étoiles. En proie à une terreur paralysante, il entendait encore le hurlement de Dutton, voyait toujours l'avion de McKinnis disparaître dans un pandémonium de flammes. Seule la honte qui le saisit alors le poussa à les suivre.

Le bombardier avait lui aussi largué des missiles, et ses lasers étaient braqués sur l'ennemi en approche. Plusieurs projectiles éclatèrent, tandis que d'autres retombaient en flammes.

Mais il y avait deux Vampyres derrière les missiles. Suivis par un troisième. Bonetto et Ranczyk transperçaient le Frontiste de leurs lasers brûlants, de plus en plus chauds, de plus en plus féroces à mesure qu'ils poursuivaient leur ascension. Celui du bombardier répliqua brièvement. Un des Vampyres explosa dans un nuage de flammes, continuant néanmoins à fondre sur le Frontiste.

Une autre explosion retentit presque simultanément – une boule de feu venait d'apparaître sous l'aile du bombardier. Son laser se tut. Une panne, peut-être… qui en tout cas ne dura qu'un instant. Reynolds enclencha son propre laser, le regarda filer vers le chaos de la bataille. L'autre Vampyre – il ne savait plus très bien lequel – lança ses derniers missiles.

Ils étaient presque au contact, au point de se confondre sur l'écran radar et le cadran infrarouge. On ne parvenait encore à les distinguer qu'à l'œil nu.

Puis ils finirent par se mêler en une énorme boule de feu, rouge, orange et jaune, qui grossissait à vue d'œil.

Reynolds restait figé sur son siège tandis que son Vampyre montait vers cet enfer en expansion, ses lasers vainement braqués sur les flammes. Puis il se ressaisit, vira, plongea, pulvérisa un tas de débris enflammés d'un dernier coup de laser pour éviter qu'ils ne le percutent.

Il était seul. Lorsque les flammes s'éteignirent, il ne restait plus que son Vampyre, les étoiles, et la couverture de nuages loin au-dessous de lui. Il s'en était sorti.

Mais pourquoi ? Parce qu'il était resté en arrière quand il aurait dû attaquer. *Lui* n'avait pas mérité de s'en sortir, contrairement aux autres – ils avaient fait preuve de courage, *eux*. Il se dégoûtait.

Mais il pouvait encore se racheter. Quelque part entre lui et le sol, il y avait encore un Frontiste, qui se dirigeait vers Washington avec ses bombes. Et à présent lui seul pouvait l'arrêter.

Pointant le nez de son Vampyre en direction du sol, Reynolds entama sa longue et lugubre descente.

Après l'indicatif de la chaîne, Warren fit son retour sur les holocubes, avec deux invités et un nouveau décor – une immense horloge qui égrenait le compte à rebours pendant que les journalistes parlaient. Il y avait deux invités : un général de l'armée de l'air à la retraite et un célèbre commentateur politique.

Warren les présenta, puis se tourna vers le gradé. « L'attaque de cette nuit a bien évidemment mis pas mal de gens dans tous leurs états, commença-t-il. Surtout à Washington. Dans quelle mesure le bombardement risque-t-il d'avoir lieu, mon général ?

— Aucun risque, jeta le général d'une voix méprisante. Je connais nos moyens de défense aérienne sur le bout des doigts. Ils sont conçus pour résister à l'attaque aérienne tous azimuts d'une puissance nucléaire. Alors vous pensez bien qu'ils sont largement de taille face à une minable petite opération comme celle-ci.

— Washington serait donc hors de danger, selon vous ?

— Tout à fait. Aucun risque. D'un point de vue militaire, cette opération était condamnée d'avance. Se lancer dans une entreprise aussi aventureuse – même de la part du FLA –, j'avoue que ça m'étonne. »

Warren hocha la tête et se tourna du côté du commentateur. « Et qu'en est-il, politiquement parlant ? Vous qui connaissez bien le président Hartmann, et qui suivez ce qui se passe à Washington depuis des années, Sid, croyez-vous que cette manœuvre ait la moindre chance de réussir ?

— C'est encore un peu tôt pour le dire, fit prudemment son interlocuteur. Mais pour ma part, je dirais que le FLA a commis une grosse erreur. D'un point de vue politique, cette attaque est catastrophique... c'est du moins le chemin que ça prend pour l'instant.

La population noire est très importante à Washington, la popularité du FLA auprès des Noirs risque donc de sérieusement baisser. Ce serait un désastre pour le parti. En 1984, Douglass Brown a obtenu à lui tout seul davantage de voix chez eux que les trois autres candidats réunis. Sans ces voix, la campagne présidentielle du FLA se serait résumée à une vaste blague.

— Et les autres partisans du FLA, comment vont-ils réagir ?

— C'est bien là toute la question. À mon avis, ça va les éloigner du parti. Le FLA attire traditionnellement de nombreux pacifistes, qui s'accrochent régulièrement avec les Milices de défense communales – la fraction la plus militante du mouvement. Les événements de cette nuit risquent de lui porter le coup de grâce.

— Et à qui profiteraient ces défections, selon vous ? »

Le commentateur haussa les épaules. « Difficile à dire. Il se peut qu'une aile dissidente se forme dans la foulée. Et beaucoup se rallieront au président Hartmann, j'en suis presque certain. Le plus probable, c'est que les Néo-Démocrates reprennent de la vigueur, pour peu qu'ils parviennent à capter l'électorat noir – et, chez les Blancs, les radicaux qu'ils ont laissé filer ces dernières années au FLA.

— Merci. » Après s'être retourné face caméra, Warren baissa les yeux sur son bureau pour faire le point des dernières nouvelles. « Nous reviendrons aux commentaires plus tard, reprit-il. Notre correspondant en Californie nous appelle de la base de Collins, où a eu lieu l'attaque de cette nuit. »

Le visage de Warren s'effaça. Le journaliste qui le remplaça était jeune, grand et mince. Il se trouvait devant la grille principale de la base, et il y avait beaucoup d'agitation derrière lui. De nombreuses jeeps, toute une armée de policiers et de soldats. Les projecteurs, qui avaient été remis en état de marche, éclairaient l'étendue des dommages causés à la base. Le poste de garde était détruit, le fil de fer de la clôture tordu et arraché.

« Ici Deke Hamilton. Nous sommes venus sur place nous assurer de visu qu'il y avait bien eu une attaque, puisque le FLA accuse le Président d'avoir menti. Eh bien, d'après ce que j'ai vu ici, les mensonges sont à chercher du côté du FLA. L'attaque a bien eu lieu, et elle n'avait rien d'une plaisanterie. Ce que vous voyez derrière moi vous donne une idée des dégâts. C'est ici que les assaillants ont frappé le plus durement.

— Avez-vous vu des cadavres ? le coupa Warren.

— Oui, répondit Hamilton. Il y en a beaucoup, pour certains horriblement mutilés. Plus d'une centaine d'hommes de la base, *a priori*, ainsi qu'une cinquantaine de Frontistes.

— Est-ce que certains des assaillants ont pu être identifiés ?

— Eh bien, ce sont à l'évidence des Frontistes – ils portent la barbe, des cheveux longs et l'uniforme du FLA. Et beaucoup d'entre eux avaient des tracts dans leurs poches – les Six Demandes, entre autres. Mais leurs noms n'ont pas encore été dévoilés, contrairement à ceux des victimes militaires, pour lesquelles le commandement de la base a publié une liste. Beaucoup de corps, je vous l'ai dit, sont très mutilés, ce qui va certainement rendre leur identification difficile. Je crois qu'il est question de les enterrer dans une fosse commune.

— Dites-moi, Deke, vous a-t-on donné le nombre de morts par catégorie raciale ?

— Euh... non. Je n'ai vu que des Blancs. Mais n'oublions pas qu'il y a relativement peu de Noirs, dans cette région. »

Warren commença à poser une nouvelle question, mais jamais il ne finit sa phrase. L'image en provenance de Californie disparut brutalement, pour être remplacée par celle d'un chaos indescriptible.

« Ici Washington », disait Mike Petersen, noyé dans une marée humaine qui le poussait de-ci de-là.

Des gens se battaient tout autour de lui, et une escouade de la Force d'intervention urbaine, reconnaissable à son uniforme bleu et argent, progressait parmi une foule de résistants Frontistes. L'insigne du FLA s'étalait sur le mur qui se situait directement derrière le journaliste.

« Je me trouve encore au siège du FLA, disait celui-ci, en essayant vaillamment de rester dans le champ de la caméra. Et je... » Il fut poussé de côté, mais parvint à revenir. « Le spectacle est indescriptible, ici. Il y a quelques minutes, un détachement de la Force d'intervention urbaine a fait irruption dans le bâtiment pour arrêter plusieurs dirigeants du FLA, dont Douglass Brown. Et comme les Frontistes ont tenté de les en empêcher, la police est en train de procéder à d'autres arrestations. Il y a eu... merde ! » Quelqu'un lui était tombé dessus. La police utilisait des matraques.

Petersen essaya de se dépêtrer de la mêlée. Il leva les yeux vers la caméra, commença à dire quelque chose... mais soudain l'image bascula, pour presque aussitôt disparaître.

Reynolds avait une conscience aiguë de sa solitude. Il perdait rapidement de l'altitude, traversant l'une après l'autre de multiples couches de nuages assez ténues. Le ciel était vide. Le Frontiste volait quelque part au-dessous de lui, mais il ne le voyait pas encore.

Mais son ennemi était là, quelque part – aucun doute. Son écran radar faisait des siennes, ce qui signifiait qu'un brouilleur quelconque fonctionnait dans les parages.

Reynolds laissait errer ses pensées tout en cherchant sa cible des yeux. C'était un combat singulier, à présent. Peut-être pourrait-il compter sur du renfort – Bonetto n'avait-il pas envoyé un message radio à terre quand ils avaient aperçu les Frontistes ? Peut-être quelqu'un avait-il pu garder le contact, peut-être qu'une autre escadrille était en route pour intercepter le bombardier.

Mais rien, absolument rien ne le lui garantissait.

Ce n'était pas comme s'ils avaient volé en ligne droite. Ils se trouvaient au-dessus du Kentucky, à présent. Sans compter qu'ils évoluaient à très haute altitude, leurs brouilleurs antiradar actionnés. Leur position restait peut-être inconnue.

Et s'il envoyait un message radio, lui aussi ? Ce serait une idée… Non. Réflexion faite, ça risquait d'alerter le Frontiste. Peut-être celui-ci ignorait-il que Reynolds se trouvait derrière lui. Il pourrait alors le prendre par surprise.

Reynolds l'espérait de tout son cœur. Sans quoi… il y avait de quoi s'inquiéter. Il ne lui restait que deux missiles. Et il doutait qu'un Vampyre puisse venir à bout d'un LB-4 à lui tout seul.

Les lasers du bombardier avaient une portée deux fois plus importante que ceux du Vampyre – sans même parler de leur puissance. Et son ennemi pouvait compter sur un ordinateur autrement plus efficace pour les braquer sur sa cible.

Qu'est-ce qu'il avait, lui ? La vitesse. Et la maniabilité. Et il était meilleur pilote, probablement.

Vraiment ? Reynolds fronça les sourcils. À la réflexion, les Frontistes s'étaient plutôt bien défendus jusqu'ici sur ce point. Bizarre. Qu'ils puissent être si bons pilotes ne manquait pas de l'étonner, surtout après qu'ils eurent commis une erreur aussi grossière que d'oublier d'actionner immédiatement leurs brouilleurs.

Et pourtant... Ils pilotaient comme de vrais vétérans. Ce qu'ils étaient peut-être, d'ailleurs. Hartmann avait viré de l'armée tout un tas de sympathisants du FLA dès après son élection. Certains avaient peut-être tout simplement décidé de passer du côté des Frontistes. Et *ceci* faisait partie d'une vengeance *a posteriori*.

Mais la purge avait eu lieu trois ans plus tôt. Et les LB-4 étaient des modèles flambant neufs. Les Frontistes n'auraient jamais dû pouvoir les maîtriser si facilement.

Reynolds secoua la tête pour repousser ces pensées. À quoi bon ? Peu importait pourquoi, le fait était que ces Frontistes pilotaient sacrément bien. Il ne jouissait que d'un avantage minime sur ce plan-là.

Ses instruments lui indiquèrent qu'il était descendu à treize mille mètres. Le LB-4 se trouvait toujours sous son appareil, plus près. L'écran radar n'était plus qu'un brouillard dansant, totalement inutile. Mais le cadran infrarouge lui fournissait une image.

Loin en contrebas, un orage avait éclaté – il pouvait voir des éclairs. Le bombardier était en train de le traverser, lentement, s'il fallait en croire ses instruments. L'engin ennemi cherchait sans doute à descendre le plus bas possible, au ras des arbres.

Il l'aurait bientôt rattrapé.

Que se passerait-il, alors ?

Il lui restait deux missiles. Mais le Frontiste en avait aussi, ainsi que des lasers. Que se passerait-il si ses propres projectiles manquaient leur but ?

Ne lui resterait plus alors que l'option du laser.

Et la mort, comme pour Dutton.

Il s'étrangla en essayant d'avaler sa salive. Les lasers de ce salopard possédaient une telle puissance qu'ils l'auraient découpé en petits morceaux bien avant qu'il ne se soit suffisamment rapproché pour pouvoir se servir des siens.

Oh, bien sûr, il ne manquerait pas de réagir. Même un puissant laser à gaz mettait quelques secondes pour percer de l'acier. Quelques secondes qui lui permettraient de s'approcher suffisamment du Frontiste pour lui rendre la monnaie de sa pièce.

Mais ça ne l'avancerait à rien. Il mourrait quand même.

Et il ne voulait pas mourir.

Il pensa de nouveau à Anne. Puis à McKinnis.

Le LB-4 n'arriverait jamais jusqu'à Washington. Une autre escadrille ne manquerait pas de le repérer et de l'intercepter avant. Ou bien ce seraient les missiles défensifs de la ville qui le descendraient. Il n'avait aucune chance de passer.

Reynolds n'avait donc pas de raison de se sacrifier pour stopper le bombardier. Absolument aucune. Mieux valait virer de bord et envoyer un message radio pour donner l'alerte.

De lourds nuages ondulèrent autour de l'avion, puis l'engloutirent. Des éclairs zébrèrent les ailes noires, secouant les missiles dans leurs tubes.

Et Reynolds transpirait. Et son Vampyre piquait toujours vers le sol.

« Nous savons maintenant ce que le président Hartmann voulait dire en affirmant qu'il allait traiter les membres du FLA comme des traîtres, disait Ted Warren, le regard fixe, le visage tiré et impénétrable, sur des millions d'holocubes. Depuis quelques minutes, en effet, de multiples sources nous ont confirmé que les SIU ont investi les locaux du FLA et les domiciles des principaux dirigeants du parti. Dans quelques villes, à Detroit, à Boston et à Washington même, les membres du FLA seraient arrêtés par milliers. Mais il semble que les SIU visent essentiellement les personnes qui occupent des postes de responsabilité au sein des Milices de défense communales ou du parti lui-même.

« D'autre part, le Pentagone annonce que les avions dont le FLA se serait emparé ont été repérés au-dessus du Kentucky. Ils se dirigeraient vers Washington. En fait, de source bien informée, puisqu'il s'agit de l'armée de l'air, nous apprenons qu'il n'y aurait plus qu'un seul bombardier en vol, et qu'il serait poursuivi par un intercepteur. D'autres escadrilles ont pris l'air pour se joindre à la chasse. »

Warren tourna la tête un instant, fronça les sourcils en direction du hors-champ, puis fixa de nouveau la caméra. « Nos correspondants à la Maison-Blanche viennent de nous prévenir que le Président avait une nouvelle déclaration à faire. Je lui laisse donc la parole. »

L'image changea. Le bureau ovale fit son retour sur les holocubes. Hartmann se tenait debout, cette fois, et il n'était pas seul. À ses côtés, devant une rangée de drapeaux américains, il y avait le vice-président, Joseph Delaney, un homme d'un certain âge au front dégarni.

« Mes chers compatriotes, commença Hartmann, si je me présente de nouveau devant vous, c'est pour vous annoncer que nous avons pris des mesures contre les traîtres qui ont voulu frapper la capitale, le cœur même de notre pays. Après consultation du vice-président et du gouvernement, j'ai donné l'ordre d'arrêter les dirigeants du Front dit "de libération américain". »

Les yeux de Hartmann brillaient d'une flamme sombre, sa voix était merveilleusement rassurante, paternelle. À côté de lui, tout pâle, Delaney semblait apeuré, indécis.

« À vous qui avez apporté votre appui à ces hommes par le passé, continuait Hartmann, je tiens à dire qu'ils seront jugés en toute objectivité, dans la plus pure tradition de la justice américaine. Pour vous-mêmes, ne craignez rien. Vous étiez sincères, je le sais, mais on vous a trompés. Cette nuit, ceux en qui vous aviez placé votre confiance l'ont trahie, en même temps qu'ils trahissaient la nation tout entière. Vous ne leur devez plus rien. Continuer à les soutenir reviendrait à soutenir leur trahison.

« C'est surtout à nos compatriotes de la communauté noire que je m'adresse, car ce sont eux que les slogans du FLA ont le plus cruellement trompés. L'heure est venue pour vous de faire montre de patriotisme et de renoncer à vos erreurs passées. Car j'avertis solennellement ceux qui voudraient persister dans leurs erreurs. Quiconque aidera les traîtres à résister aux autorités légitimes de ce pays sera considéré lui aussi comme un traître. »

Hartmann fit une brève pause, puis reprit : « Certains d'entre vous vont me le reprocher. Légitimement soucieux de préserver notre système de contrôle du pouvoir présidentiel, ils prétendront que je n'avais pas le droit d'utiliser les Sections d'intervention urbaines comme je l'ai fait. Et ils auront raison. À situation exceptionnelle, cependant, mesures exceptionnelles. En cette nuit de crise, le temps manquait pour demander l'approbation du Congrès. Pourtant, je n'ai pas agi seul. » Il se tourna vers Delaney.

Le vice-président s'éclaircit la gorge. « Le Président m'a consulté tout à l'heure, dit-il d'une voix hésitante. Il m'a expliqué ce qu'il se proposait de faire. Devant ma réticence, il m'a exposé tous les faits, et j'ai compris qu'il n'y avait pas d'autre solution possible. J'approuve donc l'initiative du Président – et je parle ici également au nom des membres du gouvernement qui, comme moi, appartiennent au parti néo-républicain. »

Hartmann reprit la parole, mais le son disparut presque aussitôt, immédiatement suivi par l'image. Ted Warren reprit le micro.

« Nous vous diffuserons plus tard le reste de l'allocution du Président. Nous avons d'abord un certain nombre de nouvelles à vous donner. Les trente-deux membres du groupe FLA de la Chambre des représentants ont été mis en état d'arrestation, de même que deux de leurs trois sénateurs. D'après le quartier général des SIU, Jackson Edwards, le troisième, aurait pris la fuite – on le recherche activement. » Il s'interrompit pour farfouiller dans ses papiers. « On nous signale aussi des combats de rue ici et là, reprit-il. Il semble que les combats les plus durs se déroulent à Chicago, où les SIU assiègent le quartier général de l'aile paramilitaire du FLA. Nous avons Ward Emery sur place. À vous, Ward. »

Emery apparut sur les marches du commissariat central de police, dans South State Street. Le bâtiment derrière lui était brillamment éclairé ; des policiers armés, casqués et munis de boucliers ne cessaient d'y pénétrer et d'en ressortir.

« Je ne suis pas tout à fait sur place, Ted, rectifia-t-il. Notre équipe a été expulsée *manu militari* du théâtre des opérations. Nous nous trouvons présentement au commissariat central de Chicago, qui comme vous devez vous le rappeler a été au centre des combats lors des émeutes de 1985. C'est le quartier général de la police locale et des SIU.

— Qu'est-ce qui s'est passé exactement ? coupa la voix de Warren.

— Eh bien, tout a commencé quand un détachement des SIU est arrivé à la centrale de la Milice pour arrêter Mitchell Grinstein, ainsi que plusieurs autres dirigeants du mouvement. Je ne sais pas exactement qui a tiré le premier. Mais il y a eu des coups de feu, en tout cas, qui ont fait un certain nombre de victimes. La centrale est bien défendue, les SIU ont été repoussées lors de la première escarmouche – celle dont j'ai été témoin. Mais les choses ont évolué depuis. La police a établi des cordons de sécurité autour d'une grande partie du quartier sud, là où se trouve la centrale. Elle a expulsé tous les journalistes de la zone, mais j'ai quand même pu apprendre que Grinstein et ses miliciens se trouvaient à présent coincés dans l'immeuble, qui est assiégé par les SIU. »

Il jeta un rapide coup d'œil alentour. « Comme vous pouvez le voir, poursuivit-il, il y a beaucoup d'agitation autour de moi. La police locale est sur le pied de guerre, et les SIU ont mobilisé l'intégralité de leurs hommes. Ils ont des voitures blindées, bien sûr, ainsi que de l'équipement lourd. Plus quelque chose de nouveau, à ce qu'il paraît : des chars légers avec des pneus en lieu et place des chenilles – des chars de ville, en quelque sorte.

— Les partisans du FLA se sont-ils regroupés autour de Grinstein, à leur siège ? s'enquit Warren.

— Pas du tout, dit Emery. Les ghettos des quartiers sud et ouest sont en ébullition. La police locale a subi un certain nombre de pertes, un cocktail Molotov a même été lancé sur une voiture de patrouille. On parle aussi d'une contre-attaque imminente du FLA sur le commissariat central. Le bâtiment a une valeur symbolique pour les deux parties, bien sûr – depuis que les Miliciens locaux ont rasé le précédent pendant les émeutes de 1985.

— Je vois, dit Warren. Le FLA, on le sait, a des sympathisants actifs dans plusieurs universités de la région de Chicago. Avez-vous des nouvelles de ce côté-là ?

— Quelques-unes. La police ne s'en est pas encore occupée, jusqu'à présent. Mais d'après ce qu'on m'a dit, les membres des brigades de la Liberté ont monté une importante opération contre le campus de l'université de l'Illinois, à Chicago, pour y procéder à des arrestations en qualité de simples citoyens[1]. Il semble qu'ils n'aient rencontré que peu de résistance – les étudiants sont rarement armés, contrairement aux formations paramilitaires que sont les brigades. »

Warren revint alors à l'image. « Merci, Ward. Nous ne manquerons pas de revenir vers vous pour un point ultérieur. Dans l'immédiat, nous allons diffuser le reste de l'allocution présidentielle.

« Pour ceux qui viennent de nous rejoindre, poursuivit-il, je voudrais rappeler que le Président a

1. Aux États-Unis, la Constitution permet aux simples particuliers de procéder à des arrestations (et ici les membres des brigades de la Liberté ne sont pas des policiers). *(N.d.T.)*

donné l'ordre d'arrêter les dirigeants du FLA. Le vice-président a approuvé cette mesure, tout comme, il faut par conséquent le supposer, tous les néo-républicains qui appartiennent au gouvernement de coalition du Président. C'est là un véritable revirement de la part de ce parti ; si vous vous souvenez bien, le vice-président et ses amis néo-républicains avaient refusé l'année dernière de voter le projet de loi antisubversion du Président, ce qui avait empêché son adoption.

« Étant donné qu'ensemble l'Alliance pour la Liberté et les néo-républicains ont la majorité dans les deux Chambres, le soutien du vice-président garantit automatiquement à Hartmann l'approbation du Congrès.

« Et maintenant, la suite de l'allocution du Président... »

Il survolait des collines et de sombres forêts noyées dans les ténèbres. Pour seule lumière, il ne pouvait compter que sur les éclairs qu'accompagnait un double grondement – le tonnerre de l'orage qui se déchaînait au-dessus des forêts et les réacteurs de l'avion qui semaient dans son sillage des bangs supersoniques en survolant les nuages et la cime des arbres.

C'était le Frontiste. Sur son cadran infrarouge, Reynolds le voyait évoluer aux environs de Mach 1. Son Vampyre gagnait sur lui.

Il avait cessé de transpirer, de penser, d'avoir peur. Désormais, il se contentait d'agir – il faisait corps avec son appareil.

Il descendait à travers les nuées d'orage, au milieu des éclairs qui cinglaient sa carlingue. Seuls ses instruments lui donnaient de rares informations sur ce qui l'entourait. Tout ce qui était humain en lui l'exhortait à abandonner, à laisser quelqu'un d'autre s'attaquer au Frontiste. Mais autre chose, une force, un *besoin*, le poussait à ne pas encore renoncer.

Il poursuivit donc sa descente.

Le Frontiste avait certainement conscience de sa présence. Il attendait simplement le bon moment pour faire feu. Tout comme Reynolds attendait avant de lâcher ses missiles. Il n'allait appuyer qu'à la dernière seconde, une fois que les lasers ennemis l'auraient accroché.

Le Vampyre volait une fois et demie plus vite que le bombardier ; après avoir déchiré la dernière couche de nuages, il actionna ses lasers au milieu des éclairs.

Les rayons balafrèrent l'obscurité nocturne, effleurèrent le bombardier, puis convergèrent sur lui. Émis initialement de trop loin pour être vraiment dangereux, ils gagnaient néanmoins en puissance. À chaque seconde qui passait, le mince fuselage noir se rapprochait de sa cible, rendant les traits de lumière de plus en plus perçants.

Puis un autre rayon jaillit de la queue du bombardier. Des épées de lumière se croisèrent dans la nuit – le Vampyre parut comme s'empaler sur l'arme étincelante du bombardier.

Reynolds était en train de regarder son cadran infrarouge quand celui-ci s'éteignit. Le simple contact avec le laser avait suffi à détraquer le délicat appareillage optique. Tant pis. Reynolds n'en avait plus besoin, à présent. Il voyait le bombardier à l'œil nu, au-dessous de lui, illuminé par les éclairs.

Des sonneries d'alarme résonnaient de tous côtés à ses oreilles, mais il n'y prêtait pas attention. Il était trop tard, désormais, trop tard pour reculer, trop tard pour échapper au laser du bombardier.

Ne lui restait plus que le temps d'achever sa proie à son tour.

Les yeux de Reynolds ne quittaient pas le bombardier, qui grossissait de seconde en seconde. Le doigt sur le bouton, il attendait le feu vert de son ordinateur.

Il vit les lasers du bombardier frontiste percer l'obscurité qui les enveloppait ; son Vampyre ne cessait de trembler, de frémir.

Alors il appuya.

Les missiles quatre et cinq, semblables à des flèches de feu dans la nuit, fondirent sur le Frontiste presque comme s'ils suivaient la piste tracée par les lasers.

L'espace d'un instant, Reynolds vit son avion comme l'équipage du bombardier avait dû le voir – noir, menaçant, enveloppé d'éclairs, jaillissant toutes armes déployées des nuages dans un hurlement infernal. Quelle ivresse ! Il eut la vision d'une mort glorieuse.

Les lasers du bombardier se déverrouillèrent de leur cible sans crier gare. Mais il était trop tard. Les alarmes continuaient à hurler dans son habitacle. Il avait perdu la maîtrise de l'avion.

Le Vampyre, hors de tout contrôle, était en train de brûler. Mais les lasers jaillissaient toujours du brasier.

Le bombardier parvint à pulvériser l'un des deux missiles. Mais l'autre poursuivait sa descente. Le Vampyre avait refermé ses mâchoires sur sa proie.

Puis la nuit elle-même parut prendre feu.

Reynolds éprouva un étrange mélange de soulagement et d'effroi lorsqu'il vit la boule de feu grossir au-dessus de la forêt. Un flot de sueur inondait à nouveau son dos.

Les bois ne cessaient d'approcher. Il songea un instant à s'éjecter – mais il était trop bas, et il allait trop vite. C'était sans espoir. Il essaya de se raccrocher à sa vision. Se demanda si on allait lui décerner une médaille à titre posthume.

Mais la vision lui échappait – et la médaille ne lui importait plus guère, à présent.

Seule Anne occupait ses pensées en cet instant. Ses joues étaient humides… d'autre chose que de sueur.

Il hurla.

Le Vampyre s'écrasa dans les arbres à Mach 1,4.

Les yeux cernés, la voix enrouée, Warren continuait vaille que vaille à lire ses dépêches.

« … À Newark, dans le New Jersey, la police locale et les SIU se livrent des combats acharnés. La municipalité FLA de Newark a fait appel à la police quand les Sections ont voulu arrêter les conseillers…

« Le quartier général des SIU vient de nous annoncer que Douglass Brown et six autres dirigeants du FLA seraient morts au cours d'une tentative d'évasion. D'après leur communiqué, cela se serait passé lors d'une attaque surprise des miliciens contre la prison où ils étaient détenus…

« … mobilisés dans l'ensemble le pays, les miliciens et les hommes des brigades sont descendus dans la rue. Les brigades prêtent main-forte aux SIU contre les miliciens…

« Le président Hartmann a mobilisé la garde nationale…

« … On signale des émeutes et des pillages à New York, Washington et Detroit, ainsi que dans de nombreuses autres villes…

« … à Chicago n'est plus que ruines fumantes. Mitchell Grinstein serait mort, ainsi que d'autres dirigeants de premier plan du FLA. Des bombes incendiaires ont détruit une aile du nouveau commissariat central... Le Loop[1] serait en flammes... des bandes armées venues des ghettos dans le quartier nord...

« ... des miliciens californiens nient être impliqués d'une manière ou d'une autre dans l'attaque de la base... ont demandé que les cadavres soient exposés et identifiés... enterrement dans une fosse commune, qui a déjà été ordonné...

« ... le plastiquage de la demeure du gouverneur, à Sacramento...

« L'Alliance pour la Liberté a demandé à tous les citoyens de prendre les armes pour balayer les Frontistes... une tentative de révolution... toujours été leur objectif, d'après l'Alliance... l'attaque de Californie devait donner le signal...

« ... le FLA accuse Hartmann d'avoir manigancé l'attaque de la base... rappelle l'incendie du Reichstag...

« ... Horne, le gouverneur du Michigan, a été assassiné...

« ... Couvre-feu imposé dans tout le pays par les SIU... demandé à tous les habitants de rentrer chez eux... encore dans les rues d'ici une heure sera fusillé à vue...

« Jackson Edwards, sénateur du New Jersey, aurait été enlevé du commissariat où il s'était réfugié à Newark. À en croire le FLA.... fusillé par des hommes des brigades...

« ... loi martiale proclamée...

« ... le dernier bombardier pirate aurait été abattu...

« ... l'armée a été mobilisée...

« ... la peine de mort pour tous ceux qui aident les soi-disant révolutionnaires, dit Hartmann...

« ... déclare...

---

1. Quartier central de Chicago, qui tient son nom du fait que le métro aérien y forme une boucle. *(N.d.T.)*

« … accuse…
« … annonce… »

Il y avait un incendie de forêt dans le Kentucky. Mais personne ne vint l'éteindre.

Des incendies bien plus graves avaient éclaté en d'autres lieux.

Chicago, Illinois
Juin 1972

LES FUGITIFS

Il y avait des moments, entre deux affaires, où Colmer se sentait étrangement nerveux, agité, sans qu'il parvienne jamais à comprendre pourquoi. Il avait tendance à attribuer ça à l'ennui, la plupart du temps, mais en son for intérieur il savait que c'était autre chose.

Colmer ne manquait cependant pas de ressources – il avait ses propres remèdes contre le vague à l'âme. Le mieux à faire, avait-il découvert, était encore de se remettre au travail. Il était très demandé, en sa qualité de Maître Sondeur – il y en avait moins de cent dans tout l'univers connu. Parfois, quand un client éventuel n'avait pas les moyens de lui payer ses honoraires habituels, il acceptait de toucher moins, pour peu que le cas soit intéressant – et que lui-même s'ennuyât.

Mais il savait quand même s'occuper lorsqu'il n'avait pas de clients : le jeu, les amis, le sport et l'amour. Et souvent, les bons repas. C'était un petit bonhomme tranquille, une espèce de grosse souris qui aimait la bonne chère, surtout quand la nostalgie venait lui titiller l'esprit et qu'il n'avait rien d'autre à faire. Pour lui, bien manger faisait partie des plaisirs fondamentaux de l'existence.

Bryl le trouva attablé à *La Bourgeoise*, occupé à dîner. C'était une période calme, entre deux clients.

La Bourgeoise était une ancienne goélette, présentement amarrée au quai Sullivan, au cœur du quartier des pêcheurs, sur Archéo-Poséidon. Les bateaux d'argent aux lignes pures qui exploitaient les richesses de la Grande Mer croisaient chaque jour à proximité. Certains rentraient leurs nasses remplies de frai azuré ou de petits bigorneaux argentés. D'autres avaient leurs cales bourrées de crabes chasseurs riches en sel. C'étaient paradoxalement les plus petits qui rapportaient les espadons géants et les anguilles vampires, à la chair noire et fondante.

Tout le quartier sentait le poisson, le sel et la mer – Colmer adorait ça. Chaque fois que le temps commençait à lui paraître long, il s'en allait déambuler dans les rues tortueuses pavées de bois, regardant les bateaux de pêche appareiller à l'aube, buvant jusqu'à midi dans les bars du port, ou allant farfouiller dans les boutiques de brocante les plus poussiéreuses qu'il pouvait trouver. Pour se retrouver souvent, en fin d'après-midi, avec un appétit d'ogre. Il prenait alors le chemin de *La Bourgeoise*. Il y avait des douzaines de restaurants de fruits de mer dans le quartier, mais celui-là était le meilleur.

Il venait de terminer son entrée le jour où Bryl tira une chaise pour s'asseoir à sa table. « J'ai besoin de votre aide », fit-il aussitôt, de but en blanc.

Colmer voulait son dîner, il n'avait aucune envie qu'on lui tienne la jambe. Il fronça un peu les sourcils. « J'ai un bureau.

— Vous avez un dossier sur chaque client ?

— Naturellement.

— *Moi*, je ne veux pas laisser de traces. C'est pour ça que je suis venu rôder autour de *La Bourgeoise*. On m'a dit que vous y veniez souvent, que je n'avais qu'à attendre pour vous y trouver. Je n'étais pas sûr de pouvoir le faire suffisamment longtemps, mais la chance semble enfin m'avoir souri. Aidez-moi, je vous en prie. »

Colmer, sa curiosité éveillée, étudia de plus près l'étranger qui lui faisait face. Grand et mince, le visage mat encadré par des cheveux noirs mi-longs et dominé par un nez en bec d'aigle, il était habillé de façon très quelconque. Mais il avait des traits étrangement sans âge, empreints de nervosité – ses yeux ne cessaient d'aller et venir. Colmer ne pouvait en dire davantage rien qu'en le regardant.

Il aurait pu le sonder, naturellement. Chose que n'auraient pas manqué de faire certains Talents, malgré les règles de la profession. Mais Colmer ne sondait que si on le payait.

Il prit la bouteille de vin et en versa un verre à Bryl. « Bon. Joignez-vous à moi, si ça vous chante. Et dites-moi pourquoi vous voulez que je vous aide. »

Bryl prit le verre, but une gorgée, les yeux toujours en mouvement. « Je m'appelle Ed Bryl. Je veux que vous me sondiez. J'ai des gens à mes trousses, vous comprenez. Ça fait des années qu'ils me poursuivent. Ils veulent me tuer, j'en suis sûr, même si j'ignore pourquoi. Aussi loin que je me souvienne, ils me suivent – et moi je fuis.

— Vous ne seriez pas un peu paranoïaque, par hasard ? » lui lança Colmer – qui aimait parler net – en nouant les mains sous son menton.

Bryl éclata de rire. « Ça donne cette impression, je le sais, mais je vous assure que non. Je suis allé trouver la police, vous savez. Ils m'ont sondé, ils savent pertinemment que c'est vrai. Ils ont même arrêté certains de mes poursuivants à une ou deux reprises. Mais ils ont toujours fini par les relâcher. Ils ne veulent rien faire pour m'aider.

— De plus en plus paranoïaque.

— Puisque je vous dis que la police m'a sondé !

— Les sondages de la police... dit Colmer en souriant avec indulgence, sur le ton d'un médecin qui parlerait d'un guérisseur.

— Bon, alors sondez-moi vous-même, vous verrez.

— Ne vous énervez pas. Si vous êtes paranoïaque, je pourrai sans doute faire quelque chose pour vous malgré tout. Un Maître Sondeur s'y connaît en psychopsi entre autres choses. Mais on n'a pas parlé de mes honoraires.

— Vous êtes trop cher pour moi. Je n'ai pas beaucoup d'argent. Ça ne dure jamais très longtemps, quand j'arrive à trouver du travail – je suis obligé de fuir sans cesse. *Ils* ne sont jamais loin derrière moi.

— Je vois. » Colmer l'étudia pendant une minute. « Eh bien, je n'ai aucune autre affaire en cours pour le moment, alors autant m'occuper de vous. Mais si vous commencez à dire ici ou là que j'accepte de travailler pour rien, vous imaginez bien que je démentirai.

— Naturellement », acquiesça Bryl.

Colmer le sonda.

Ça lui prit moins d'une minute – pour pénétrer l'esprit de Bryl, pour l'absorber, pour aspirer son contenu. Pour le spectateur non initié, ça ressemblait juste à un long regard vide.

Puis Colmer se renfonça dans son siège, se caressa le menton et tendit la main vers le vin. « Vous avez dit vrai. Étrange. »

Bryl sourit. « C'est ce que disent les sondeurs de la police. Mais *pourquoi* ? *Pourquoi* sont-ils après moi ?

— Si *vous* l'ignorez, je ne pourrai le savoir qu'en sondant l'un d'entre eux. Vous avez une barrière, soit dit en passant.

— Une barrière ?

— Un blocage, si vous préférez. Vos souvenirs remontent jusqu'à il y a cinq ans et quelques, puis on saute directement à votre adolescence. Qui est assez lointaine, d'ailleurs. Vous avez certainement subi des rajeunissements. Il y a un grand trou dans votre tête. Pour une raison que je serais bien en peine de vous donner, quelqu'un vous a placé un bel écran là-dedans. »

Bryl eut soudain l'air totalement effrayé. « Je sais. C'est à *eux* que je dois ça, j'en suis persuadé. Je dois savoir quelque chose – quelque chose de suffisamment important pour qu'ils me dérobent mes souvenirs. Mais ils doivent avoir peur que je retrouve la mémoire, ce qui les pousse à vouloir me tuer. C'est bien ça, non ?

— Non, ça ne peut pas être aussi simple. S'il s'agissait de vulgaires criminels, la police ne les relâcherait pas systématiquement comme elle le fait – sur Newholme, sur Baldur, sur Ciel d'Argent, et j'en passe. Vous en avez fait, des voyages ! Je vous envie. » Colmer sourit.

Mais Bryl, lui, ne souriait pas. « Des voyages ! Des fuites sans fin, vous voulez dire. Vous n'envieriez pas mon existence, si vous aviez à la vivre. Écoutez, Colmer, je vis dans un état de terreur permanente. Chaque fois que je jette un œil par-dessus mon épaule, je me demande si je ne vais pas tomber sur eux. Et, parfois, c'est bien le cas.

— Oui, j'ai vu ça. La fois où la grosse vous attendait assise dans votre appartement. Et le type qui faisait le pied de grue à l'astroport, quand vous êtes revenu de votre travail aux docks orbitaux. Et la blonde, qui vous a suivi du début à la fin du carnaval. Très vivants, tous ces souvenirs – à faire frissonner n'importe qui. »

Bryl le regardait fixement, l'air bouleversé. « Bon sang, comment pouvez-vous parler comme ça ? Vous êtes d'une insensibilité !

— Pas le choix, je suis Sondeur.

— Qu'est-ce que vous pouvez me dire d'autre ?

— Ils travaillent ensemble, tous les trois – mais ça, vous le saviez, n'est-ce pas ? La blonde est télépathe, c'est comme ça qu'elle arrive à vous suivre. L'homme se charge de la protéger. Quant à la grosse… je ne sais pas. Elle est très étrange, avec son sourire de déficiente mentale. Je ne saisis pas son rôle. Mais elle vous terrifie, semble-t-il. »

Bryl eut un frisson. « Vous comprendriez, si vous l'aviez vue. Elle est énorme. Blanche et bouffie, comme une grosse larve. Et ce sourire, nom de Dieu, ce sourire lorsqu'elle me regarde ! Je ne sais jamais quand elle va surgir devant moi. Cette fois-là, sur Newholme, quand j'ai ouvert la porte et que je l'ai vue assise là, toute souriante, c'était… c'était comme trouver de la vermine dans un plat qu'on a déjà mangé à moitié. C'était horrible !

— Vous êtes convaincu que c'est *elle* qui va vous tuer. J'avoue ne pas comprendre. Ce serait plus logique de confier ça à l'homme, s'ils cherchent vraiment à vous supprimer. Il est grand, fort. Et armé, vous le saviez ? »

Bryl hocha la tête. « Oui, mais ce ne sera pas lui. Ce sera *elle*, je le *sais*. C'est pour ça qu'elle n'arrête pas de me sourire.

— Vous pourriez acheter une arme et les tuer, vous savez. »

Bryl le regarda. « Je… je n'y ai jamais pensé.

— C'est vrai. Ce qui en soit est assez bizarre, vous ne trouvez pas ?

— Si. Mais j'en serais incapable, de toute façon. Je ne suis pas un homme violent.

— Bien au contraire, vous *regorgez* de violence. Mais je suis d'accord. Pour une raison inconnue, même de vous, il vous est impossible d'employer la force contre eux. »

Bryl s'agita nerveusement. « Pouvez-vous m'aider ? Avant qu'ils ne me trouvent ?

— Peut-être, oui. Mais ils vous ont déjà trouvé. La blonde vient d'entrer dans le restaurant. Ils sont en train de lui donner une table. »

Bryl se retourna vivement, et en resta bouche bée. À l'autre bout de la salle, le maître d'hôtel était en train d'escorter une belle jeune femme blonde à sa table. « Mon Dieu, ils ne vont donc jamais me laisser en paix ! » Il se leva d'un bond et se précipita à l'extérieur, loin, très loin de *La Bourgeoise*. La blonde ne l'honora même pas d'un regard.

Colmer jeta alors un coup d'œil dehors par le hublot. Bryl n'allait pas apprécier ce qu'il découvrirait sur le quai. Énorme et grasse, la fille au sourire d'idiote se tenait assise au bord de la jetée, à regarder décharger les bateaux de pêche.

Quelle mise en scène, se dit-il. On venait de lui apporter un grand plat de frai azuré au fromage. Il se leva néanmoins. « Je vais rejoindre madame, dit-il au serveur en lui montrant la table. Apportez-moi ça là-bas. »

Le serveur sur ses talons, il traversa la salle pour s'asseoir à la table de la jeune femme.

La blonde leva les yeux. « Vous êtes Adrien Colmer, dit-elle, j'ai entendu parler de vous.

— Tutt-tutt ! On sonde sans permission ? Ce genre de choses ne se fait pas, ma petite dame. Mais bon, je vous pardonne. Je suis sûr que vous n'avez pas obtenu grand-chose. J'ai de très bonnes défenses.

— Exact, fit-elle, tout sourire. Qu'il finisse par aller voir un Sondeur privé était inévitable, je suppose. Qu'est-ce que vous avez découvert ?

— Tout ce qu'il sait – suffisamment pour vous faire arrêter, si vous vous refusez à vous expliquer.

— Il nous fait arrêter de temps à autre, mais la police finit toujours par nous relâcher. Allez-y, sondez-moi, n'hésitez pas.

— Vous ne résisterez pas ?

— Non, c'est un honneur pour moi. »

Colmer la sonda donc.

Il resta en surface – après tout, c'était un *Talent* qu'il sondait. Mais ce fut bien suffisant. Quand il en eut fini, il se recula en clignant sans cesse des yeux, perplexe. « De plus en plus curieux. Alors, c'est lui qui vous a engagés ?

— Il ne s'en souvient pas, bien sûr – ça fait partie du marché. Mais nous avons en notre possession tous les papiers nécessaires pour prouver notre bonne foi à la police chaque fois qu'on nous arrête. Et elle ne peut rien lui dire, c'est également prévu dans le contrat. Sans quoi ça détruirait son blocage, et il ne manquerait pas de nous faire le procès du siècle.

— Édouard Bryllanti, murmura Colmer, l'air songeur. Oui, le nom me dit quelque chose. Sa fortune devait suffire à lui payer un truc pareil. Ce que je voudrais savoir, c'est *pourquoi* – cette vie de terreur, cette fuite constante... ?

— C'est *lui* qui l'a voulu, lui qui a tout organisé. Qui a choisi Freda, à votre avis ? Ce n'est pas une lumière, bien sûr, elle est même carrément attardée. Il faut la prendre par la main pour l'emmener là où il doit la voir. Mais il y a quelque chose en elle qui le terrifie. Alors il a voulu qu'elle soit de la partie, pour l'obliger à rester constamment sur le qui-vive. »

Colmer commença à manger, lentement, pensivement. « Je n'y comprends rien », finit-il par admettre, entre deux bouchées.

La jeune femme sourit. « Vous n'avez pas sondé assez loin, à ce que je vois. *Moi*, je comprends. Pas vous ? Dites-moi, ne vous est-il jamais arrivé de vous demander si tout cela valait la peine ? De vous dire tout d'un coup que la vie était vide, inutile ? » Colmer continuait à mastiquer, le regard fixe. « Ça arrivait à Bryllanti plus souvent qu'à son tour. Il est allé voir des psycho-psis, des Sondeurs, sans jamais obtenir le moindre résultat. Alors il a fait ça. Et il ne se pose plus de questions, à présent. Il vit chaque jour à fond, parce que c'est peut-être son dernier. Il éprouve constamment de nouvelles émotions, il a *toujours* peur, et jamais il n'a le temps de se demander si la vie vaut vraiment la peine d'être vécue. Il est bien trop occupé à rester en vie. Vous comprenez, maintenant ? »

Colmer, soudain glacé, n'avait pas quitté la jeune femme des yeux. Le poisson dans sa bouche avait un goût de sciure mouillée. « Mais il la passe à *fuir*, sa vie, finit-il par dire. Une fuite, une fuite insensée, un engrenage qu'il a lui-même construit. »

La jeune femme poussa un soupir. « Vous me décevez. Je m'attendais à davantage de perspicacité de la part d'un Maître Sondeur. Vous ne comprenez donc pas ? Nous en sommes tous là. Nous passons *tous* notre vie à fuir. »

Colmer baissa ses tarifs après ça, histoire d'accumuler les clients. Mais ça n'empêchait pas son vague à l'âme de revenir souvent le hanter.

Chicago, Illinois
Juin 1973

ÉQUIPE DE NUIT

Dennison inséra sa carte dans la pointeuse du bureau. Il y eut un bruit sourd, puis la machine la recracha. Après l'avoir reprise d'un geste vif, pour la ranger aussitôt avec les autres cartes de l'équipe de nuit, il sortit du bureau et passa sur le dock de chargement.

C'était une vraie fournaise. Le bureau, pustule de plastique plaquée sur le dock circulaire surélevé, était climatisé. Mais pas l'aire de chargement. Le sol de béton, martelé pendant de longues heures par le soleil d'août, se vengeait en irradiant à son tour sa chaleur.

Dennison commençait à plaindre de tout son cœur les pauvres diables obligés de travailler là durant la journée quand l'un de ceux-là, le contremaître McAllister, s'approcha de lui, ses feuilles de contrôle à la main.

« Vous avez eu du boulot ? s'enquit Dennison.

— Ouais, mais rassure-toi, on t'en a laissé encore plus. Ce putain de Y-324 a plus d'une heure de retard. Je m'en plains pas, remarque – c'est toi qui vas t'échiner dessus, du coup. »

Dennison feuilleta rapidement les papiers que lui tendait McAllister, puis jeta un coup d'œil sur le dock. Six des dix postes d'amarrage qui bordaient le grand cercle de béton étaient occupés. Les flancs rebondis, décolorés des vaisseaux spatiaux formaient un cercle irrégulier autour, leurs cales ouvertes presque dissimulées par les caisses et les énormes conteneurs empilés devant.

« Comment ça se fait que le P-22 ne soit pas encore chargé ? » Dennison était en train de feuilleter ses papiers pour trouver le bon. « Le départ est prévu pour 6 heures, à ce que je vois. Dans *une heure*, Mac. Et il n'a même pas l'air à moitié chargé. »

McAllister haussa les épaules. « Un des gros Ivan est en panne. On n'en a plus que deux. Et tu n'imagines pas la taille des conteneurs à charger sur le P-22. Les petits Ivan ne peuvent pas gérer un truc pareil.

— Merde ! grogna Dennison. Et naturellement, la réparation n'est pas faite, c'est donc sur moi que tout ça va retomber. » Il regarda le P-22 d'un air dégoûté. « Merde !

— T'en prends pas à moi, mon vieux. C'est pas *moi* qui l'ai détraqué, ce putain d'Ivan. De toute façon vous avez la belle vie, au service de nuit. Vous débutez à 5 heures, juste quand il commence à faire frais. Pas de patron au bureau pour vous emmerder. Moins de trafic, la plupart du temps. Vous méritez bien quelques contrariétés de temps à autre.

— Ouais, tu parles. Écoute, Mac, j'ai bossé de jour pendant des années. Les nuits sont loin d'êtres plus faciles. Sans compter qu'à l'époque, *moi*, je m'abstenais de laisser des problèmes à mes petits camarades. Je les réglais moi-même.

— Eh bien, il ne te reste plus qu'à régler celui-là. » McAllister tourna les talons, puis prit la direction du bureau. « Moi, je rentre chez moi, me jeter une petite bière. »

Dennison le suivit, ses feuilles à la main. Comme d'habitude, ses hommes s'étaient attardés dans la petite pièce pour profiter autant que possible de la climatisation. C'était interdit par le règlement, les dockers ne devaient pas rester dans le bureau à moins d'avoir quelque chose à y faire, mais c'était proprement impossible de les en déloger. Le chef de bureau partait à 17 heures, et les quelques gratte-papier qu'il laissait derrière lui s'en foutaient comme de leur première chemise.

Fronçant les sourcils à la vue des hommes de l'équipe de nuit, McAllister se fraya un chemin parmi eux et monta dans l'ascenseur qui allait le ramener au garage souterrain. Dennison, quant à lui, s'arrêta sur le seuil du bureau.

« Bon, annonça-t-il, un des gros Ivan est en panne et on a un départ dans une heure, il va donc falloir en mettre un coup. Tony, Dirk, mettez-moi les deux restants sur les conteneurs du P-22. Toi, Baz'enhau, j'ai un mot à te dire. »

Il marqua une pause pour feuilleter ses papiers, puis poursuivit : « Mettez les petits Ivan au déchargement du K-918. Les manœuvres, vous commencez à charger le K-490. »

Un à un, les hommes passèrent sur le dock en traînant les pieds. Dennison leva le nez de ses papiers. « Et bon sang, vérifiez le numéro de la cale avant de commencer ! Tous les vaisseaux spatiaux se ressemblent, je sais, mais ce n'est pas une raison pour se tromper de chargement. »

Le dernier à passer devant lui était un petit Noir ratatiné, vêtu d'une combinaison d'une propreté impeccable. Il s'arrêta devant la porte et regarda Dennison d'un air interrogateur. « Oui, qu'est-ce qu'il y a ?

— Il ne me reste plus que deux Ivan, Baz'enhau, mais j'ai trois opérateurs. Il faut donc que je te trouve quelque chose d'autre à faire. »

Le petit homme sourit. « Je suis un peu vieux pour jouer les manœuvres, non ? J'ai presque l'âge de la retraite. Sans compter que vous n'avez pas meilleur opérateur que moi. Pourquoi on mettrait pas plutôt Tony au repos ?

— Ce n'est pas à l'équipe de manœuvres que je pensais, répliqua le contremaître. J'ai une autre idée en tête. Deux gros Ivan ne vont jamais suffire à charger ces conteneurs à bord du P-22. Mais ils doivent encore avoir quelques vieux chariots élévateurs en bas, dans les magasins. Tu crois que tu saurais encore en manœuvrer un ?

— Pensez donc ! Et comment ! C'est pour ça qu'on m'a surnommé Baz'enhau ! J'en ai piloté pendant des années, bien avant qu'on ait *l'idée* de fabriquer des Ivan. Rien de plus facile.

— Parfait. Alors descends voir si tu peux en dénicher un encore en état de marche. Un gros, hein, capable de charger ces conteneurs sur le P-22. Sers-toi d'un des monte-charge du dock pour l'amener ici. »

Baz'enhau hocha la tête, puis prit la direction de l'ascenseur. Mais il s'arrêta à mi-chemin. « Et l'essence ? fit-il.

— Hein ?

— L'essence. Ces vieux chariots marchent à l'essence, contrairement aux Ivan. Où est-ce que je fais le plein ? »

Dennison était perplexe. Marshall, le régulateur de nuit, suivait toute la conversation, affalé devant son pupitre de commande. C'était un type mince, à l'air aseptisé. « T'as une idée, Marsh ?

— Euh... fit pensivement l'interpellé, aucun de nos camions ne fonctionne à l'essence. Mais je crois qu'un de nos clients possède encore quelques vieux modèles. Baz'enhau pourrait peut-être lui en...

emprunter ? » Il eut un geste vague. « En en siphonnant quelques litres, par exemple.

— C'est ce qu'on a de mieux à faire, convint Dennison. On n'y arrivera jamais uniquement avec les deux gros Ivan. Il doit y avoir des camions en bas, à l'heure qu'il est, pour la cargaison du K-918. Va voir si certains fonctionnent à l'essence, et si tu peux trouver un chariot à peu près en état de marche. »

Baz'enhau hocha de nouveau la tête et disparut dans l'ascenseur, laissant Dennison seul avec les deux types du bureau. Celui du chef était éteint, fermé à clé. La salle aurait aussi bien pu être vide ; il y avait beaucoup moins de personnel, la nuit, ce qui laissait nombre de chaises et de tables de travail inoccupées.

Marshall accordait à nouveau toute son attention au grand pupitre de commande de l'ordinateur ; ses doigts volaient sur les touches avec la facilité que confère une longue habitude. L'équipe de nuit n'avait pas à proprement parler de chef, mais c'était bien lui qui dirigeait la boutique. Dennison ne s'occupait que du chargement et du déchargement. C'était Marshall qui suivait le mouvement des vaisseaux spatiaux, qui savait que telle cargaison devait être transbordée, telle autre déchargée pour les camions qui attendaient au bas du monte-charge, qu'il fallait charger telles marchandises à bord de tel astronef.

« Qu'est-ce qu'on attend, ce soir ? » lui demanda Dennison en regardant le pupitre par-dessus son épaule.

Le régulateur lui répondit sans même lever les yeux : « Deux arrivées. Le Y-324 est en retard, il peut débarquer d'un instant à l'autre. L'autre est prévue pour 21 heures. Un seul départ cette nuit, celui du P-22 – on ne devrait donc pas être trop bousculés. Plus deux autres demain, à la première heure.

— Alors il faut aussi qu'on finisse de les charger avant l'aube. » Dennison vérifia ses papiers pour s'assurer qu'il avait bien le bon numéro. « D'accord. Très bien. »

Il se retourna, adressa un signe de tête distrait à l'autre occupant du bureau, un jeune étudiant bien en chair au visage rond et rose, embauché pour l'été afin de s'occuper des manifestes interplanétaires et autres paperasses. Il n'était là que depuis une semaine, et Dennison n'arrivait pas à retenir son nom. Lorsque le gosse lui eut répondu, le contremaître passa sur l'aire de chargement.

La chaleur faisait danser l'air en cette fin d'après-midi, le soleil martelait encore la vaste étendue de béton blanc. Seules les piles de marchandises en attente, à chaque poste d'amarrage occupé, fournissaient un peu d'ombre.

Il y avait du mouvement autour de trois d'entre eux, sans qu'on puisse vraiment parler d'animation. Par un temps pareil, personne ne travaillait bien dur avant le coucher du soleil ; Dennison ne faisait pas exception.

Le contremaître se dirigea lentement vers le poste 4, où une douzaine de petits Ivan vidaient promptement le K-918. Les machines grises, courtaudes sur leurs chenillettes, allaient et venaient de la cale ouverte au dock, leurs faisceaux tractifs soulevant les conteneurs pour les empiler sur le monte-charge, une grande dalle de béton qui allait ensuite descendre au rez-de-chaussée, où les camions attendaient leur chargement.

Dennison resta un moment à les regarder, aboyant quelques ordres pour activer le mouvement. Un opérateur, qui avait heurté la pile de conteneurs avec sa machine, eut bien droit à une bonne engueulade, mais le travail était presque fini. L'équipe de jour avait déjà expédié plusieurs lots en bas. Dennison contrôla ses feuilles.

« Ce rafiot part demain matin. Quand vous aurez fini, envoyez le chargement en bas. Ensuite, vous passerez au K-06 – amenez tout ici. Il doit être transbordé. »

Puis il se dirigea vers le poste 6, en contournant le grand trou noir béant qu'avait laissé le monte-charge en descendant. Là, les choses allaient moins bien. Les deux gros Ivan étaient d'énormes engins, qui évoquaient des tanks par la dimension comme par l'allure. Mais les conteneurs métalliques scellés n'étaient pas moins imposants. Même en utilisant les batteries de réserve, pour donner le maximum de puissance aux faisceaux tractifs, chaque Ivan ne pouvait en manipuler qu'un à la fois.

Dennison, qui avait vaguement envisagé de mettre les petits Ivan sur le P-22 en équipe, y renonça après avoir un instant examiné la situation. Ça ne marcherait jamais. Plusieurs faisceaux de machines légères n'atteindraient jamais la puissance du faisceau d'un seul gros engin, tout simplement parce que les coordonner relevait du casse-tête insoluble. Pour obtenir un quelconque résultat, il fallait lever et tirer les conteneurs en même temps, et dans la même direction. Avec deux, ça restait possible, à la rigueur. Avec six, ce serait un putain de chaos. Et des conteneurs de cette taille, et de ce poids, il fallait au moins six petits Ivan pour les déplacer.

Tony et Dirk poussaient leurs machines autant qu'ils le pouvaient, mais ça ne suffisait pas. Le chargement était trop gros. Avec un haussement d'épaules fataliste, Dennison poursuivit sa ronde.

Le poste 1 se trouvait juste en face du 6, de l'autre côté du dock circulaire ; Dennison dut donc traverser la moitié de l'aire de chargement pour y arriver. Comme d'habitude, l'équipe de manœuvres occupait son temps à flemmarder.

Les marchandises empilées devant le K-490 formaient un bazar sans nom. Il y avait une montagne de petites caisses de bois, quelques sacs de courrier, pas mal de lourdes malles, ainsi qu'un assortiment prodigieux de paquets de toutes tailles et de toutes formes. Leur contenu devait être tout aussi varié – du déménagement complet au simple appareil ménager.

C'était à cause de tels chargements qu'il y avait encore des dockers – des choses trop petites, trop légères ou trop disparates pour qu'il soit rentable de faire usage d'un Ivan pour les manipuler. La conteneurisation avait considérablement réduit les besoins en main-d'œuvre non qualifiée sans l'éliminer complètement – les dockers faisaient ce genre de travail encore mieux que les Ivan, et pour moins cher.

« Cirelli ! » lança Dennison en s'approchant de la cale. L'interpellé sauta aussitôt en l'air, manquant de renverser la caisse sur laquelle il était assis.

« Magne-toi le cul, continua le contremaître. Il faut finir le chargement cette nuit.

— Euh, oui, bon, vous fâchez pas », marmonna Cirelli. Qui reprit la direction de l'astronef sitôt après avoir chargé une caisse. Un certain nombre de ses collègues surgirent alors du labyrinthe de caisses en portant chacun plusieurs colis. Dennison se demanda combien ils en avaient traité avant de l'entendre crier.

Un autre homme sortit de la cale au moment même où Cirelli en sortait. Il se dirigea vers Dennison, souleva l'une des caisses, puis repartit aussitôt. Pour s'arrêter au bout de quelques pas, et se retourner avec un sourire en coin.

« Dites donc... euh... qu'est-ce qu'il y a là-dedans ? »

Dennison compara le numéro du chargement avec celui marqué sur sa feuille. « Un machin qui s'appelle "Cass' Graine", un truc à casse-croûte, sans doute. »

Nouveau sourire en coin. « Ouais, on dirait bien », fit-il avant de redisparaître dans la cale.

Quelques secondes plus tard s'éleva un grincement, suivi d'un bruit de bois qui craque. Puis une tête se montra dans l'ouverture de la cale.

« Euh... patron... j'ai laissé tomber la caisse. C'est bête, hein ? Tout est par terre. » Il n'avait pas cessé de sourire.

Dennison le gratifia d'un rictus de son cru. « Un instant de distraction, sans doute ? Bon, on ne va pas l'envoyer en petits morceaux, hein. Donnes-en une ou deux boîtes à chacun, et ouvre le reste pour le bouffer ici. Et mets-m'en aussi une ou deux de côté. »

L'homme fit un signe de tête affirmatif ; Dennison repartit aussitôt vers le poste 6 et son casse-tête du P-22. Ça allait encore moins vite qu'il ne le pensait. Hochant la tête avec humeur, il dit à Tony d'accélérer un peu puis passa au poste 4.

Le déchargement du K-918 était presque fini, aussi Dennison envoya-t-il la moitié des petits Ivan au poste 2 pour commencer à débarquer la cargaison du K-06 et à la transporter jusqu'à l'astronef vide. Tandis qu'il regardait les autres décharger les ultimes conteneurs, l'opérateur déjà impliqué dans le dernier incident heurta une nouvelle pile de petites caisses, qui dégringolèrent aussitôt sur sa machine.

Dennison arriva au moment précis où l'engin sortait de dessous la pile de conteneurs ; il faillit se faire renverser. La cabine de plastique avait protégé l'opérateur, mais ça l'avait quand même secoué.

Dennison leva le toit de la cabine et en rajouta une couche. « Qui est-ce qui t'a fait croire que tu pouvais conduire un Ivan ? lui demanda-t-il quand il se retrouva à court d'injures. Ça devait être un sacré farceur, dis-moi. »

L'opérateur, un gosse d'une vingtaine d'années à l'air maussade, descendit alors de sa machine. « Y a que quinze jours que je fais ça, avant j'étais dans l'équipe de manœuvres.

— Eh bien, tu vas y retourner. Va au poste 1. Tu pourras essayer de nouveau quand j'aurai le temps de te surveiller, mais ce soir je suis trop occupé. »

Le gamin le fusilla du regard, puis s'éloigna à grands pas en haussant les épaules. Dennison grimpa dans la machine, mit ses papiers à côté de lui, rabaissa le toit d'un coup sec et se mit au travail.

En revenant de son troisième voyage, il faillit lui aussi avoir un accident. Il était en train de poser un conteneur au sommet d'une pile bancale quand une pétarade assourdissante qui éclata derrière lui le fit sursauter. Le conteneur vacilla, la pile se mit à pencher.

Mais Dennison se reprit aussitôt. D'une manœuvre habile, il redressa la pile et posa son conteneur au sommet. Puis, s'immisçant dans l'étroit goulet formé par deux énormes tas de conteneurs, il conduisit son petit Ivan dans un espace dégagé, coupa le contact et en descendit.

Baz'enhau avait trouvé son chariot élévateur.

La vieille machine hoquetante tournait en rond devant le P-22, dans un bruit proprement infernal. Baz'enhau, perché sur le siège, arborait un sourire idiot. Elle était énorme, pas aussi large ni aussi lourde que les Ivan, mais bien plus haute. Les gros pneus, usés jusqu'à la corde ou presque, étaient déjà imposants à eux seuls ; quant au bras placé à l'avant de la carcasse jaune, il avait l'air assez fort pour soulever *à la fois* un gros Ivan et son chargement.

Le travail était pratiquement à l'arrêt sur l'aire de chargement ; une foule de spectateurs enthousiastes faisait cercle autour du P-22. Fascinés par cette espèce de vieux fossile, les hommes se relayaient pour crier commentaires ironiques et conseils à Baz'enhau.

Souriant malgré lui, Dennison entreprit de se frayer un chemin à travers la foule. « Allez, retournez au boulot. » Baz'enhau stoppa sa machine d'un coup de frein brutal, et les hommes commencèrent à s'éloigner.

Dennison gratifia l'un des pneus d'un bon coup de pied, sans cesser de secouer la tête. « Bon Dieu, j'ignorais que ces foutus engins étaient si gros. »

Baz'enhau caressait amoureusement le volant. « Comme les faisceaux tractifs n'existaient pas à l'époque, il leur fallait de la puissance. Ça, c'est le grand modèle, dévolu aux travaux d'extérieur. Ils en ont construit bien moins que les petits qu'on utilisait dans les entrepôts, mais ça devrait quand même faire l'affaire. »

Dennison passa la main sur la carrosserie, emportant dans le mouvement un peu de peinture jaune sale. « Espérons-le. Le bras fonctionne ? Le silencieux, en tout cas, m'a l'air bien foutu. »

Tout sourire, Baz'enhau tira un levier fixé au plancher de la cabine. Dans un grincement sinistre, le chariot s'inclina et le bras commença à s'élever. « Ça marche, oui, seulement…

— Seulement quoi ?

— C'est fait pour travailler avec des palettes, ces trucs-là. Il faut d'abord glisser les dents de la fourche sous le conteneur avant de pouvoir le soulever. »

Dennison se retourna, regarda autour de lui. Il adressa un signe à l'un des petits Ivan du poste 4, qui s'approcha dans un grondement sourd. Lorsqu'il eut expliqué à l'opérateur ce qu'il attendait de lui, l'homme lui confirma qu'il avait compris et commença tranquillement à faire avancer sa machine.

Le faisceau balaya l'espace, pour enfin se fixer sur l'un des gros conteneurs du P-22. Un coup sec, et le conteneur pencha bizarrement de côté avant de s'immobiliser. Ça ne le soulevait que d'une trentaine de centimètres, mais c'était suffisant.

Souriant de plus belle, Baz'enhau passa en marche arrière. Il recula de quelques mètres, s'arrêta, abaissa les dents de sa fourche comme un taureau qui s'apprête à charger, puis avança lentement vers le conteneur. Après s'être adroitement glissées dessous, les dents se redressèrent, alors même que le faisceau du petit Ivan relâchait son étreinte. Baz'enhau manœuvra à nouveau son levier, et la fourche remonta en soulevant le lourd conteneur.

« Ça va, dit Dennison avec un sourire. Charlie, tu restes ici pour aider Baz'enhau. » L'homme acquiesça, Baz'enhau remit sa machine en marche et fonça dans un vacarme d'enfer en direction de la cale du P-22. Le conteneur se balançait dangereusement sur les dents de la fourche.

Retournant vers le petit Ivan qu'il avait manœuvré, Dennison y récupéra ses feuilles, puis alla chercher un des dockers qui travaillaient au chargement du K-490 afin de lui confier la machine pour le reste de la nuit. Il le surveilla un moment, histoire de s'assurer qu'il savait s'y prendre, puis, satisfait, regagna le bureau.

La climatisation lui fit l'effet d'un petit miracle. Il faisait encore chaud dehors, et il commençait à transpirer. Le soleil descendait sur l'horizon, mais n'était pas encore couché.

Il y avait un troisième homme dans le bureau, assis sur une table, en train de boire une tasse de café. Sa combinaison, bleu ciel et non grise comme celle de l'équipe de Dennison, indiquait qu'il s'agissait d'un pilote. Dennison le connaissait. Ce n'était pas la première fois qu'il faisait escale ici. Après lui avoir adressé un petit signe de tête poli, il se dirigea vers le distributeur d'eau.

« Il faudrait que je parte d'ici un quart d'heure, dit l'homme en regardant sa montre. Ce sera possible ?

— Pas moyen. » Dennison secoua la tête. Il s'interrompit pour boire, remplit de nouveau le gobelet. « J'ai trois hommes dessus, à présent, ça devrait accélérer les choses. Mais il y aura quand même du retard. Trois quarts d'heure, une heure peut-être.

— Merde ! » lança l'autre.

Ça ne semblait toutefois pas l'ennuyer outre mesure : il continua tranquillement à siroter son café. Dans son coin, l'étudiant leva le nez de ses manifestes, l'air intéressé. « Où est-ce que vous allez ?

— La Ceinture. Cérès, puis deux autres escales.

— Qu'est-ce que vous avez comme chargement ?

— Euh… des machines d'exploitation minière, je crois. Quelque chose comme ça. Hein, Denny ?

— Ouais », fit Dennison après avoir vérifié.

Le pilote approuva de la tête. « Pas étonnant – c'est pour la Ceinture. Qu'est-ce qu'ils pourraient bien envoyer d'autre, là-bas ?

— Eh bien, des tas de choses, dit l'étudiant. Depuis que j'ai commencé, lundi, je surveille un peu les manifestes, pour ainsi dire. C'est très intéressant. Si vous saviez tout ce qu'ils envoient ! Mardi, il y avait un lot de radiateurs d'appoint pour la station de recherche de Mercure. Vous vous rendez compte ? Des radiateurs pour Mercure ! » Il éclata de rire.

Le pilote, qui n'avait pas l'air de trouver ça drôle, lui jeta un regard bizarre avant de se retourner vers Dennison. « Dites à vos gars de se grouiller. J'ai quatre jours de voyage devant moi, ça me ferait mal de jouer les prolongations. »

L'étudiant était de nouveau penché sur ses manifestes. « Quatre jours, dit-il, sans lever les yeux cette fois-ci. Ça doit vraiment être fascinant. Tout seul dans votre astronef, au milieu des étoiles et de l'espace infini. »

Le pilote finit son café, puis descendit de sa table. « C'est un boulot comme un autre », répondit-il en passant devant Dennison pour se rendre sur l'aire de chargement.

Marshall, qui avait continué de s'occuper de son ordinateur, indifférent à la conversation, détourna enfin les yeux de son pupitre. « Finis le manifeste du P-22, Greg », dit-il à l'étudiant.

Celui-ci hocha aussitôt la tête. « Facile. » Il s'empara d'un paquet de fiches et les fourra dans la chemise du manifeste. « Les gros chargements avec un seul lot, je fais ça les doigts dans le nez. Là où je me goure, c'est dans les assortiments. »

Il désigna la pile de fiches en vrac qui s'étalaient devant lui. Dennison sourit, compréhensif. Un petit colis de chocolats demandait autant de paperasse que pour douze tonnes d'excavatrices, si bien que les chargements panachés qui fournissaient du travail aux dockers étaient aussi le cauchemar des employés de bureau.

« C'est celles du K-490 ? s'enquit Dennison en désignant les fiches d'un mouvement de tête.

— Pour le cargo en partance pour Mars. J'ai oublié le numéro. Il fait escale à Bradbury puis à Burroughsville. Il a les cales remplies de tout un tas de saletés. »

Dennison regarda ses feuilles. « Ouais. Le K-490 va sur Mars. C'est bien celui-là. »

Marshall observait l'étudiant depuis l'autre bout de la pièce, l'air contrarié. « Comment peux-tu oublier le numéro ? s'énerva-t-il. C'est le *numéro* qui importe, bon sang ! Pas étonnant que tu sois aussi lent, si tu passes ton temps à éplucher les manifestes pour repérer la destination ! »

Abandonnant son pupitre pour s'approcher du gosse à petits pas, sourcils froncés, il se pencha sur lui et poursuivit ses réprimandes, les ponctuant de petites pichenettes sur les fiches concernées. « Regarde, je t'ai montré comment faire lundi. Chaque fiche représente une cargaison. Tu n'as qu'à regarder là pour trouver le numéro et savoir à quel astronef ça correspond. S'il n'y a pas de numéro, tu regardes là *(tap)* ou là *(tap)*. Dans cet ordre-là. Tu as suffisamment flanqué la pagaille comme ça mardi en regardant au mauvais endroit. Tu as séparé deux cargaisons de leur manifeste. Dieu seul sait quel bordel ça doit être. Une fois que tu as trouvé l'astronef, tu vérifies le poids, les heures et le paiement sur l'ordinateur. »

Il n'arrêtait plus. Le petit étudiant, qui arborait à présent un air de martyr, contemplait ses fiches d'un œil morose. Dennison préféra ressortir.

Il commençait à faire un peu plus frais. La montagne de conteneurs à charger sur le P-22 diminuait à vue d'œil, dans le grondement des gros Ivan et le vrombissement du chariot. Mais les cales n'allaient pas pouvoir être refermées de sitôt ; l'astronef devrait patienter avant d'atteindre l'autre côté du port, pour le décollage. Les petits Ivan, pendant ce temps-là, transbordaient la cargaison du K-06 dans le K-918.

Dennison s'empara du visiophone monté à l'extérieur du bureau et appela la tour de contrôle.

Marshall, naturellement, avait déjà réservé un créneau de départ pour le P-22, mais Dennison allait avoir besoin des énormes Super-Ivan pour haler l'astronef hors de l'aire de chargement, avec leurs faisceaux tractifs géants.

Une fois ce problème réglé, Dennison resta un moment à bavarder avec le contrôleur de nuit du port de marchandises. Il était près de 6 heures quand il raccrocha pour retourner secouer un peu les dockers du K-490. Il y avait partout des sacs de cellophane de Cass' Graine, pleins, à moitié ou complètement vides ; quant au sol, il était jonché des débris de ceux que les hommes avaient écrasés sous leurs pieds.

Après avoir passé un nouveau savon à Cirelli, qu'il avait surpris une fois encore en train de flemmarder, Dennison se débarrassa de ses feuilles et se mit à charrier les caisses avec ses hommes. Pour recueillir les Cass' Graine, ils avaient fabriqué une sorte de panier qu'ils avaient fixé juste à l'intérieur de la porte de la cale, histoire de pouvoir se servir au passage. Dennison trouva ça un peu trop salé, mais pas mauvais.

Il s'arrêta vers 18 h 45 pour reprendre sa tournée. On en voyait enfin le bout sur le P-22. Ne restaient plus que quelques conteneurs à charger. Le pilote attendait nerveusement, ses manifestes à la main, tandis que les gros Ivan et le chariot de Baz'enhau chargeaient les dernières marchandises à bord. Dennison pouvait entendre en bas les Super-Ivan vrombir d'impatience en attendant de pouvoir haler l'astronef vers le poste de décollage.

Le contremaître feuilleta de nouveau ses papiers. Il n'y avait rien d'urgent avant l'arrivée du Y-324, il pouvait donc faire ce qu'il voulait des gros Ivan d'ici là. Le mieux serait sans doute d'en mettre un avec les petits Ivan pour charger le K-918, histoire de s'assurer que tout serait bouclé avant l'aube. L'autre, il pouvait l'envoyer, avec le chariot, commencer à décharger le D-3, au poste 10, et transporter la cargaison au poste 5, qui était vide. Rien d'urgent, encore une fois, puisque le cargo qui devait prendre les marchandises n'arriverait pas avant le début de la semaine – mais ça les occuperait en attendant l'arrivée du Y-324.

Satisfait, il donna ses ordres à Dirk, Tony et Baz'enhau, puis les regarda fermer et remorquer le P-22. Ensuite, il se rendit vers le K-418, réquisitionna un petit Ivan et commença à faire la navette entre les postes 2 et 4. Il remarqua à peine le P-22 qui décollait enfin, dans un embrasement qui se mêlait aux lueurs du soleil couchant, avec soixante-dix minutes de retard.

Il était un peu plus de 20 heures, et il faisait de plus en plus noir, quand Dennison descendit de la cabine de son Ivan pour crier à son équipe d'aller dîner. En théorie, une sonnerie indiquait le début et la fin des pauses, mais ça faisait plusieurs semaines qu'elle fonctionnait quand elle le voulait.

Baz'enhau descendit de son chariot, sa combinaison impeccable à présent maculée de cambouis et de sueur. « C'est mon tour aujourd'hui d'aller au ravitaillement chez Talbott, déclara-t-il. Vous voulez quelque chose ? Un sandwich ? Une bière ? »

Dennison secoua la tête. « Non, j'ai apporté de quoi manger. » Il sourit. « Et je ne suis pas censé être au courant pour la bière. C'est contraire au règlement.

— Sans blague ! » Dans son genre, Baz'enhau était assez doué pour jouer les offusqués. « De quelle bière vous parlez, patron ? » Et, dans un grand sourire, il disparut en direction de l'ascenseur.

Sur le chemin du bureau, Dennison marqua un arrêt pour allumer les lampes de nuit sur les docks. Marshall avait déjà commencé à manger à son arrivée, mais le petit étudiant avait disparu. Dennison alla récupérer sa boîte de casse-croûte dans le tiroir du bureau, où il l'avait mise de côté. « Où est le gosse ? demanda-t-il négligemment à Marshall. Machin, euh... Greg, c'est ça ?

— Greg Masetti, dit obligeamment Marshall en désignant vaguement la porte de la main. Il est sorti manger quelque part là-bas, Dieu sait pourquoi. Il l'ignore encore, mais c'est sa dernière nuit. »

Dennison, qui avait ouvert sa pochette autochauffante, était en train de mâcher pensivement son sandwich au rosbif dégoulinant de sauce chaude. Il s'interrompit entre deux bouchées. « Sa dernière nuit ? Mais il n'a commencé que lundi. Ça fait à peine une semaine, bon sang ! Donne-lui sa chance. »

Marshall secoua la tête. « Écoute, on a un nouveau chef de station, et il veut absolument que le rendement s'améliore. Je ne peux donc pas me permettre de le garder. Le boulot n'est pourtant pas difficile, bon Dieu, mais ce gamin passe son temps à rêvasser ! Il va trop lentement, et il n'arrête pas de se tromper quand je le pousse à accélérer le mouvement. Non, il ne peut pas rester. Il est loin d'être le seul à chercher du travail pour l'été. On en prendra un meilleur lundi. »

Dennison finit son sandwich, en entama un autre tout en picorant dans un sachet d'oignons frits chauds. « Tu lui as dit ?

— Non, et je n'en ai pas l'intention. Il pourrait piquer sa crise et nous planter là, comme ça. Je lui téléphonerai lundi matin, avant le boulot. Je lui dirai que les affaires vont mal, et qu'on ne peut plus s'offrir ses services. »

Dennison fronça les sourcils, mais se garda bien de dire quoi que ce soit. Il finit ses sandwichs, son sachet d'oignons, puis but deux gobelets de chocolat avant de froisser la pochette jetable et de retourner dehors.

Baz'enhau venait à peine de revenir, la plupart des hommes commençaient donc juste à manger. Sauf ceux, assez rares, qui avaient apporté leur propre casse-croûte – eux avaient déjà fini. Il y en avait d'ailleurs qui étaient en train de jouer aux dés dans un coin, à proximité du bureau. D'autres somnolaient affalés sur des caisses, ou adossés contre des conteneurs.

Dennison trouva le petit étudiant assis sur le quai, au poste 6, les jambes pendant dans le vide. À côté de lui trônait le reste d'un sandwich synthétique gris pas franchement appétissant, dont il n'avait mangé que la moitié.

Le contremaître se baissa pour ramasser le sachet en plastique. « "Le SYNwich, c'est tout SYMplement délicieux", lut-il en riant. Bon Dieu, petit, comment peux-tu bouffer cette cochonnerie ?

— Je ne peux pas, justement. » Et, avec un petit sourire, le gosse désigna d'un geste les restes du « SYNwich ». Son regard revint ensuite vers l'astroport. « C'est un travail assez intéressant, dit-il après un long silence. Les manifestes sont barbants, mais j'aime bien bosser ici, près des astronefs. Il s'en dégage un parfum d'aventure – de *mystère*, en quelque sorte. Vous voyez ce que je veux dire ? »

Dennison fronça les sourcils. « Non. Je n'ai jamais trouvé ça particulièrement passionnant. C'est juste un boulot, et pas des plus marrant. S'échiner sur des caisses et des paperasses dans des odeurs d'huile, voilà à quoi ça se résume. »

L'étudiant le fixa d'un œil curieux, puis se retourna vers l'astroport. « Je crois que vous sous-estimez l'intérêt de cet endroit. Vous vous trouvez à la croisée des routes du Système solaire, ici. Les astronefs qui vont et qui viennent tous les jours, qui arrivent d'endroits lointains que la plupart des gens ne verront jamais. Ces longues traversées glacées entre les planètes... des cargaisons insolites, ou ordinaires, pour des douzaines de destinations diverses, dans tout le Système solaire. Il y en aurait des histoires à raconter là-dessus. »

Dennison secoua la tête, tout sourire. « Tu as lu trop de bouquins à l'école, petit. C'est un boulot déprimant, sans avenir, réservé aux types comme moi qui n'ont pas été capables de mieux faire. Il n'y a rien d'excitant ni de romanesque là-dedans. L'aventure, c'est toi qui l'imagines. Il n'y a rien de plus monotone que l'espace. Demande plutôt aux pilotes.

— Monotone ? Pas du tout. C'est l'aventure par excellence, au contraire. Solitaire, peut-être. Mais il y a une certaine beauté dans la solitude, quand celle-ci est voulue. Vos astronefs sont les galions du XXIe siècle, et l'espace l'équivalent moderne de la mer des Sargasses.

— Des galions... » murmura Dennison. Il sourit à cette idée bizarre, saugrenue. « Non, je vais te dire. Ces astronefs, ce sont... »

Un vrombissement assourdissant venu de l'autre bout de l'astroport l'interrompit alors ; une mince colonne de flammes vint illuminer l'horizon. Au-dessus des flammes, un gros cigare noir trapu était en train de descendre avec lenteur.

Dennison et l'étudiant parlèrent presque en même temps.

« Titan, dit l'étudiant, le cargo de Titan.

— Le Y-324, dit Dennison. Putain, pas loin de quatre heures de retard ! »

La sonnerie capricieuse retentit alors ; comprenant qu'il était temps de reprendre le travail, Dennison alla chercher ses feuilles dans le bureau. L'étudiant, quant à lui, traîna encore quelques minutes sur les docks, à regarder le cargo atterrir et les Super-Ivan s'en approcher.

Les trois dernières heures furent trépidantes. Le Y-324, qui faisait la ligne Titan-Vénus, avait pris beaucoup de retard, une cohorte de camions attendait impatiemment sa cargaison en bas, sans compter les marchandises pour Vénus qu'il fallait également charger. Aussi Dennison mit-il tout le monde au travail – gros Ivan, petits Ivan et chariot élévateur – dès que les Super-Ivan eurent remorqué l'astronef au poste 7. Il laissa cependant les dockers continuer à charger le K-490. Avec une cargaison conteneurisée, il ne voulait pas d'eux dans ses pattes.

Le pilote se précipita hors de son astronef dès après l'arrimage, en débitant un chapelet de jurons avec un fort accent martien.

« De la merde ! lança-t-il à Dennison lorsqu'il se fut un peu calmé. Un tas de merde volant, voilà à quoi se résume ce cargo ! Une épave ! Un danger public ! Il n'a pas arrêté de faire des siennes depuis Titan. Je veux bien être pendu si je le bouge d'un centimètre avant qu'on se décide à le réparer. Qu'on ne compte pas sur moi pour piloter ce tas de ferraille jusqu'à Vénus dans l'état où il est. »

Dennison haussa les épaules, puis se remit au travail. Le pilote se rendit au bureau, pour répéter son discours à Marshall. Se gardant bien d'élever la voix, celui-ci lui fit simplement remarquer que le Y-324 était déjà en retard, et qu'il allait se faire flanquer à la porte s'il ne finissait pas la traversée. On pourrait toujours réviser l'astronef sur Vénus.

Ce fut un véritable exploit que de vider et de recharger le Y-324 avant que la sonnerie de minuit ne marque la fin du service de nuit, surtout qu'un autre astronef était arrivé moins d'une demi-heure plus tard. Dennison y parvint néanmoins. L'astronef, avec à son bord un pilote dépité, décolla à 23 h 45.

Les dockers, pendant ce temps-là, en avaient terminé avec le K-490 ; ils s'étaient même collés au déchargement du nouveau venu, au poste 9. Après le départ du Y-324, Dennison renvoya les Ivan terminer le chargement du K-918. Ça leur prit une demi-heure supplémentaire, mais là aussi ils y arrivèrent – à leur départ, tout était prêt pour le décollage du matin.

Dennison retourna au distributeur d'eau du bureau pendant que les autres fermaient le K-918. Marshall, qui avait fini pour la nuit, se tenait appuyé contre son pupitre, l'air de s'ennuyer, attendant de pouvoir fermer boutique. Le petit étudiant travaillait encore fébrilement. Il avait dû faire le manifeste du Y-324 à toute vitesse, et n'avait pas encore fini les papiers pour les deux départs du matin.

Une fois le K-918 fin prêt, les hommes de l'équipe de nuit pénétrèrent un à un dans le bureau pour pointer avant de repartir par l'ascenseur. Baz'enhau était le dernier.

« Euh… qu'est-ce que je fais du chariot ? demanda-t-il à Dennison en entrant dans le bureau. Je le mets en bas ou je le laisse ici ?

— Laisse-le, répondit le contremaître, on va s'en servir le temps que le gros Ivan soit réparé. Sans compter que McAllister n'aura personne qui sache le manœuvrer, et ça, ça va bien l'emmerder. »

Baz'enhau éclata de rire. « D'accord », lança-t-il en disparaissant dans l'ascenseur.

Dennison ressortit, tamisa les lumières, puis pointa à son tour. Le gosse venait à l'instant de finir le manifeste pour le K-490. Marshall agitait ses clés impatiemment.

« Quelqu'un passe te chercher ? demanda Dennison à l'étudiant.

— Euh, non. Je prends le métro.

— Il n'y a pas beaucoup de rames à cette heure-ci. Monte, je vais te déposer. » Il se retourna pour saluer Marshall. « Bon week-end, Marsh. »

L'étudiant lui marmonna un remerciement gêné, puis tous deux prirent l'ascenseur, dégringolant jusqu'au garage souterrain qui débouchait sur l'autoroute construite sous l'astroport. En chemin, Dennison lui posa des questions polies, des questions *idiotes*, sur ses études. Il voulait lui dire que cette nuit avait été sa dernière, mais l'idée lui répugnait. C'était l'affaire de Marshall, pas la sienne. Aussi évita-t-il soigneusement le sujet, faisant du trajet un mélange de propos insignifiants et de silences gênés.

Le petit étudiant ne se remit à parler travail qu'une fois leur trajet presque achevé. Dennison écoutait poliment tout en marmottant intérieurement. Les galions. L'aventure. Les planètes lointaines et l'exotisme. *Bah*, se dit-il. *Marshall a peut-être raison, en fin de compte. C'est un bon gosse, mais il est un peu bizarre.*

Une fois garé devant l'immeuble du gosse, Dennison se tourna vers lui. « Non, dit-il. Tu as tout compris de travers.

— Comment ça ? » Son chauffeur l'avait interrompu au beau milieu d'une grande envolée lyrique.

— L'espace, fit prudemment Dennison c'est effectivement quelque chose d'assez spécial. Ça ne ressemble à rien d'autre, d'accord, mais ça n'a rien à voir avec la mer. Tout le monde à cette idée en tête, mais il n'y a pas plus faux. Les astronefs ne sont pas des goélettes, ni des baleiniers, ni même des caboteurs. Loin de là. »

L'étudiant descendit de la voiture, hésita un instant, portière ouverte. « Je crois que vous vous trompez, dit-il. Peut-être qu'après avoir travaillé à l'astroport tout l'été je penserai comme vous. Peut-être… Mais j'espère que non. Bonne nuit. » Et il ferma la portière.

Dennison resta immobile une seconde, se demandant s'il fallait lui dire qu'il n'y travaillerait même pas la semaine suivante, sans parler de l'été. Non, décida-t-il. Ce n'était déjà pas si facile de trouver un job pour l'été au vu de la conjoncture, pas la peine qu'il se ronge les sangs à l'avance. Qu'il passe au moins un bon week-end.

Dennison remit le contact tandis que l'étudiant pénétrait dans l'immeuble, sans s'être seulement donné la peine, se dit-il soudain, de lui demander ce que les astronefs représentaient à ses yeux.

« Des camions, murmura-t-il, moitié pour lui-même, moitié pour le dos de l'étudiant. Des camions, gros et laids, des putains de poids lourds. »

Et, en démarrant, il décida d'aller boire une bière ou deux avant de rentrer.

Bayonne, New Jersey
Juin 1971

« ... POUR REVIVRE UN INSTANT »

Keith, c'était notre culture – ce qui nous en restait, du moins. C'était notre poète et notre troubadour, sa voix et sa guitare étaient les liens ténus qui nous rattachaient à notre passé. C'était aussi un chronotrippeur – mais ça, ça ne dérangeait personne avant l'arrivée de Winters.

Keith, c'était notre mémoire à tous. C'était aussi mon ami.

Il chantait pour nous tous les soirs à la veillée. Non loin de la baraque commune, il y avait un rocher dans une petite clairière, devant lequel il aimait aller s'asseoir. Il venait là au crépuscule, la guitare à la main, et s'installait face à l'ouest. Toujours face à l'ouest ; les villes se trouvaient à l'est par rapport à nous. *Très loin* à l'est, certes, mais Keith n'aimait guère regarder dans cette direction. Nous non plus, à vrai dire.

Tout le monde ne venait pas aux concerts du soir, mais ceux-ci avaient quand même pas mal d'amateurs, à peu près les trois quarts des membres de la communauté. On s'installait en rond, assis par terre ou allongés dans l'herbe, seul ou à deux. Et après s'être caressé la barbe, l'air vaguement amusé, Keith, notre vivante chaîne stéréo en jean et blouson de cuir, se mettait à jouer.

Il faut dire qu'il était bon. Dans le temps, avant la Conflagration, il commençait vraiment à se faire un nom dans la chanson. Il s'est pointé à la communauté il y a quatre ans, histoire de se reposer, de revoir de vieux amis et d'oublier un peu, le temps d'un été, la foire d'empoigne du monde du spectacle. Mais il comptait bien retourner en ville.

Et puis la Conflagration a eu lieu, et Keith est resté. Vers quoi serait-il retourné ? Ses villes s'étaient transformées en cimetières peuplés de morts et de mourants, leurs tours en stèles fondues dont la sinistre phosphorescence illuminait la nuit. Partout ailleurs, il y avait les rats – animaux ou humains.

Mais ces villes vivaient toujours en Keith. Ce que racontaient ses chansons, c'était le bon vieux temps, les souvenirs doux-amers, les rêves perdus et la solitude. Il y mettait tout son cœur, toute sa nostalgie. Keith interprétait également des chansons à la demande, mais il se cantonnait la plupart du temps à ses genres de prédilection. Beaucoup de folk, du folk-rock, parfois du pur rock'n'roll, des airs de films ou de comédies musicales. Il aimait particulièrement Lightfoot, Kristofferson et Woody Guthrie. Et puis, de temps à autre, il jouait des airs qu'il avait lui-même composés. Mais vraiment pas très souvent.

Il y en avait deux, toutefois, qu'il jouait tous les soirs. Il commençait systématiquement par *They Call the Wind Maria*[1], pour terminer sur *Me and Bobby McGee*. Certains d'entre nous avaient fini par trouver ce rituel lassant, mais jamais personne n'avait vraiment protesté. D'une façon ou d'une autre, Keith semblait trouver que ces chansons cadraient bien

1. Autre chanson nostalgique parlant d'amour perdu, tirée d'une comédie musicale, *Paint Your Wagon*. *(N.d.T.)*

avec notre situation, et personne n'avait envie de le contredire.

Enfin, personne avant que Winters ne se pointe. Il est arrivé un soir de fin d'automne, quatre ans après la Conflagration.

Il se nommait Robert, mais on l'appelait toujours Winters, alors que tout le monde dans la communauté s'apostrophait par son prénom. « Lieutenant Robert Winters », s'était-il présenté le soir de son arrivée en jeep, flanqué de deux hommes. Lieutenant d'une armée qui n'existait plus, il cherchait aide et refuge.

La première rencontre avait été très tendue. Je me souviens d'avoir eu très peur en entendant la jeep arriver, de m'être sans cesse essuyé les mains sur mon jean en les attendant. On avait déjà eu un certain nombre de visites, et aucune n'avait été très agréable.

J'étais seul à les attendre. Si quelqu'un dirigeait la communauté, en ce temps-là, c'était moi. *Diriger*, d'ailleurs, ça me semble un bien grand mot. On votait pour les trucs importants, et personne ne donnait d'ordres à personne. Je n'étais donc pas vraiment un chef, juste le comité d'accueil. Les autres s'étaient éparpillés dans la nature – j'avais du mal à leur donner tort. Nos derniers « visiteurs » en date avaient violé les filles et tapé sur tout le monde. Vêtus d'uniformes noir et or, ils s'étaient baptisés « les Fils du Tonnerre » ; un nom bien ronflant pour une bande de voyous. Fils du Tonnerre, je t'en foutrais, moi ! Fils de Pute, oui !

Mais Winters, lui, était différent. Il portait l'uniforme de la bonne vieille US Army. Ce qui, en soi, ne voulait pas dire grand-chose ; certains éléments de l'armée ne valaient guère mieux que les bandes de voyous. C'était notre brave armée bien de chez nous qui avait écumé la région l'année ayant suivi la Conflagration, qui avait mis les villes à sac et tué tous ceux qui se trouvaient sur son chemin.

Je ne pense pas que Winters ait participé à ces pillages – même si je n'ai jamais eu le courage de lui poser la question en face. Il était trop bien pour ça. Grand et blond, le visage ouvert, il avait à peu près le même âge que nous. Ses deux « hommes » étaient des gosses terrorisés, plus jeunes que la plupart des membres de la communauté. Ils en avaient bavé, et ils voulaient se joindre à nous. Winters n'arrêtait pas de répéter qu'il voulait nous aider à reconstruire.

On a mis ça aux voix et, bien sûr, on les a acceptés. Nous n'avions encore renvoyé personne, à part quelques voyous. La première année, nous avions même recueilli une demi-douzaine de citadins irradiés dont, à force de soins, on avait réussi à adoucir la mort.

Winters nous a changés, d'une façon que nous n'aurions jamais imaginée. Pour le mieux, peut-être. Qui sait ? Il nous a apporté des livres, du matériel. Et des fusils, avec deux types qui savaient s'en servir. Avant la Conflagration, la plupart des membres de la communauté étaient venus là pour échapper à l'uniforme. Pete et Harry le Dingue se sont donc chargés de la chasse, et nous ont défendus contre les pillards de passage. Ils sont devenus notre police, et notre armée.

Et Winters est devenu notre chef.

Je n'ai toujours pas vraiment compris comment c'est arrivé. Mais bon, *c'est* arrivé. Il a commencé par faire quelques suggestions, puis il s'est mis à diriger les discussions et, de fil en aiguille, il a fini par nous donner des ordres. Personne n'a franchement protesté. On vivait un peu à la dérive depuis la Conflagration, et Winters nous donnait une raison d'être. Sans compter qu'il avait des tas d'idées ambitieuses. Quand c'était moi leur porte-parole, on ne cherchait pas grand-chose de plus que vivre au jour le jour. Demain était bien assez loin. Winters, lui, voulait reconstruire. Il voulait fabriquer une dynamo, trouver d'autres survivants et les regrouper en une sorte de village. L'organisation, c'était son fort. Il avait des rêves grandioses de lendemains – que dis-je, de *surlendemains* – qui chantent, et un enthousiasme communicatif.

Je ne voudrais pas donner de fausse impression, cela dit. Winters n'avait rien d'un tyran d'opérette. Il nous dirigeait, bien sûr, mais il participait aussi à la vie du groupe. Il était différent de nous, certes, mais pas tant que ça au fond ; on a même fini par devenir amis. Sans compter qu'il faisait tout ce qu'il pouvait pour s'intégrer, allant jusqu'à se laisser pousser les cheveux et la barbe.

Keith, par contre, n'a jamais vraiment sympathisé avec lui.

Ça faisait plus d'une semaine que Winters se trouvait avec nous quand il est venu pour la première fois assister à un de nos concerts, autour du rocher. Il est d'abord resté en dehors du cercle, les mains dans les poches. Nous autres, comme d'habitude, on s'était affalés par terre – les uns chantaient, les autres se contentaient d'écouter. Il faisait un peu frisquet ce soir-là, aussi avions-nous allumé un feu de camp.

Winters est resté dans l'ombre pendant peut-être trois chansons. Ensuite, profitant d'une pause, il s'est approché du feu. « Vous chantez à la demande ? » a-t-il lancé avec un sourire incertain.

Je ne le connaissais pas bien, à l'époque. Mais je connaissais Keith, aussi me suis-je raidi en attendant sa réponse.

Il s'est pourtant contenté d'égrener distraitement quelques notes sur sa guitare, le regard fixé sur l'uniforme de Winters. « Ça dépend, a-t-il fini par dire. Ne comptez pas sur moi pour vous chanter *La Ballade des bérets verts*, en tout cas. »

Le visage de Winters s'est figé en une expression indéfinissable. « J'ai tué, c'est exact. Mais je n'en suis pas particulièrement fier. Ce n'est pas *ça* que j'allais te demander. »

Keith a pesé sa réponse, le regard baissé sur sa guitare. Puis, apparemment satisfait, il a hoché la tête, levé les yeux et souri. « OK ! Qu'est-ce que vous voulez entendre ?

— Vous connaissez *Leavin' on a Jet Plane* ? »

Le sourire de Keith s'est élargi. « Bien sûr. C'est une chanson de John Denver. OK, je vais vous chanter ça. Mais ce n'est pas d'une gaieté folle. Il n'y a plus d'avions dans le ciel, à présent – vous le savez, lieutenant ? C'est la vérité. Vous devriez peut-être vous demander pourquoi. »

Souriant de plus belle, il s'est mis à jouer. Quand il le décidait, Keith avait toujours le dernier mot. Personne ne pouvait discuter avec sa guitare.

Un petit ruisseau traversait les collines et les bois à environ deux kilomètres à l'ouest de la baraque commune, au-delà des champs. Généralement à sec du début de l'été jusqu'à l'automne, mais le coin n'en était pas moins joli. Tellement calme, la nuit, loin du bruit et des gens. Quand il faisait beau, Keith y apportait son sac de couchage et campait sous un arbre. Seul.

C'est là aussi qu'il faisait ses excursions dans le temps.

Et c'est là que je l'ai trouvé ce soir-là, après le concert, une fois tout le monde parti se coucher. Il était appuyé contre son arbre préféré, chassant les moustiques d'une main, les yeux fixés sur le lit du ruisseau.

Je me suis assis à côté de lui. « Bonsoir, Gary, m'a-t-il lancé sans même tourner la tête.

— Tu as le cafard, Keith ?

— Oui, Gary, j'ai le cafard. » Il fixait le sol d'un regard vide, en jouant machinalement avec une feuille morte. Les lèvres serrées, les yeux mi-clos.

Je connaissais Keith depuis longtemps. Et assez bien pour me taire. Je suis donc resté à côté de lui sans rien dire, confortablement installé sur un tas de feuilles fraîchement tombées. Au bout d'un moment, comme toujours, il s'est mis à parler.

« Il devrait y avoir de l'eau, a-t-il soudain lâché, en me montrant le lit du ruisseau d'un signe de tête. Quand j'étais gosse, il y avait une rivière près de chez nous, juste de l'autre côté de la rue. Oh, c'était une petite rivière toute sale, dans une petite ville toute sale – l'eau était polluée comme ce n'est pas permis. Mais ça n'en restait pas moins de l'eau. La nuit, parfois, je traversais la rue pour aller dans le parc, je m'installais sur un banc et je la regardais couler. Il m'arrivait d'y rester des heures. Qu'est-ce que ma mère m'engueulait ! »

Petit rire. « C'était beau, tu sais. *Même* les taches d'huile, je les trouvais belles. Et ça m'aidait à réfléchir. Ça me manque, tu sais. L'eau me manque. Je réfléchis toujours mieux quand je la regarde couler. Bizarre, hein ?

— Pas tant que ça. »

Il persistait à fuir mes yeux, se bornant à fixer le lit du ruisseau où seules coulaient les ténèbres à présent. Ses doigts, lentement, méthodiquement, déchiraient la feuille qu'il avait dans les mains.

« L'endroit n'existe plus, a-t-il repris après un court silence. Trop près de New York. Même s'il y reste de l'eau, elle doit être phosphorescente à l'heure qu'il est. Ça doit être plus beau que jamais – mais je ne peux pas y retourner. Il y a tant de trucs comme ça. Chaque fois que je repense à quelque chose, je dois me *forcer* à me rappeler que ça n'existe plus, que je ne pourrai pas le retrouver, jamais. Je ne peux *plus rien* retrouver. Sauf… sauf avec ça… » D'un signe de tête, il a désigné le sol entre nous. Puis il a jeté sa feuille pour en ramasser une autre, qu'il s'est mis à déchirer à son tour.

J'ai tendu la main vers l'endroit qu'il m'avait indiqué. Mes doigts ont rencontré la boîte à cigares, comme je m'y attendais. La prenant des deux mains, j'en ai ouvert le couvercle d'un mouvement du pouce. Elle contenait une seringue, et une douzaine de petits sachets de poudre. Celle-ci paraissait blanche à la lumière des étoiles. Mais, de jour, elle était d'un bleu pâle scintillant.

J'ai poussé un soupir. « Il n'en reste pas des masses. »

Keith s'est contenté de hocher la tête. « Je ne pense pas avoir plus d'un mois de réserve, a-t-il dit d'une voix très lasse. Et il ne me restera plus alors que mes chansons et mes souvenirs.

— C'est tout ce qu'il te reste, même maintenant. » J'ai rabattu le couvercle d'un coup sec et lui ai tendu la boîte. « La chronine n'est pas une machine à remonter le temps, tu sais. Ce n'est qu'un hallucinogène, qui agit sur la mémoire. »

Il a éclaté de rire. « Il y avait des discussions sans fin là-dessus, autrefois. Les spécialistes ne cessaient de répéter que la chronine était une drogue mnémonique. Mais tous ces gens-là, ils n'en ont jamais vraiment pris. Toi non plus, d'ailleurs. *Moi*, par contre, je sais. *Moi*, j'ai voyagé dans le temps. Ce n'est pas un souvenir. On retourne dans le passé, Gary, on y retourne *vraiment*. Quel que soit l'instant où l'on tombe, on le revit bel et bien. Sans pouvoir rien y changer, c'est vrai, mais peu importe – on sait que c'est *vrai*. »

Après avoir jeté les débris de la feuille qu'il était en train de triturer, il a passé les bras autour de ses jambes repliées puis a posé le menton sur ses genoux ; *enfin*, il me regardait. « Tu devrais chronotripper un de ces jours, Gary, vraiment. Avec la dose adéquate, on arrive à choisir l'instant précis du passé qu'on veut revivre. Ça vaut vraiment la peine. »

J'ai secoué la tête. « Tu me donnerais de la chronine, si je me décidais ?

— Non. » Il a souri, la tête toujours figée. « C'est moi qui l'ai trouvée, elle est à moi, et il m'en reste trop peu pour que je puisse partager. Désolé, mon vieux. Mais ça ne veut pas dire que j'aie quoi que ce soit contre toi, hein ?

— Ouais. Mais bon, je n'en veux pas de toute façon.

— Je sais. »

On n'a rien ajouté de plus pendant dix bonnes minutes, jusqu'à ce que je me décide à poser une question : « Il t'énerve, Winters ?

— Pas vraiment. Ça n'a pas l'air d'être un mauvais bougre. Ce qui m'énerve, Gary, ce sont ces uniformes. Tout ça, tout ce qui est arrivé, c'est leur faute, à tous ces connards en uniforme. Rien ne m'aurait été enlevé sans eux, sans ce qu'ils ont fait. Ma rivière, ma carrière de chanteur…

— Et Sandi. »

Il a souri presque malgré lui. « Et Sandi. Je n'aurais même pas besoin de chronine pour être à l'heure à mes rendez-vous. »

Je ne savais que répondre à ça. Keith s'est alors laissé glisser, jusqu'à se retrouver allongé sous les branches. La nuit était claire, on voyait les étoiles à travers les branches.

« Parfois, ici, sous les étoiles, j'arrive à oublier. » Ce n'était pas à moi qu'il semblait s'adresser. « Le ciel ressemble à celui d'avant la Conflagration. Et les étoiles, ce sont les mêmes, elles aussi. Si j'évite de regarder vers l'est, j'arrive presque à me convaincre que rien n'a changé. »

J'ai secoué la tête. « Keith, ça n'a vraiment rien d'un jeu. *Tout* a changé avec la Conflagration, tu ne peux pas faire comme si rien ne s'était passé. Tu le sais pertinemment. Et revenir en arrière est impossible, ça aussi tu le sais.

— Tu m'écoutes quand je parle, Gary ? Je retourne dans le passé, *moi*. J'y retourne pour de vrai.

— Tu retournes dans un monde de rêves, Keith. Et ce monde est *mort*. Tu ne peux pas continuer comme ça. Tôt ou tard, il va falloir que tu te mettes à vivre dans la réalité. »

Keith souriait gentiment devant mes arguments, le regard toujours levé au ciel. « Non, Gary, tu ne comprends pas. Le passé a autant de réalité que le présent, tu sais. Et quand tu vis dans un présent aussi lugubre que le nôtre, avec un avenir qui l'est encore plus, la seule chose raisonnable à faire, c'est de retourner dans le passé. »

J'ai commencé à parler, mais il faisait mine de ne pas m'entendre. « Quand j'étais gosse, en ville, disait-il d'une voix lointaine, il n'y avait jamais autant d'étoiles. La première fois que je me suis retrouvé à la campagne, je me souviens à quel point ça m'a surpris de voir toutes les nouvelles étoiles qu'un type quelconque était allé mettre dans le ciel. » Il a eu un petit rire. « Devine quand c'était ? Il y a six ans, juste après le bahut. Ou hier soir, comme tu veux. Les deux fois, Sandi se trouvait avec moi. »

Il s'est tu. Après l'avoir regardé quelques instants, je me suis levé en tapotant mes vêtements pour me débarrasser des feuilles mortes. Rien à faire pour le convaincre. Déjà que j'avais du mal à me convaincre moi-même… Peut-être avait-il raison. Peut-être était-ce la solution, pour lui.

« Tu es déjà allé en montagne ? » m'a-t-il soudain demandé. Il a brièvement levé les yeux vers moi, et a poursuivi sans attendre ma réponse : « Je me souviens d'une nuit, Gary, en Pennsylvanie, dans les montagnes. J'avais une vieille caravane toute déglinguée, et on était partis à l'aventure à travers tout le pays.

« Le brouillard nous est tombé dessus sans crier gare. Un brouillard gris, épais, qui roulait en grosses vagues, plein de mystère, avec quelque chose de surnaturel. Sandi adorait ce genre de truc – moi aussi, en un sens. Mais conduire là-dedans, c'était de la folie. Je me suis donc garé sur le bas-côté, on a pris deux couvertures, et puis on s'est un peu éloignés de la route.

« Mais il était encore très tôt, du coup on est restés allongés ensemble sous les couvertures, enlacés, sans rien faire d'autre que discuter. De nous, de mes chansons, de ce chouette brouillard, de notre randonnée, de sa carrière d'actrice… d'un tas de choses. On n'arrêtait pas de rire, de s'embrasser – je ne me rappelle même pas ce qu'on pouvait se dire de tellement drôle. Enfin, au bout d'une heure environ, on s'est déshabillés et on a fait l'amour sur les couvertures, en douceur, tendrement, au milieu de ce foutu brouillard. »

Keith s'était redressé sur son coude – il me regardait enfin. À sa voix, on le sentait meurtri, perdu, blessé, passionné tout à la fois. Et, surtout, on percevait son immense solitude. « Elle était belle, Gary, vraiment belle. Mais elle détestait que je le lui dise, sans doute parce qu'elle n'y croyait pas elle-même. Elle préférait que je lui dise qu'elle était *jolie*. Mais elle *était* belle. Toute chaude, douce, dorée, avec des cheveux blond-roux et de charmants grands yeux qui passaient du vert au gris selon son humeur. Cette nuit-là, ils étaient gris, je crois. Assortis au brouillard. » Il s'est laissé retomber, tout sourire. Et s'est remis à contempler les étoiles.

« Le plus drôle, dans tout ça, a-t-il poursuivi – très lentement –, c'était le brouillard. Après l'amour, on s'est aperçus qu'il s'était levé et qu'on voyait les étoiles, aussi brillantes qu'aujourd'hui. C'était pour nous qu'elles étaient apparues. Des putains d'étoiles qui jouaient les voyeuses, venues nous regarder faire l'amour. Ça a fait rire Sandi quand je lui ai dit ça – elle se tenait alors contre moi, toute chaude. Et puis elle s'est endormie dans mes bras, et moi je suis resté là à regarder les étoiles, essayant d'écrire une chanson pour elle.

— Keith… » ai-je commencé, mais il m'a aussitôt interrompu.

« J'y retourne ce soir, Gary. Voir le brouillard, les étoiles – et ma Sandi.

— Merde, Keith, arrête, tu vas finir complètement accro. »

Keith s'est redressé, puis il a commencé à retrousser sa manche. « Ça ne t'a jamais traversé l'esprit que ce n'était *pas* de la drogue que je ne pouvais me passer ? »

Il m'a gratifié d'un large sourire, comme un gosse sûr de lui, pressé de faire une bêtise.

Puis il a tendu la main vers sa boîte, vers son excursion dans le passé. « Laisse-moi. »

Le trip avait dû être bon. Keith n'était que sourires et affabilité le jour suivant, d'une bonne humeur contagieuse qui avait duré toute la semaine. Le boulot semblait moins dur que d'habitude, et je ne me souviens pas que nos petits concerts quotidiens aient jamais été aussi débordants de gaieté. On riait beaucoup, ça faisait un bout de temps que les lendemains qui chantent ne nous avaient pas semblé si proches.

Le mérite n'en revenait pas tout entier à Keith, il faut quand même l'admettre. Ça faisait un moment que Winters avait commencé à proposer ceci ou cela, et les choses prenaient forme dans la communauté. Winters et Pete avaient déjà bien avancé la construction d'une petite cabane, à côté de la baraque commune. Pete s'était mis avec une des filles, et je pense qu'ils voulaient s'isoler un peu. Pour Winters, par contre, c'était un premier pas vers le village qu'il voulait construire.

Ce n'était d'ailleurs pas son seul projet. Il avait toute une pile de cartes d'état-major dans sa jeep, et tous les soirs il prenait quelqu'un à part et les lui faisait étudier à la lueur des bougies, en lui posant toutes sortes de questions. Il voulait savoir dans quelles régions on avait cherché des survivants, quelles villes pouvaient faire l'objet de raids d'approvisionnement, quelles étaient les zones que les bandes de pillards écumaient, ce genre de choses. Pourquoi ? Eh bien, disait-il, il pensait organiser des « raids d'exploration ».

Il y avait une poignée de gosses dans la communauté, et Winters plaidait pour qu'on organise une école plutôt que de leur donner des leçons un peu à la diable, comme on l'avait fait jusque-là. Et puis il pensait qu'on devrait construire une dynamo, histoire d'avoir à nouveau de l'électricité. Nos ressources médicales se limitaient à une bonne réserve de drogues et de médicaments ; Winters estimait que l'un de nous devrait carrément abandonner le travail aux champs pour devenir le médecin du village. Oui, pas de doute, Winters avait des tas d'idées, excellentes pour la plupart – mais il y aurait de toute évidence pas mal de détails à régler avant qu'on puisse les appliquer.

Entre-temps, Winters était devenu un habitué des concerts du soir. Comme Keith était de bonne humeur, ça ne posait pas de problème. Ça mettait même un peu d'animation, pour tout dire.

Un soir où Winters s'est pointé, Keith lui a adressé un regard entendu avant d'entonner *Vietnam Rag*, et l'assistance s'est empressée de faire chorus. Puis il a enchaîné sur *Universal Soldier*. Entre deux couplets, il n'arrêtait pas de lancer des sourires railleurs à Winters.

Mais celui-ci a fort bien pris la chose. Un peu mal à l'aise, au début, il s'est finalement mis dans l'ambiance et il a commencé à se détendre. Quand Keith en a eu fini, il s'est tranquillement levé. « Si vous avez décidé de m'attribuer le rôle du bon petit réac de la communauté, eh bien, je m'en voudrais de vous donner tort. » Et il a tendu la main. « Donnez-moi cette guitare. »

Intrigué, Keith lui a passé l'instrument. Winters s'en est saisi, a gratté quelques notes timides, puis s'est vigoureusement lancé dans *Okie From Muskogee*[1]. Il

1. Il va sans dire que les chansons de Keith sont toutes des « protest songs » pacifistes et que celles de Winters sont des chants patriotiques. *(N.d.T.)*

jouait avec des doigts en bois, et chantait encore plus mal, mais ça n'avait aucune importance.

Keith a éclaté de rire au beau milieu du premier couplet – toute l'assistance n'a pas tardé à l'imiter. Winters, l'air décidé, extrêmement sérieux, a bu la coupe jusqu'à la lie ; il ne connaissait pas l'intégralité des paroles, ce qui l'obligeait parfois à improviser, mais il est allé jusqu'au bout. Puis il a enchaîné en entonnant l'hymne des Marines, sans s'arrêter aux sifflements et aux huées.

Pete l'a applaudi bruyamment après ce numéro. Winters, tout sourire, a fait une révérence avant de rendre sa guitare à son propriétaire légitime.

Mais Keith n'allait pas se laisser faire comme ça, bien entendu. Après avoir remercié Winters d'un signe de tête, il saisit l'instrument pour aussitôt entonner *Eve of Destruction*.

Winters a riposté avec *Welfare Cadillac*. Enfin, disons qu'il a... *essayé*. S'apercevant qu'il ne connaissait pas la moitié des paroles, il s'est rabattu en hâte sur *Anchors Aweigh*.

Leur espèce de joute a ainsi duré toute la soirée, devant un public tordu de rire par terre. On ne se contentait pas de rigoler, en fait. La plupart du temps, nous devions aussi aider Winters, qui ne connaissait aucune de ses chansons jusqu'au bout. Keith, bien sûr, se défendait tout seul.

C'est resté comme l'une de nos soirées les plus mémorables. Le seul point commun avec les concerts habituels de Keith, c'était qu'il avait commencé par *They Call the Wind Maria*, pour se conclure sur *Me and Bobby McGee*.

Keith s'est montré plus taciturne, le lendemain. Il y a encore eu un peu de chahut entre Winters et lui, mais dans l'ensemble le concert s'est déroulé selon un schéma plus habituel. Et le jour suivant, presque toutes les chansons étaient celles de Keith, hormis de rares demandes de Winters, qu'il a chantées sans grande conviction, presque à contrecœur.

Je doute que Winters se soit rendu compte de quoi que ce soit. Moi, par contre, je le savais, tout comme la plupart des autres. Ce n'était pas la première fois que ça arrivait. Keith était de nouveau déprimé. La joie intérieure qui l'animait depuis son dernier chronotrip s'estompait. Il ressentait de nouveau sa solitude, sa faim, son impatience. L'envie de revoir sa Sandi le reprenait.

Parfois, quand il était dans cet état, on pouvait presque *voir* sa souffrance. Et si on ne la voyait pas, on l'*entendait* quand il se mettait à chanter. Elle perçait dans chaque accord, battait dans chaque note.

Winters l'entendait lui aussi – il aurait fallu être sourd pour ne pas l'entendre. Mais je ne crois pas qu'il ait compris – il ne comprenait pas *Keith*, tout simplement. Tout ce qu'il percevait, c'était la douleur qui transparaissait dans ses chansons. Et ça, ça le troublait.

Fidèle à son caractère, Winters a décidé de prendre le taureau par les cornes. Il est allé trouver Keith.

J'ai assisté à l'entretien. C'était en fin de matinée, Keith et moi étions revenus des champs pour faire une pause. Keith et moi étions assis sur la margelle du puits, un gobelet d'eau à la main, en train de bavarder. C'était visible qu'il s'apprêtait à repartir dans un chronotrip, très bientôt. Il était très déprimé, lointain, et j'avais du mal à établir le contact avec lui.

Winters s'est alors ramené à grands pas, le sourire aux lèvres, vêtu de sa vareuse militaire. La construction de sa maison avançait bien, et ça le mettait d'excellente humeur. D'autant que lui et Harry le Dingue avaient déjà dressé les plans de leur premier « raid d'exploration ».

« Salut, les gars », a-t-il lancé en arrivant au puits. Il a aussitôt tendu la main pour que je lui passe mon gobelet.

Winters a bu une longue gorgée avant de me le rendre. Puis il s'est tourné vers Keith. « J'aime bien tes concerts, tu sais. Comme tout le monde, je crois. Tu es vraiment très bon. » Il a souri. « Même si tu n'es qu'un putain d'anarchiste. »

Keith a distraitement hoché la tête. « Oui, oui, merci. » Il n'était pas d'humeur à rire.

« Mais il y a quelque chose qui me tracasse un peu, et j'aurais aimé en parler avec toi – te faire peut-être quelques suggestions. D'accord ? »

Keith s'est passé la main sur la barbe, signe qu'il lui prêtait un peu plus attention. « D'accord, mon général, je vous écoute.

— Ça concerne tes chansons. Je trouve certaines d'entre elles… disons, pessimistes. De belles chansons, bien sûr. Mais plutôt déprimantes, si tu vois ce que je veux dire. Surtout avec la Conflagration, et tout le reste. Tes chansons parlent trop du bon vieux temps, de tout ce qu'on a perdu. Si tu veux mon avis, ce n'est pas très bon pour notre moral à tous. Il faut arrêter de revenir sans cesse sur le passé, si on veut reconstruire un jour. »

Keith l'a toisé d'un air étonné, puis s'est laissé tomber contre le puits. « Tu plaisantes, j'espère.

— Non, je suis tout à fait sérieux. Un peu de gaieté nous ferait le plus grand bien. La vie peut encore valoir la peine d'être vécue, pour peu que nous nous y efforcions. Voilà ce qu'il faudrait que tu fasses passer dans tes chansons. L'idée qu'il faut se concentrer sur ce qui nous *reste*. Nous avons besoin de courage, d'espoir. Donne-les-nous. »

Mais ça ne prenait pas. Keith l'avait écouté sans cesser de se caresser la barbe, tout sourire, mais il a finalement secoué la tête. « Non, lieutenant, pas question. Ce n'est pas comme ça que ça marche. Même si ça part d'une bonne intention, je refuse de transformer mes chansons en propagande. Je chante ce que je *ressens*. » Il avait une voix empreinte de perplexité. « Des chansons gaies, eh bien… non. Impossible. Ça ne marchera pas, pas avec moi. Je voudrais bien y croire, mais vois-tu, je n'y *arrive pas*. Et je ne peux rien faire croire aux autres, si je n'y crois pas moi-même. De mon point de vue, la vie est plutôt morne par ici, et je ne l'imagine guère susceptible de s'améliorer. Et… eh bien, tant que je la vois comme ça, c'est comme ça qu'il faut que je la chante. Tu comprends ? »

Winters a froncé les sourcils. « La situation n'est pas *à ce point* désespérée. Et quand bien même ce serait le cas, on serait foutus si on l'admettait. »

Keith nous a regardés, Winters, puis moi, avant de baisser les yeux sur le puits. Ensuite il s'est redressé en secouant la tête de plus belle. « Non. » Un non sans agressivité, juste infiniment triste. Et il nous a plantés là, partant vers les champs à grands pas silencieux.

Winters l'a regardé s'éloigner, puis il s'est tourné vers moi. « Qu'est-ce que tu en penses, Gary ? J'ai raison, à ton avis ? »

J'ai considéré tant la question que celui qui l'avait posée. Winters avait l'air très troublé, mais tout à fait sincère. Sa barbe blonde naissante était la preuve des efforts qu'il faisait pour s'intégrer à notre groupe. J'ai donc décidé de lui faire confiance – au moins un peu.

« Je vois où tu voulais en venir, ouais. Mais ce n'est pas si facile. Les chansons de Keith sont davantage que des chansons pour lui. Elles représentent… un tas de choses. » J'ai hésité, avant de poursuivre : « Écoute, la Conflagration, ç'a été le merdier pour tout le monde, je ne t'apprends rien. Mais la plupart d'entre nous, par ici, on avait choisi ce genre de vie, on *voulait* partir loin des villes, loin de tout ce qu'elles représentaient. On regrette les jours passés, bien sûr. On a perdu des gens qu'on aimait, des choses auxquelles on tenait, des tas de trucs qui faisaient le plaisir de l'existence. Et cette lutte constante, cette peur continuelle des bandes de pillards, ce n'est vraiment pas notre truc. Beaucoup des choses qu'on aimait avant sont encore là, cela dit, dans notre communauté ; ça, ça n'a pas tellement changé. On a la terre, les arbres et les copains. Une certaine liberté. Pas de pollution, pas de course au succès, pas de haine. On aime se rappeler le bon vieux temps, le côté plaisant des villes – c'est d'ailleurs ce qu'on apprécie dans les chansons de Keith –, mais le présent nous apporte lui aussi bien des satisfactions.

« Mais ce n'est pas le cas de Keith. Il n'a pas choisi ce genre de vie, il ne faisait que *passer* ici. Tous ses rêves avaient pour cadre les villes, la poésie, la musique, les gens, le bruit. C'est tout son univers qu'il a perdu ; tout ce qu'il faisait, ce qu'il *voulait* faire, a disparu. Et puis… eh bien, il y avait cette fille, Sandra – lui l'appelait "Sandi". Ils ont vécu ensemble pendant deux ans, ils ne se quittaient pas, ils voyageaient ensemble, ils faisaient *tout* ensemble. Ils se sont séparés pour l'été, le temps qu'elle aille suivre des cours à l'université. Ils devaient se retrouver après. Tu comprends ? »

Winters comprenait. « Et puis il y a eu la Conflagration…

— Et puis il y a eu la Conflagration. Keith se trouvait ici, loin de tout. Sandi, elle, était à New York. Alors il l'a perdue, elle aussi. Il m'arrive parfois de me dire qu'il aurait surmonté tout le reste, pour peu qu'il ait eu

Sandi avec lui. Elle était la chose la plus importante dans le monde qu'il a perdu, leur monde à tous deux. Ils auraient pu s'en bâtir un nouveau, si elle avait été ici, y trouver une autre beauté, de nouvelles chansons à chanter. Mais voilà, elle était là-bas, et… »

J'ai haussé les épaules.

« Je vois, a fait Winters d'une voix sépulcrale. Mais putain, ça fait *quatre ans*, mon vieux. Moi aussi, j'ai beaucoup perdu. Moi aussi, j'ai perdu ma femme. Mais j'ai fini par passer à autre chose. Tôt ou tard, il faut bien s'arrêter de pleurer.

— Oui, bien sûr. C'est vrai pour toi, c'est vrai pour moi aussi. Moi, je n'ai pas perdu grand-chose, et toi… toi, tu penses que tout va finir par s'arranger. Pas Keith. Peut-être que tout allait trop bien pour lui, jadis. Son problème, c'est qu'il est sans doute trop romantique. Ou alors il savait aimer plus fort que nous. Tout ce que je peux te dire, c'est qu'à ses yeux l'avenir idéal ressemble trait pour trait au passé. Pas aux miens. Je n'ai jamais rien trouvé qui me fasse y tenir à ce point-là. Keith, si, ou du moins c'est ce qu'il pense, ce qui revient au même. Et son univers, il veut le retrouver. »

Une dernière gorgée, puis je me suis levé. « Il faut que je retourne bosser », lui ai-je expliqué tout en commençant à m'éloigner. Je ne voulais pas continuer cette conversation, mais elle m'a suivi tout au long du chemin qui me ramenait aux champs.

Évidemment, il y avait une chose importante dont je n'avais pas parlé à Winters : les excursions dans le passé. Si l'on forçait Keith à se contenter de sa vie actuelle, peut-être se retrouverait-il contraint de tourner la page, lui aussi, comme nous tous.

Mais Keith avait le choix, il pouvait revenir en arrière. Il avait toujours sa Sandi, rien ne l'incitait à repartir de zéro.

Et ça comptait pour beaucoup, pensais-je. Peut-être aurais-je dû l'expliquer à Winters. Peut-être.

Winters n'est pas venu au concert ce soir-là. Il devait partir le lendemain matin avec Harry le Dingue, pour explorer les territoires qui s'étendaient à l'ouest. Ils devaient être en train de charger leur jeep et de revoir leurs plans.

Keith s'est fort bien passé d'eux. Assis sur son rocher, protégé du froid par un feu dans lequel craquaient les feuilles d'automne, il a chanté de tout son cœur ; il chantait fort, plus fort que le vent glacial qui s'était mis à souffler, des chansons infiniment tristes. Quand le feu s'est éteint, et que l'assistance a commencé à se disperser, il a pris la direction du ruisseau en emportant sa guitare et sa boîte à cigares.

Je l'ai suivi. Le ciel était couvert, cette fois, la nuit noire et l'air chargé d'une odeur de pluie. Un vent froid soufflait à pierre fendre. Non, il ne fallait pas penser au râle des mourants[1]. Mais il s'immisçait entre les arbres, secouait les branches et arrachait les feuilles. On aurait dit qu'il… cherchait quelque chose.

Keith était déjà en train de retrousser sa manche quand j'ai atteint le ruisseau.

Je l'ai interrompu avant qu'il sorte sa seringue. « Eh, Keith. » Ma main s'est doucement posée sur son bras. « On cause d'abord, d'accord ? »

Son regard a glissé de ma main jusqu'à la seringue ; il m'a gratifié d'un hochement de tête contrarié. « D'accord, Gary, mais fais vite, je suis pressé. Ça fait une semaine que je n'ai pas vu Sandi. »

---

1. Allusion, cette fois, à la deuxième chanson, *They Call the Wind Maria* : « Quand Maria souffle, on croirait entendre le râle des mourants, là-haut sur la montagne. » *(N.d.T.)*

J'ai retiré ma main, puis je me suis assis à côté de lui. « Je sais.

— J'essayais de faire durer la chronine, tu vois. Il n'y en a plus que pour un mois, alors je voulais l'économiser en n'en prenant qu'une fois par semaine. » Il a souri tristement. « Mais *putain* que c'est dur.

— Je sais, ai-je répété. Mais tu te faciliterais la tâche si tu essayais de penser un peu moins à elle. »

Il a opiné, posé la boîte, puis refermé son blouson de cuir pour se protéger du vent. « Je pense trop. » Puis, sans cesser de sourire : « Ils sont dangereux, les gens qui pensent trop.

— Mouais. Dangereux pour eux-mêmes, surtout. » J'ai observé sa mince silhouette recroquevillée dans le noir. « Keith, qu'est-ce que tu feras quand tu n'en auras plus ?

— Je l'ignore.

— Pas moi. Tu oublieras. Sans ta machine à remonter le temps, il faudra bien que tu te décides à vivre dans le présent. À trouver quelqu'un d'autre, à recommencer. Mais ce serait peut-être plus facile si tu t'y mettais dès maintenant. Laisse la chronine de côté pendant quelque temps. Résiste à ton envie.

— Il va aussi falloir que je chante des chansons gaies, peut-être ? » Sa voix débordait de sarcasme.

« Pas nécessairement. Je ne te demande ni d'effacer le passé, ni de prétendre qu'il n'a pas existé. Mais tu devrais essayer de trouver du positif dans le présent. Il ne peut pas être aussi… vide que tu le prétends – les choses ne sont jamais aussi tranchées. Winters n'avait pas entièrement tort, tu sais. Il *reste* de bonnes choses, des choses que tu as tendance à oublier.

— Ah oui ? Quoi par exemple ? »

J'hésitais. Il ne me rendait pas la tâche facile. « Eh bien… tu aimes toujours chanter. Pas vrai ? Et ce n'est certainement pas tout. Avant, tu adorais écrire des chansons. Pourquoi n'en composes-tu pas de nouvelles ? Tu n'as pratiquement rien écrit depuis la Conflagration. »

Keith avait ramassé une poignée de feuilles mortes qu'il offrait à présent au vent, une par une. « J'y ai pensé, Gary, tu ne peux pas savoir à quel point j'y ai pensé. Et j'ai essayé, vraiment, de toutes mes forces. Mais rien ne vient. » Sa voix s'est brusquement adoucie. « C'était différent, avant, et je n'ai pas besoin de t'expliquer pourquoi. Sandi était dans le coin chaque fois que je montais sur scène. Et chaque fois que j'entonnais une nouvelle chanson, je pouvais voir son visage s'éclairer – si j'avais assuré, ça se voyait rien qu'à son sourire. Elle était fière de moi, fière de mes chansons. »

Il a secoué la tête. « Ça ne marche plus à présent, Gary. J'écris une chanson, je la chante… et puis après ? Qui s'en soucie ? Toi ? Oui, toi, peut-être, et quelques autres qui venez me trouver ensuite pour me dire : “Dis donc, Keith, elle était chouette, celle-là.” Mais ce n'est pas la même chose. Mes chansons avaient de l'importance pour Sandi, tout comme ses rôles au théâtre en avaient pour moi. Aujourd'hui, mes chansons n'importent plus à personne. Non pas que je m'attende à autre chose – je devrais juste être heureux de composer, même si personne n'en a rien à foutre. Je n'arrête pas de me le répéter, d'ailleurs. Mais c'est plus facile à dire qu'à faire. »

Je songe parfois qu'en cet instant précis j'aurais dû dire à Keith à quel point ses chansons *importaient* au type qui lui faisait face. Mais merde, je n'allais quand même pas lui mentir, même s'il en avait besoin. Keith était mon ami.

Et puis il ne m'aurait pas cru. Keith savait reconnaître le vrai du faux.

Alors j'ai lamentablement pataugé. « Keith, tu pourrais retrouver quelqu'un comme elle, si tu t'en donnais au moins un peu la peine. Il y a des filles dans la communauté, des filles vraiment bien – si tu voulais seulement les voir, faire un pas vers elles. Tu pourrais trouver quelqu'un d'autre. »

Keith m'a lancé un regard d'acier, plus glacial encore que le vent. « Je n'ai pas besoin de quelqu'un d'autre, Gary. » Puis il a ramassé sa boîte à cigares, l'ouvrant ensuite pour me montrer la seringue qu'elle contenait : « J'ai Sandi. »

Keith a encore chronotrippé deux fois cette semaine-là. Et les deux fois, il s'est éclipsé fébrilement juste après le concert. D'habitude, il attendait au moins une heure avant de filer en douce vers son ruisseau. Mais il prenait sa boîte à cigares avec lui, désormais, et il foutait le camp avant même que les dernières notes de *Me and Bobby McGee* ne se soient éteintes.

Personne ne pipait mot, bien sûr. On savait tous que Keith se droguait à la chronine, et que sa réserve s'épuisait. Alors on lui pardonnait, on comprenait. Du moins tout le monde à part Pete, l'ex-caporal de Winters. Nous ne lui avions encore rien dit à ce propos, pas plus qu'à Harry le Dingue. Mais un soir, pendant le concert, je l'ai vu observer d'un air curieux la boîte posée aux pieds de Keith. Puis il a chuchoté quelques mots à l'oreille de Janie, la fille avec qui il s'était mis en ménage. Lorsqu'elle s'est mise à lui répondre de la même façon, j'ai compris qu'elle devait être en train de le mettre au courant.

J'avais malheureusement raison.

Winters et Harry le Dingue sont revenus une semaine exactement après leur départ. Et ils n'étaient pas seuls. Ils ramenaient trois jeunes, un garçon et deux filles, qu'ils avaient trouvés au cours de leur randonnée dans l'Ouest, en compagnie d'une bande de pillards. « En compagnie », c'est une façon de parler. Les jeunes leur servaient d'esclaves ; Winters et Harry le Dingue les avaient libérés.

Je n'ai pas demandé ce qu'il était advenu des pillards. Le deviner n'avait rien de sorcier.

Il y a eu beaucoup d'agitation ce soir-là, tout comme le lendemain. Les petits jeunes avaient un peu peur de nous, et on devait se montrer très attentionnés avec eux pour leur faire comprendre qu'ici personne n'allait les maltraiter. Winters a décrété qu'ils se sentiraient mieux avec leur propre baraque. Lui et Pete ont donc entrepris de dresser les plans d'une nouvelle cabane. La première était presque finie.

Il s'est avéré par la suite que Winters et Pete avaient parlé d'autre chose que de la construction de la cabane. J'aurais dû m'en douter – j'avais surpris à plusieurs reprises les regards songeurs que Winters lançait à Keith.

Mais je n'ai rien soupçonné. Comme tout le monde, j'étais trop occupé à lier connaissance avec les nouveaux venus, à tenter de les mettre à l'aise – ce qui n'avait rien d'évident.

Je ne me suis donc rendu compte de rien jusqu'au quatrième soir après le retour de Winters. J'étais en train d'écouter Keith chanter. Il venait de terminer *They Call the Wind Maria*, et s'apprêtait à enchaîner sur une autre chanson, quand un groupe conduit par Winters est soudain entré dans le cercle. Harry le Dingue se tenait juste derrière, avec les trois petits jeunes sur ses talons. Et puis il y avait Pete, le bras autour des épaules de Janie. Plus quelques autres qui n'étaient pas là au début du concert, mais qui avaient suivi Winters quand il était sorti de la baraque commune.

Keith a dû penser qu'ils étaient venus en spectateurs. Il a donc commencé à jouer, mais Winters l'a aussitôt arrêté.

« Non, Keith, pas tout de suite. On a quelque chose à régler avant, pendant qu'on est tous là. Ce soir, on parle d'abord. »

Les doigts de Keith se sont immobilisés ; la musique s'est tue. On n'entendait plus que le vent et le crépitement des feuilles mortes dans le feu. Tous les regards étaient fixés sur Winters.

« Je veux parler de chronotrip », a-t-il lancé.

Keith a posé sa guitare, puis il a tourné les yeux vers la boîte à cigares posée au pied du rocher. « Je t'écoute. »

Winters a parcouru le cercle du regard, étudiant les visages impassibles comme pour en prendre la mesure avant de commencer. J'en ai fait de même.

« Je me suis laissé dire que la communauté possédait une réserve de chronine, réserve que tu utilisais pour chronotripper. C'est vrai, Keith ? »

Keith se caressait la barbe, comme il avait coutume de le faire quand il était songeur – ou tendu. « C'est vrai.

— Et c'est là la seule façon dont vous avez jamais utilisé cette chronine ? » Les partisans de Winters s'étaient regroupés derrière lui, un peu comme une phalange.

Je me suis levé pour prendre la parole. Discuter assis par terre ne me semblait guère approprié. « C'est Keith qui a trouvé la chronine pendant qu'on ratissait l'hôpital municipal, après la razzia de l'armée. Il ne restait que quelques médicaments. La plupart ont rejoint les stocks de la communauté, en cas de besoin. Mais Keith *voulait* la chronine… alors on la lui a donnée, on était tous d'accord. Personne d'autre n'en voulait. »

Winters a hoché la tête, posément. « Je comprends bien, et loin de moi l'idée de critiquer votre décision. Mais vous ne vous êtes peut-être pas rendu compte que la chronine pouvait servir à autre chose qu'à se droguer de souvenirs. »

Il a marqué une pause. « Écoutez-moi, et essayez de juger équitablement ce que je vais vous dire, c'est tout ce que je vous demande. » Il nous a fixés, l'un après l'autre. « La chronine est une drogue puissante ; il s'agit d'une ressource importante, et nous avons besoin de *toutes* nos ressources en ce moment. S'offrir un trip-souvenir avec cette drogue, pour qui que ce soit, c'est purement du gaspillage, ce n'est pas à ça qu'elle doit servir. »

Là, Winters faisait fausse route. Il n'allait pas obtenir l'approbation générale avec des leçons de morale sur l'abus de drogue. J'ai senti les gens se braquer autour de moi.

Rick, un grand type mince affublé d'un bouc qui venait au concert tous les soirs, et qui écoutait présentement assis par terre, a alors rétorqué : « Foutaises ! La chronine, mon général, *c'est* le voyage dans le temps. Ça sert à tripper.

— Exact, a renchéri quelqu'un d'autre, et c'est à Keith qu'on l'a donnée. *Moi*, je n'ai peut-être pas envie de me droguer de souvenirs, mais qui suis-je pour le lui interdire, s'il en a envie ? Quel mal y a-t-il à ça ? »

Winters s'est empressé de désamorcer l'hostilité naissante. « Aucun, a-t-il reconnu, si nous disposions d'une réserve illimitée de chronine. Mais ce n'est pas le cas, n'est-ce pas, Keith ?

— Non. Il en reste même très peu. » Sa voix était restée parfaitement calme, posée.

Le reflet des flammes dansait dans les yeux de Winters quand il s'est tourné vers Keith, ce qui rendait son expression difficile à déchiffrer. Mais sa voix était grave. « Keith, je sais toute l'importance que ces "excursions" ont pour toi. Et je ne te veux aucun mal, je t'assure. Mais nous avons besoin de cette chronine, tous.

— Comment ça ? » Je m'étais enfin décidé à intervenir. *Moi aussi*, je voulais que Keith lâche la chronine, mais je préférais être pendu plutôt que de laisser quelqu'un la lui enlever de force. « Pourquoi aurions-nous besoin de la chronine ?

— La chronine n'a rien d'une machine à voyager dans le temps, m'a répondu Winters. C'est une drogue mnémonique. Et il y a des choses que nous *ne devons pas* oublier. » Son regard a fait le tour du cercle. « Y a-t-il quelqu'un ici qui ait travaillé dans un hôpital ? Une infirmière ? Un aide-soignant ? Peu importe. C'est tout à fait probable dans un groupe de cette importance. Vous tous avez forcément vu des choses susceptibles de nous être utiles. Quelque part au fond de votre tête, vous avez des choses précieuses pour toute cette communauté. Certains d'entre vous ont dû faire des travaux manuels à l'école. Je parie que vous y avez appris toutes sortes de choses pratiques. Mais que vous en reste-t-il ? Avec la chronine, on pourrait *tout* se rappeler. Peut-être se trouve-t-il quelqu'un ici qui a autrefois appris à fabriquer des flèches. Il y a peut-être un tanneur. Quelqu'un qui saurait fabriquer une dynamo. Il y a peut-être même un médecin ! »

Winters s'est interrompu, histoire de laisser le temps à son idée de faire son chemin. Les gens ont commencé à s'agiter autour du cercle, à marmonner.

Puis il a repris : « Si on tombait sur une bibliothèque, on ne brûlerait pas les livres pour se réchauffer, même s'il se mettait à geler à pierre fendre. Or, c'est ce qu'on fait quand on laisse Keith chronotripper. Nous formons une bibliothèque vivante, tous autant que nous sommes, nous avons des bouquins dans la tête. Et la seule façon de les lire, ces bouquins, c'est de prendre de la chronine. Elle *doit* nous servir à nous rappeler ce qu'il nous est indispensable de savoir. Il faudrait l'économiser comme un bien précieux, il faudrait préparer soigneusement chaque séance de remémoration pour avoir la certitude, la *certitude*, de ne pas en gaspiller un seul gramme. »

Et il s'est tu, pour de bon. S'en est suivi un long, très long silence – sans doute une éternité pour Keith. Enfin, Rick s'est décidé à reprendre la parole : « Je n'avais jamais pensé à ça, a-t-il reconnu, à contrecœur. Tu n'as peut-être pas tort. Mon père était médecin, par exemple. »

Puis une autre voix s'est élevée, et une autre encore ; le brouhaha est devenu général. Tout le monde parlait en même temps, évoquait des expériences à moitié oubliées susceptibles de se révéler utiles, voire précieuses. Winters avait mis en plein dans le mille.

Mais il ne souriait pas. Il avait les yeux fixés sur moi. Moi, je refusais de le regarder, je n'arrivais pas à m'y résoudre. Ce qu'il disait se tenait, c'était ça le plus affreux ; ça se tenait *carrément*. Mais je ne pouvais pas l'admettre, je n'arrivais pas à croiser son regard pour lui faire savoir d'un signe que je me rendais à ses arguments. Keith était mon ami, je *devais* le soutenir.

J'étais le seul du cercle à me tenir debout. Mais je ne trouvais rien à dire.

Winters s'est enfin décidé à détourner les yeux, pour regarder Keith assis devant le rocher aux concerts, les yeux rivés sur sa boîte à cigares.

Le brouhaha a encore duré cinq bonnes minutes avant de s'estomper. L'un après l'autre, ceux qui avaient pris la parole ont regardé vers Keith, prenant peu à peu conscience de ce que ça signifiait pour lui. Lorsque le silence a fini par s'imposer, absolu, total, Keith s'est levé et il a regardé autour de lui, comme quelqu'un qui sort d'un mauvais rêve.

Ses yeux passaient de l'un à l'autre. « Non, a-t-il lancé d'une voix blessée, incrédule. Vous *ne pouvez pas* faire ça. Je ne… je ne *gaspille* pas la chronine. Et vous le savez, tous tant que vous êtes. J'ai *besoin* de Sandi, mais elle n'est plus là. C'est à moi de revenir à elle. Et je n'ai qu'un seul moyen pour ça, ma machine à voyager dans le temps. Ce n'est pas du gaspillage, ça ! » Il secouait la tête, l'air éperdu.

J'ai pris la relève, aussi énergiquement que j'en étais capable. « Oui, Keith a raison. Tout dépend de ce qu'on entend par “gaspiller”. Si vous voulez mon avis, le pire gaspillage serait de renvoyer les gens somnoler une nouvelle fois dans les salles de classe. »

Quelques rires ont fusé, certaines voix se sont levées pour me soutenir. « Je suis d'accord avec Gary, a dit quelqu'un. Keith a besoin de Sandi, et nous, nous avons besoin de Keith. C'est aussi simple que ça. Moi, je suis pour qu'il garde la chronine.

— Pas question, a objecté quelqu'un d'autre. J'ai le cœur aussi tendre qu'un autre, mais merde, combien de nos potes sont morts ces dernières années parce qu'on n'a pas pu les soigner ? Vous vous souvenez de Doug, il y a deux ans ? Il avait une appendicite, et on a fait un carnage en essayant de l'opérer – il en est mort. S'il y a la moindre chance, même infime, d'empêcher que ça se reproduise, il ne faut pas la laisser passer.

— Rien ne dit que ça ne se reproduira pas malgré tout, a repris la première voix. Si on veut que ça serve à quelque chose, il faudra sincèrement qu'on se concentre sur des souvenirs vraiment utiles – mais même une fois qu'on les aura ramenés à la surface, on risque d'être déçus.

— Merde, il faut quand même essayer.

— Moi je pense qu'on doit quelque chose à Keith.

— Moi je pense que c'est *Keith* qui nous doit quelque chose. »

Et tout le monde discutait de plus belle, se balançant mille arguments à la tête pendant que Winters, Keith et moi restions plantés là, à les écouter. Le débat n'en finissait pas, il revenait toujours aux mêmes points. Jusqu'à ce que Pete prenne la parole.

Il est passé devant Winters, le bras autour des épaules de Janie. « Ça suffit comme ça. Il n'y a même pas matière à discuter, si vous voulez mon avis. Janie m'a dit qu'elle était enceinte de moi. Eh bien, putain, je ne compte pas prendre le risque de les voir mourir, elle ou le môme, si je peux l'éviter. S'il existe un moyen quelconque d'apprendre comment améliorer les choses, on l'utilise – point barre. Et surtout je ne veux pas courir le moindre risque à cause d'une espèce de mauviette qui n'ose pas regarder la vie en face. Il n'est pas le seul à avoir souffert, le pauvre chou – pourquoi compterait-il davantage que nous ? *Moi aussi* j'ai perdu une nana dans la Conflagration. Est-ce que pour autant je réclame de la chronine à cor et à cri pour la retrouver en rêve ? J'en ai dégoté une autre, voilà tout. Et c'est ce que tu devrais faire aussi, Keith. »

L'interpellé restait parfaitement immobile, mais il avait les poings serrés. « Il y a des différences, Pete, lui a-t-il fait remarquer d'une voix lourde. De grosses différences. D'abord, ma Sandi n'était pas une *nana*. Et je l'aimais, sans doute plus que tu ne pourras jamais l'imaginer. Je *sais* que tu ne comprends pas la douleur, Pete. Tu t'es endurci contre elle, comme pas mal de gens, en faisant comme si elle n'existait pas. Ça te permet de faire croire à tout le monde que tu es un dur, un homme, un vrai, qui n'a besoin de personne. Mais ce faisant, tu as aussi abandonné une part de ton humanité. » Il souriait, à présent, parfaitement maître de lui, la voix ferme et assurée. « Eh bien non, moi je ne joue pas à ce jeu-là. Je *veux* garder ce que j'ai d'humain, et s'il le faut je me battrai pour ça. J'ai *aimé* dans ma vie, Pete, vraiment aimé. Et maintenant, j'ai mal. Et je refuse de renier l'un ou l'autre de ces sentiments, de prétendre qu'ils perdent en force au fil du temps. Parce que ce n'est pas vrai. »

Il s'est tourné vers Winters. « Lieutenant, je veux ma Sandi et je ne vous laisserai pas me l'enlever. Qu'on procède à un vote. »

Winters a acquiescé.

Ça a été serré, *très* serré. Il n'y a eu que trois voix de différence. Keith avait beaucoup d'amis.

Mais c'est Winters qui a gagné.

Keith a pris la chose avec le plus grand calme. Il a ramassé la boîte à cigares, s'est avancé vers lui, et la lui a tendue. Pete arborait une mine rayonnante, mais Winters n'a même pas esquissé un sourire.

« Je suis désolé, Keith, a-t-il dit.

— Oui, a répondu Keith, moi aussi. » Il y avait des larmes sur son visage. Keith n'avait jamais eu honte de pleurer.

Il n'y a pas eu de concert ce soir-là.

Winters ne chronotrippait pas. Il envoyait les gens en raids d'exploration dans le passé, préparant soigneusement chaque excursion pour assurer un minimum de risques et le maximum de résultats.

Ça ne nous a pas pour autant fourni un toubib. Rick est retourné trois fois dans le passé, sans rapporter le moindre souvenir utile. Mais après une excursion-souvenir dans un labo de biologie, un des gars s'est rappelé des trucs intéressants sur certaines plantes médicinales ; un autre en a rapporté des infos à peu près utilisables sur l'électricité.

Winters ne perdait pas espoir pour autant. Il interrogeait les gens pour déterminer qui serait le prochain à utiliser la chronine. Il le faisait avec beaucoup de soin et d'attention, posant toujours les bonnes questions aux bonnes personnes. Aucun de nous ne faisait d'excursion dans le passé sans qu'il ait donné son feu vert. En attendant, on avait rangé la chronine dans la nouvelle cabane ; Pete était chargé de garder l'œil dessus.

Et Keith ? Eh bien, Keith continuait à chanter. Le soir de la confrontation, j'avais peur qu'il ne s'arrête de chanter, mais ce ne fut pas le cas. Il ne pouvait pas s'arrêter de chanter, pas plus qu'il ne pouvait s'arrêter de penser à Sandi. Dès le lendemain, il était de retour à la clairière, pour y chanter plus longtemps et avec davantage de cœur que jamais. Le surlendemain, il semblait aller encore mieux.

Dans la journée, sinon, il assurait sa part de boulot avec une gaieté forcée. Il n'arrêtait pas de sourire, parlait tout le temps, mais sans jamais dire grand-chose, en fait. Et il ne parlait jamais de la chronine, ni des excursions-souvenirs, ni de l'altercation mémorable.

Ni de Sandi.

Il passait toutes ses nuits près du ruisseau. Le froid se faisait de plus en plus vif, mais il ne semblait même pas s'en apercevoir. Il emportait quelques couvertures et son sac de couchage, faisant fi du vent, du gel et des pluies de plus en plus fréquentes.

Une ou deux fois, je l'y ai rejoint pour bavarder un peu. Il m'accueillait aimablement, mais n'abordait jamais les sujets vraiment importants. Moi, je ne me résolvais pas à orienter la conversation sur des questions qu'il voulait manifestement éviter, si bien que nous finissions par ne parler que de la pluie et du beau temps, ou de banalités du même genre.

Au lieu de la boîte à cigares, désormais, c'était sa guitare que Keith emportait au bord du ruisseau. S'il n'en jouait jamais en ma présence, il m'arrivait de l'entendre, de loin, alors que je rentrais à la baraque commune après l'une de nos conversations stériles. Pas de paroles, juste la musique. Deux chansons, toujours les mêmes. Vous savez lesquelles.

Et puis, au bout d'un moment, il n'y en a plus eu qu'une seule. *Me and Bobby McGee.* Nuit après nuit, comme obsédé, Keith jouait cet unique air, assis au bord d'un ruisseau asséché dans une forêt déserte. J'ai toujours aimé cette chanson, d'accord, mais à présent j'appréhendais vraiment de l'entendre ; un frisson me parcourait chaque fois que j'entendais ses notes s'égrener dans le froid vent d'automne.

Finalement, un soir, je lui en ai parlé. Pas une conversation très longue, non, mais je crois que c'était la première fois, depuis la scène, que le courant passait vraiment entre nous.

L'ayant accompagné jusqu'au ruisseau, je m'étais emmitouflé dans une grosse couverture de laine pour me protéger du crachin froid et pénétrant qui n'arrêtait pas de tomber. Keith était allongé sous son arbre, à moitié enfoui dans son sac de couchage, sa guitare sur les genoux. Il ne prenait même pas la peine de la protéger contre l'humidité, chose que j'ai trouvé inquiétante.

Nous avons parlé de tout et de rien, et puis je me suis finalement décidé à orienter la conversation sur ses concerts solitaires, au bord du ruisseau. Il a souri. « Tu sais pertinemment pourquoi je joue cette chanson.

— Oui, mais j'aimerais quand même bien que tu arrêtes. »

Il a détourné les yeux. « Je vais m'arrêter, promis. Tu ne l'entendras plus après ce soir. Mais ce soir, je la joue. Je t'en prie, Gary, ne discute pas ; je te demande juste de m'écouter. Cette chanson, c'est tout ce qui me reste pour m'aider à réfléchir. Et j'en ai eu besoin ces temps-ci, parce que j'ai beaucoup réfléchi.

— Je t'avais bien dit que tu réfléchissais trop », ai-je plaisanté.

Mais ça ne l'a pas fait rire. « C'est vrai – et tu avais parfaitement raison. Soit c'est moi, soit c'est Shakespeare qui a formulé ça en premier. Va savoir. Cela dit, s'empêcher de penser est parfois impossible. C'est aussi le propre de l'homme, non ?

— Je crois, oui.

— Moi, j'en suis sûr. Alors je réfléchis en musique. Il n'y a plus d'eau qui coule pour m'y aider, et toutes les étoiles sont cachées. Et Sandi est partie, pour de bon cette fois. Tu sais, Gary… si je ne pensais pas autant à elle, jour après jour, je risquerais de l'oublier. Je pourrais même finir par oublier son visage. Tu crois que Pete l'a oubliée, *sa* nana ?

— Non. Pas plus que toi tu n'oublieras Sandi, j'en suis certain. Ça finira peut-être par un peu moins t'obséder… ce qui ne serait sans doute pas un mal. Parfois, ça fait du bien d'oublier. »

Il m'a alors regardé. Droit dans les yeux. « Mais je ne veux pas oublier, Gary. Et je n'oublierai pas. Je n'oublierai jamais. »

Puis il s'est mis à jouer. La même chanson. Une fois. Deux fois. Trois fois. J'essayais de reprendre notre conversation, mais il s'obstinait à ne pas m'écouter. Ses doigts continuaient à jouer, implacablement. La musique noyait mes paroles, le vent les emportait.

En désespoir de cause, j'ai fini par renoncer. Qu'il était long, le chemin qui me ramenait à la baraque commune, avec la guitare de Keith qui me poursuivait dans la bruine…

Winters est venu dans la baraque commune me secouer pour me réveiller. Le jour pointait à peine, un petit matin gris et froid. Le visage de Winters était plus gris encore. Sans même me dire un mot – il ne voulait pas réveiller les autres, je pense –, il m'a fait signe de le suivre et il est sorti.

Avec force bâillements, je me suis levé pour le suivre. Il m'attendait devant la porte, une guitare cassée dans la main.

Je l'ai observée un instant sans comprendre, puis j'ai levé les yeux vers Winters. Vu la gueule que je tirais, il n'a pas attendu que je pose *la* question.

« Keith l'a fracassée sur le crâne de Pete, ensuite il s'est enfui en emportant la chronine. Pete a une légère commotion cérébrale, mais je crois qu'il devrait s'en remettre. Il a eu de la chance. Il aurait aussi bien pu y passer. »

Je considérais la guitare démolie entre mes mains. Le bois s'était fendu, plusieurs cordes étaient cassées. Il n'avait pas amusé la galerie. Je n'arrivais pas à y croire. « Non, Keith… non, il n'a pas pu…

— C'est *sa* guitare, a insisté Winters. Et qui d'autre que lui aurait pu prendre la chronine ? » Puis son expression s'est adoucie. « Je suis désolé, Gary, je t'assure. Je pense comprendre pourquoi il a fait une chose pareille. Mais il faut quand même qu'on parle. Tu n'aurais pas une idée de l'endroit où il pourrait se trouver ? »

Je le savais, bien sûr. Mais je redoutais ce qui risquait d'arriver. « Qu'est-ce que… qu'est-ce que tu comptes lui faire ?

— Je ne vais pas le punir, ne t'inquiète pas. Je veux juste récupérer la chronine. On fera un peu plus gaffe la prochaine fois. »

J'ai hoché la tête. « D'accord. Mais tu ne touches pas *un* de ses cheveux. Si jamais tu manques à ta parole, je te le ferai payer – et je ne serai pas le seul. »

Il s'est contenté de me regarder, très tristement, comme déçu que je mette sa parole en doute. Sans ajouter un mot, nous avons donc parcouru les deux kilomètres qui nous séparaient du ruisseau ; la guitare n'avait pas quitté ma main.

Keith se trouvait là, bien sûr. Enroulé dans son sac de couchage, la boîte à cigares à côté de lui. Il restait quelques sachets. Il n'en avait pris qu'un.

Je me suis penché sur lui pour le réveiller. Mais deux choses m'ont frappé quand je l'ai retourné : il avait rasé sa barbe, et son corps était froid – *très* froid.

Et puis j'ai vu le flacon vide.

On avait trouvé d'autres drogues en même temps que la chronine. Les autres n'étaient même pas sous clé. Keith avait aussi pris des somnifères.

Je me suis redressé sans mot dire. Toute explication était superflue, Winters avait compris aussi vite que moi. Il regardait le corps en secouant la tête.

« Je me demande pourquoi il s'est rasé, a-t-il fini par dire.

— Facile. Il ne portait pas la barbe, autrefois, quand il vivait avec Sandi.

— Je vois. Oui, c'est logique.

— Quoi ?

— Son suicide. Il m'a toujours paru instable.

— Non, lieutenant, ce n'est pas ça du tout. Keith ne s'est pas suicidé. »

Winters a froncé les sourcils. Moi, je souriais.

« Écoute, si *toi*, tu faisais ça, ce serait du suicide. Tu vois la chronine comme une drogue qui fait rêver. Mais Keith, lui, il la considérait comme une machine à remonter le temps. Il ne s'est *pas* tué, ce n'était pas son genre. Il a rejoint sa Sandi, tout simplement. Et cette fois, il a fait le nécessaire pour rester à coup sûr auprès d'elle. »

Winters s'est tourné une fois encore vers le corps. « Oui. Peut-être. » Il a marqué une pause. « J'espère pour lui qu'il avait raison. »

Les années qui se sont écoulées depuis ont été bonnes, je crois qu'on peut le dire. Winters est un bien meilleur chef que moi. Les excursions dans le passé n'ont jamais rien ramené de valable, mais les raids d'exploration se sont quant à eux révélés fructueux. La ville compte plus de deux cents âmes, à présent, pour la plupart des gens que Winters a retrouvés.

Eh oui, car c'est une vraie ville désormais. Nous avons l'électricité, une bibliothèque, des vivres à foison. Nous avons aussi un médecin, un vrai, que Winters a déniché à cent cinquante bornes d'ici. On est devenus tellement prospères que les Fils du Tonnerre sont revenus, pensant s'amuser un peu. Winters a lâché sa milice sur eux ; celle-ci a pourchassé sans pitié ceux qui essayaient de s'enfuir.

À part les premiers membres de la communauté, personne ne se souvient de Keith. Mais on a toujours des concerts – chant et musique. Winters a ramené d'une de ses expéditions un jeune, Ronnie, qui possède une guitare. Il n'est pas du niveau de Keith, bien sûr, mais il fait de son mieux, et tout le monde s'amuse bien. Sans compter qu'il apprend aux gosses à jouer.

Le truc, c'est que Ronnie écrit ses propres chansons, on n'a donc plus guère l'occasion d'entendre de vieux airs. C'est de la musique *d'après-guerre* à laquelle on a droit. L'air le plus demandé, en ce moment, c'est une longue ballade qui raconte comment notre armée a réussi à décimer les Fils du Tonnerre.

Winters trouve ça très sain, il dit que c'est une musique nouvelle pour une civilisation nouvelle. Peut-être n'a-t-il pas tort. Une nouvelle culture naîtra avec le temps, j'en ai la certitude. Et elle remplacera celle qui a disparu. Ronnie, tout comme Winters, bâtit notre avenir.

Mais on a perdu quelque chose dans l'affaire.

L'autre soir, au concert de Ronnie, je lui ai demandé de chanter *Me and Bobby McGee*. Personne ne connaissait les paroles.

Chicago, Illinois
Octobre 1972

SEPT FOIS, SEPT FOIS L'HOMME, JAMAIS !

Pour toi, ta compagne et tes petits,
tue au gré de ta force et de ta faim,
mais Tu ne tueras rien pour le plaisir
et sept fois, sept fois l'Homme, jamais !

Rudyard Kipling

Les enfants jaenshis étaient alignés à l'extérieur des murailles, leurs petits corps de fourrure grise immobiles au bout de leurs longues cordes. Avant d'être pendus, les plus âgés avaient de toute évidence été exécutés autrement. On voyait se balancer ici et là le corps décapité d'un mâle pendu par les pieds, ou le cadavre d'une femelle. Mais les autres, les tout petits à la fourrure sombre et aux grands yeux dorés, avaient pour la plupart simplement été pendus. Au crépuscule, quand la brise qui soufflait des versants escarpés se levait, les corps les plus légers allaient tambouriner contre les murailles, comme s'ils étaient vivants et qu'ils frappaient pour qu'on vienne leur ouvrir la porte.

Mais les sentinelles postées sur les remparts continuaient leurs rondes incessantes sans y prêter attention ; quant aux grandes portes métalliques rouillées, elles restaient obstinément closes.

« Croyez-vous au mal ? » demanda Arik ne-Krol à Jannis Ryther, qui contemplait avec lui la Cité des Anges d'acier du sommet d'une colline avoisinante. Ne-Krol se tenait accroupi au milieu des débris de ce qui avait été une pyramide sacrée jaenshie. Chacun des traits de son visage aplati, au teint jaune-brun, exprimait la colère.

« Le mal ? » murmura distraitement Ryther. Elle ne quittait pas des yeux la muraille de pierres rouges contre laquelle les corps sombres des enfants se détachaient nettement. Le soleil – l'énorme boule incandescente que les Anges d'acier appelaient le Cœur de Bakkalon – descendait sur l'horizon. La vallée semblait comme noyée dans un brouillard sanglant.

« Le mal », répéta ne-Krol. Le marchand était un petit bonhomme grassouillet d'allure tout à fait quelconque, à l'exception de la chevelure d'un roux vif qui lui tombait jusqu'au creux des reins. « C'est un concept religieux, reprit-il, et je ne suis guère du genre religieux. Il y a longtemps, au temps de mon enfance sur ai-Emerel, j'avais… *décidé* qu'il n'y avait ni bien ni mal, juste des mentalités différentes. » De ses petites mains délicates, il fouilla dans les cendres jusqu'à y trouver une espèce de tesson qui tenait juste dans sa paume. Il se redressa, puis le tendit à Ryther. « Les Anges d'acier m'ont de nouveau fait croire au mal. »

Ryther prit sans mot dire le tesson, le tourna et le retourna entre ses mains. Elle était beaucoup plus grande que ne-Krol, osseuse, avec un long visage, des cheveux noirs coupés court et des yeux inexpressifs. Sa combinaison tachée de sueur flottait sur son corps décharné.

« Intéressant », dit-elle enfin, après avoir étudié un long moment le tesson. Dur et lisse comme du verre, mais moins cassant, il était d'un rouge translucide si sombre qu'il en paraissait presque noir. « C'est du plastique ? s'enquit-elle en le rejetant par terre.

— C'est ce qu'il m'avait semblé, mais c'est tout à fait impossible. Les Jaenshis travaillent le bois, l'os, parfois le métal… des siècles les séparent de la matière plastique.

— Des siècles dans le passé ou dans l'avenir ? Ne disiez-vous pas que l'on trouvait des pyramides sacrées dans toute la forêt ?

— Partout où je suis allé, oui. Mais les Anges ont démoli toutes celles qui bordaient la vallée, pour en chasser les Jaenshis. Et à mesure qu'ils avanceront, car ils ne manqueront pas de le faire, ils en démoliront d'autres. »

Ryther hocha la tête, puis contempla de nouveau la vallée. À l'ouest, le Cœur de Bakkalon jetait ses derniers rayons derrière les montagnes, et des lumières commençaient à s'allumer dans la cité. Les petits Jaenshis se balançaient, éclairés de reflets d'un bleu doux. Deux silhouettes raides s'agitaient juste au-dessus des portes de l'enceinte ; ils les virent bientôt jeter quelque chose au-dehors – une corde. Une nouvelle petite ombre se mit aussitôt à tressauter contre la muraille. « Pourquoi ? » demanda Ryther d'une voix indifférente.

Ne-Krol, lui, n'était aucunement indifférent. « Les Jaenshis ont essayé de défendre l'une de leurs pyramides. Avec des lances, des couteaux et des pierres – contre des Anges d'acier armés de lasers, de désintégrateurs et de stridences ! Ils les ont pris par surprise, ce qui leur a permis d'en tuer un. Le grand-maître a juré que ça ne se reproduirait plus. » Il cracha. « Le mal… les enfants ne se méfient pas d'eux, vous comprenez ?

— Intéressant.

— Vous ne pouvez donc rien faire ? Vous avez votre astronef, votre équipage. Les Jaenshis ont *besoin* d'être protégés. Ils sont incapables de se défendre contre les Anges.

— J'ai quatre hommes, dit Ryther, toujours aussi calmement. Plus quelque chose comme quatre lasers de chasse. »

Ne-Krol la dévisagea, découragé. « Vraiment rien, alors ?

— Le grand-maître viendra peut-être nous voir demain. Il a certainement vu descendre l'astronef. Il se peut que les Anges veuillent vendre ou acheter quelque chose. » Elle jeta un nouveau coup d'œil vers la vallée. « Venez, Arik, nous devons regagner votre comptoir. Il faut charger les marchandises. »

Wyatt, grand-maître des Enfants de Bakkalon sur la planète de Corlos, était un grand échalas squelettique, dont on voyait jouer les muscles de ses bras sous sa peau nue. Ses cheveux d'un noir bleuté étaient coupés très court, il se tenait droit, avec raideur. Comme tous les Anges d'acier, il portait un uniforme en tissu caméléon (brun pâle en cet instant, car Wyatt se tenait en pleine lumière du jour, au bord du petit terrain sommairement aménagé en astroport), avec un col cramoisi et une ceinture d'acier tressé à laquelle pendaient un pistolet laser, un communicateur et une stridence. La petite figurine pendue à son cou – Bakkalon, l'Enfant pâle aux grands yeux, dans son innocente nudité, armé pourtant d'une épée noire serrée dans son petit poing – était le seul insigne de son rang.

Il y avait quatre Anges derrière lui, deux hommes et deux femmes, tous vêtus de la même façon. Ils se ressemblaient physiquement, d'ailleurs, avec leurs cheveux courts, blonds, roux ou bruns, leur corps ferme, leurs yeux vifs et froids, un peu fanatiques, leur attitude empreinte de raideur – à la fois religieuse et militaire, caractéristique des membres de leur ordre. Tout en eux déplaisait à ne-Krol, qui était plutôt du genre mou et avachi.

Arrivé peu après l'aube, le grand-maître avait aussitôt envoyé l'un de ses hommes tambouriner à la porte de la petite bulle préfabriquée qui tenait lieu à la fois de logement et de comptoir à ne-Krol. Ensommeillé, furieux, mais prudemment poli, le marchand s'était levé pour accueillir les Anges et les avait escortés jusqu'au terrain où la *Lumière de Jolostar*, goutte de métal scarifié, reposait sur trois pieds rétractables.

Toutes les écoutilles de la soute étaient verrouillées. L'équipage de Ryther avait passé presque l'intégralité de la soirée à décharger les marchandises commandées par ne-Krol, pour les remplacer par les caisses contenant des objets d'art jaenshis susceptibles d'être payés au prix fort par les amateurs d'art extraterrestre. Mais de cela, on n'en aurait confirmation qu'après leur expertise par des professionnels. Il n'y avait qu'un an que Ryther avait déposé ne-Krol sur Corlos, et c'était là sa première livraison.

« Arik est mon agent sur cette planète, dit Ryther au grand-maître quand elle l'eut rejoint sur le terrain. C'est donc à lui que vous devez vous adresser.

— Je vois, fit Wyatt, qui tenait toujours à la main la liste des produits que les Anges auraient souhaité que Ryther leur rapporte des colonies industrialisées d'Avalon et de Jamison. Mais ne-Krol ne veut pas traiter avec nous. »

Ryther le regarda sans répondre.

« Naturellement ! dit ne-Krol. Moi, je fais du commerce avec les Jaenshis – *vous*, vous les massacrez. »

Le grand-maître avait discuté à maintes reprises avec ne-Krol ces derniers mois – depuis que les Anges avaient établi leur cité-colonie, à dire vrai –, et leurs échanges avaient immanquablement tourné à l'aigre. Cette fois, il choisit d'ignorer ses sarcasmes. « Les mesures que nous avons prises s'imposaient, dit-il à Ryther. Quand un animal tue un homme, il *faut* le punir. Et faire en sorte que ses congénères y assistent, de sorte qu'ils sachent que l'homme, l'Héritier de la Terre, l'Enfant de Bakkalon, est leur seigneur et maître à tous.

— Les Jaenshis ne sont pas des bêtes, grommela ne-Krol. Ce sont des êtres intelligents. Ils ont une religion, un art, des coutumes, et ils… »

Wyatt se décida enfin à la regarder. « Ils n'ont pas d'âme. Seuls les Enfants de Bakkalon en ont une. Que ces créatures soient ou non douées de raison, cela n'intéresse que vous – et elles, peut-être. Mais elles n'ont pas d'âme, ce sont donc des bêtes.

— Arik m'a montré leurs pyramides sacrées, intervint Ryther. Des êtres capables de construire de pareils monuments ont forcément une âme. »

Le grand-maître secoua la tête. « Vous vous trompez. Le Livre est sans équivoque sur ce point. Nous seuls, les Héritiers de la Terre, sommes les véritables Enfants de Bakkalon – les autres ne sont que des animaux. Au nom de Bakkalon, il est de notre devoir d'assurer notre domination sur eux.

— Très bien, dit Ryther, mais j'ai bien peur que vous ne soyez contraints d'assurer cette domination sans la *Lumière de Jolostar*. Je réprouve votre façon d'agir, je me dois de vous le dire ; je compte faire un rapport à ce sujet en rentrant sur Jamison.

— Je m'y attendais, dit Wyatt. L'année prochaine, vous brûlerez peut-être d'amour pour Bakkalon vous aussi – alors, nous reprendrons cette conversation. D'ici là, Corlos survivra sans votre aide. » Il la salua puis repartit d'un pas vif, escorté par les quatre Anges.

« À quoi ce rapport servira-t-il ? lança ne-Krol d'une voix empreinte d'amertume.

— À rien, reconnut Ryther en regardant au loin dans la forêt. Les gens de Jamison s'en ficheront, et même dans le cas contraire, qu'est-ce qu'ils pourraient y faire ? » Le vent soulevait la poussière autour d'elle ; ses épaules s'affaissaient, comme exténuées.

Ne-Krol se souvint du gros livre rouge relié que Wyatt lui avait donné plusieurs mois auparavant. *« Et Bakkalon, l'Enfant pâle, a façonné Ses enfants dans l'acier*, cita-t-il, *car les étoiles brisent les faibles. Et, dans la main de chaque enfant nouveau-né, Il a placé une épée d'acier trempé, en lui disant : "Voici la voie de la vérité.* " C'est ce qu'ils croient. » Il cracha d'un air dégoûté. « Et nous sommes impuissants ! »

Le visage de Ryther s'était à nouveau refermé. « Je vais vous laisser deux lasers. Débrouillez-vous pour que les Jaenshis sachent s'en servir d'ici à un an. Je crois savoir quel genre de marchandise je vais devoir apporter la prochaine fois. »

Les Jaenshis vivaient en clans (du moins était-ce le seul mot que ne-Krol avait trouvé pour les qualifier) de vingt à trente individus, composés pour moitié d'adultes et pour moitié d'enfants. Chacun vivait dans sa forêt natale, et possédait sa propre pyramide sacrée. Ils ne construisaient pas d'abris. Ils dormaient roulés en boule dans les arbres qui entouraient leur pyramide, et trouvaient de quoi se nourrir dans la nature. Des arbres aux fruits bleu-noir juteux poussaient absolument partout, et il y avait également trois sortes de baies comestibles, une plante dont les

Jaenshis déterraient les tubercules jaunâtres, une autre aux effets hallucinogènes. Ne-Krol avait découvert qu'il leur arrivait aussi de chasser, mais à l'occasion seulement. Pendant des mois entiers, un clan laissait les phacochères fouir le sol à la recherche de racines, jouer avec les enfants et se multiplier en paix. Et puis, tout d'un coup, au moment sans doute où leur nombre atteignait un seuil critique, les Jaenshis s'armaient tranquillement d'un épieu pour en tuer deux sur trois. Une semaine durant, ils faisaient bombance chaque soir autour des pyramides. *Idem* avec les grosses limaces blanches qui se mettaient parfois à pulluler sur les arbres fruitiers : les Jaenshis les ramassaient pour les faire cuire avec les faux-moines qui hantaient les frondaisons en quête de fruits à voler.

Pour ce que ne-Krol en savait, il n'y avait pas de prédateurs dans les forêts des Jaenshis. Les premiers mois, il avait toujours emporté un long couteau magnétique et un laser à main pour ses tournées de pyramide en pyramide. Mais il n'avait jamais croisé le moindre ennemi, aussi le couteau gisait-il à présent, brisé, dans sa cuisine. Quant au laser, il l'avait perdu depuis longtemps.

Le lendemain du départ de la *Lumière de Jolostar*, ne-Krol s'enfonça de nouveau dans la forêt, armé de l'un des lasers de chasse de Ryther.

À moins de deux kilomètres de son comptoir se trouvait le camp des Jaenshis qu'il appelait le clan des Cascades. Ils vivaient sur la pente d'une colline boisée d'où une eau bleutée cascadait en mille ruisseaux qui se rejoignaient et se séparaient tour à tour, si bien que toute la pente formait un rideau étincelant de rapides et de chutes, entrecoupés de petits lacs tranquilles. La pyramide sacrée du clan était construite sur le grand rocher plat de pierre grise, qui trônait au centre du dernier lac. Bloc triangulaire rouge sombre au milieu des tourbillons, plus haute que la plupart des Jaenshis, elle arrivait au menton de ne-Krol ; tellement lourde, compacte, qu'elle semblait indestructible.

Mais pas pour ne-Krol. Il avait vu d'autres pyramides littéralement découpées au laser par les Anges d'acier, pour se retrouver ensuite réduites en cendres par leurs désintégrateurs. Quels que fussent les pouvoirs que leur attribuait la légende jaenshie, et les mystères qui entouraient leur origine, ça ne suffisait pas à arrêter les coups de Bakkalon.

La prairie dans laquelle se nichait le lac de la pyramide était inondée de soleil quand ne-Krol y arriva. Les hautes herbes ondulaient sous la brise légère, mais la plupart des membres du clan n'étaient nulle part visibles. Peut-être se trouvaient-ils dans les arbres, à s'accoupler ou à cueillir des fruits, ou se promenaient-ils dans la forêt à flanc de colline. Seuls quelques enfants étaient en train de chevaucher des phacochères indigènes dans la clairière. Ne-Krol s'installa donc pour attendre, profitant des rayons du soleil.

Bientôt apparut le porte-parole, qui s'assit à ses côtés.

C'était un petit vieux rabougri, qui n'avait plus que quelques touffes de fourrure gris sale pour cacher sa peau ridée. Il n'avait plus ni dents ni griffes. Mais ses grands yeux dorés, sans pupille comme chez tous les Jaenshis, demeuraient vifs et perçants. Il était le porte-parole du clan des Cascades, celui qui communiait le mieux avec la pyramide sacrée. Chaque clan avait ainsi son porte-parole.

« J'ai quelque chose de nouveau à te proposer », lui dit ne-Krol dans le doux parler musical des Jaenshis. Il avait appris leur langue sur Avalon, avant de partir.

Tomas Chung, le légendaire linguiste télépathe, l'avait déchiffrée des siècles auparavant, lors de l'expédition de Kleronomas. Aucun autre humain n'était venu chez les Jaenshis depuis, mais on conservait les cartes de Kleronomas et l'analyse syntagmatique de Chung dans la banque de données de l'Institut avalonien d'études de l'intelligence non humaine.

« Nous avons fabriqué d'autres statues pour toi, lui dit le vieillard. Nous avons encore travaillé le bois. Et toi, qu'est-ce que tu nous as apporté ? Du sel ? »

Ne-Krol ouvrit son sac à dos, en sortit l'un des blocs de sel qu'il avait apportés pour l'occasion, et le posa devant le Jaenshi. « Du sel, oui, et ça aussi. » Un laser vint rejoindre la monnaie d'échange.

« Qu'est-ce que c'est ? s'enquit le vieux.

— As-tu entendu parler des Anges d'acier ? »

Le vieux hocha la tête – un geste que lui avait appris ne-Krol. « Oui, les Jaenshis qui s'enfuient de la vallée morte, ceux qui ont perdu leur dieu, m'en ont parlé. Ce sont les Anges qui réduisent les dieux au silence, en détruisant les pyramides.

— Eh bien ceci, c'est un outil similaire à ceux dont les Anges se servent pour détruire vos pyramides. Je te le propose comme monnaie d'échange. »

Le vieillard ne bougeait pas. « Mais nous n'avons pas envie de détruire des pyramides, dit-il enfin.

— Cet outil peut servir à autre chose. Un jour, les Anges d'acier risquent de venir ici s'occuper de la pyramide de ton clan. Mais vous pourrez les en empêcher pour peu que vous possédiez des outils tels que celui-ci. Le clan du Cromlech a voulu les arrêter avec des lances et des couteaux ; aujourd'hui, ils errent sans but dans la plaine, et leurs enfants sont pendus aux remparts de la Cité des Anges. Ceux parmi les clans qui n'ont pas résisté ont pourtant perdu leurs terres, eux aussi. Ils n'ont plus de dieu. Je te le dis, le jour viendra où le clan des Cascades aura besoin de cet outil. »

Le vieux s'empara du laser, le manipula avec curiosité dans ses petites mains ridées. « Il nous faut prier. Reste ici, Arik. Ce soir, quand le dieu posera son regard sur nous, nous te donnerons notre décision. En attendant, tu peux faire du troc avec les autres. » Il se leva brusquement, lança un bref regard à la pyramide dressée sur les eaux du lac, puis disparut dans la forêt, le laser toujours en main.

Ne-Krol poussa un soupir. L'attente allait être longue. Les séances de prière n'avaient jamais lieu avant le coucher du soleil. Après s'être rapproché du lac, il délaça ses grosses chaussures pour tremper ses pieds douloureux dans l'eau fraîche.

Quand il leva les yeux, une jeune Jaenshie élancée, à la fourrure présentant des reflets auburn, se tenait devant lui ; c'était la première à venir lui présenter une sculpture. Sans mot dire, car personne ne parlait en présence de ne-Krol à l'exception du porte-parole, elle la lui tendit.

La statuette, pas plus grosse que son poing, représentait une déesse de la fertilité à la lourde poitrine, sculptée dans le bois parfumé aux minces veines bleutées des arbres fruitiers. Elle se tenait assise en tailleur sur un socle triangulaire, et trois minces aiguilles en os s'élançaient de chaque angle pour se rejoindre au-dessus de sa tête en s'enfonçant dans une grosse boule d'argile.

Ne-Krol prit l'objet, l'examina sous toutes ses faces, puis hocha la tête en signe d'approbation. La Jaenshie lui sourit, puis disparut en emportant le bloc de sel. Longtemps après son départ, ne-Krol continuait à admirer son acquisition. Il avait fait ce métier toute sa vie, passant dix ans parmi les gethsoïdes à face de poulpe d'Aath, quatre autres chez les filiformes Fyndayi, pour ensuite parcourir une demi-douzaine de planètes encore à l'âge de la pierre, d'anciens fiefs de l'Empire hrangan aujourd'hui démembré. Mais il n'avait jamais vu d'artistes comparables aux Jaenshis. Pour la centième fois peut-être il se demanda pourquoi ni Kleronomas ni Chung ne lui avaient parlé des sculptures avant son arrivée sur cette planète. Il s'en réjouissait, cela dit, car lorsque les experts auraient vu les caisses d'objets d'art que Ryther avait emportées, les concurrents ne manqueraient pas de débarquer en masse, il en avait la certitude. Sa propre présence sur cette planète devait beaucoup au hasard – on l'y avait envoyé dans l'espoir qu'il déniche quelque drogue, herbe ou liqueur jaenshies susceptibles de bien se vendre sur le marché stellaire. Au lieu de quoi, il avait trouvé un art, comme en réponse à quelque prière.

Tandis que le temps s'écoulait, que le matin faisait place à l'après-midi et l'après-midi au crépuscule, d'autres artistes vinrent lui présenter leurs œuvres. Il examinait chaque pièce soigneusement, rejetant celle-ci, prenant celle-là, payant chaque fois en sel. Avant que la nuit soit complètement tombée, il avait toute une pile d'objets à côté de lui : une série de couteaux en pierre pourpre, le linceul gris, filé par sa veuve et ses amis, d'un vieux Jaenshi (dont le visage était brodé dessus avec de longs poils dorés et soyeux de faux-moines), une lance en os gravée de caractères qui évoquaient les runes de la légende de Terra – et des statuettes. Les statuettes, voilà ce qu'il avait toujours préféré. Les formes d'art indigène étaient souvent étranges au point d'échapper à la compréhension ; les artistes jaenshis, cependant, touchaient chez lui une corde sensible. Les dieux qu'ils sculptaient, toujours assis dans une pyramide en os, avaient certes des visages jaenshis, mais il ne pouvait s'empêcher de leur trouver des similitudes avec l'histoire humaine : dieux de la guerre au visage dur, créatures étrangement semblables à des satyres, déesses de la fertilité similaires à celle qu'il avait achetée, guerriers et nymphes à l'allure quasiment humaine. Souvent ne-Krol avait regretté de ne pas avoir suivi les études d'exo-anthropologie qui lui auraient permis d'écrire un livre sur l'universalité des mythes. Les Jaenshis possédaient certainement une riche mythologie, quand bien même les porte-parole ne l'évoquaient jamais. Comment expliquer ces sculptures, autrement ? Peut-être n'adoraient-ils plus leurs anciens dieux, mais qu'ils s'en souvenaient encore.

Quand le Cœur de Bakkalon disparut à l'horizon, quand ses derniers rayons rougeoyants eurent cessé de filtrer à travers les frondaisons, ne-Krol avait rassemblé autant d'objets qu'il pouvait en porter, et sa provision de sel était presque épuisée. Après avoir relacé ses chaussures, il s'assit tranquillement dans l'herbe. Un par un, les membres du clan l'y rejoignirent ; puis le porte-parole finit par revenir.

Les prières commencèrent.

Le laser toujours en main, le porte-parole traversa lentement les eaux assombries par la nuit, pour ensuite s'accroupir devant la masse noire de la pyramide. Les autres, adultes et enfants, une quarantaine au total, s'installèrent en demi-cercle dans l'herbe autour de ne-Krol. Tous regardaient le porte-parole, dont la silhouette, éclairée par l'énorme lune qui venait de se lever, se découpait nettement sur le ciel. Après avoir posé le laser sur le rocher, il pressa la paume de ses mains contre la pyramide. Son corps parut aussitôt se pétrifier, tout comme ceux de ses congénères.

Ne-Krol s'agita nerveusement, étouffa un bâillement. Ce n'était pas la première fois qu'il assistait à une séance de prières – il connaissait le rituel sur le bout des doigts. Une bonne heure d'ennui l'attendait. Les Jaenshis priaient en silence, il n'y avait donc rien à entendre que leur respiration régulière, rien à voir que leurs quarante visages impassibles. Dans un soupir, il prit le parti de se détendre. Les yeux fermés, il tâcha de se concentrer sur l'herbe qui frôlait doucement son corps, sur la brise tiède qui soulevait sa longue chevelure en broussaille. Ici, pour un bref instant, il trouvait la paix. Quant à savoir combien de temps cela durerait, si d'aventure les Anges d'acier se décidaient à quitter leur vallée...

Une heure s'écoula, mais ne-Krol, perdu dans ses pensées, vit à peine le temps passer. Jusqu'à ce que, soudain, il entende des bruissements et des voix autour de lui – les Jaenshis se levaient pour repartir dans leur forêt. Et voilà que le vieux porte-parole se trouvait devant lui, en train de déposer le laser à ses pieds.

« Non, dit-il simplement.

— Quoi ! s'exclama ne-Krol. Mais vous devez absolument le prendre ! Tiens, je vais te montrer ce qu'on peut faire avec...

— J'ai eu une vision, Arik. Le dieu m'a déjà tout montré. Entre autres, qu'il verrait d'un mauvais œil que nous échangions nos produits contre ça.

— Mais quand les Anges d'acier viendront...

— S'ils viennent, notre dieu leur parlera. » Le vieux Jaenshi avait parlé dans son langage susurrant, mais sans la moindre hésitation dans sa voix douce. Ce que ne-Krol voyait dans ses grands yeux d'or liquide était sans appel.

« Notre nourriture, c'est à nous-mêmes que nous la devons, et à personne d'autre. Nous l'avons gagnée à la sueur de notre front et à la pointe de nos épées. Elle nous appartient en vertu du seul droit qui soit, le droit du plus fort. Mais pour cette force, pour la vigueur de nos bras, pour l'acier de nos épées et la flamme de nos cœurs, nous remercions Bakkalon, l'Enfant pâle, qui nous a donné la vie et nous a montré comment la préserver. »

Debout au centre de cinq longues tablées de bois qui occupaient toute la longueur de la grande salle, le grand-maître prononçait chaque mot de l'action de grâces avec une dignité solennelle. Ses grandes mains aux veines apparentes étreignaient le plat de l'épée qu'il tenait devant lui, la pointe dressée vers le ciel ; l'éclairage tamisé rendait son uniforme presque noir. Tout autour de lui se tenaient assis les Anges d'acier, raides et compassés. Ils n'avaient pas encore touché à la nourriture placée devant eux : gros tubercules bouillis, viande de phacochère fumante, pain noir et salade de néomâche craquante. Vêtus d'une tunique d'un blanc immaculé serrée à la taille par l'inévitable ceinture d'acier tressé, les enfants de moins de dix ans, qui n'avaient pas encore l'âge de combattre, occupaient les deux tables extérieures, sous les meurtrières. Les tout-petits s'efforçaient de rester parfaitement immobiles, sous l'œil sévère de régents de neuf ans, qui gardaient leur bâton disciplinaire en bois dur passé dans leur ceinture. Aux deux tables intérieures était installée la confrérie des combattants, tout en armes, hommes et femmes alternativement disposés. Aux vétérans à la peau couturée de cicatrices se mêlaient de jeunes recrues de dix ans qui venaient de quitter leur dortoir d'enfants pour la caserne. Tous portaient un uniforme en tissu caméléon pareil, en dehors du col, à celui de Wyatt, avec, pour quelques-uns, des boutons indiquant un grade spécial. Enfin, la table centrale, deux fois moins longue que les autres, accueillait les officiers, ceux qui portaient le haut col cramoisi : chefs d'escouades, maîtres d'armes, archiatres, plus les trois coadjuteurs et la coadjutrice – et le grand-maître lui-même, qui présidait.

« Mangeons », dit enfin Wyatt. Il fit voler son épée au-dessus de la table, en geste de bénédiction, puis s'assit. Comme tout un chacun, avant d'aller s'installer dans la grande salle, il avait fait la queue devant la cuisine pour recevoir sa part, qui n'était pas plus grosse que celle du dernier des combattants.

Hormis le cliquetis des couteaux et des fourchettes, parfois le choc d'une assiette, et de temps à autre le bruit sec du bâton d'un régent sanctionnant un manquement à la discipline, le silence était total. Les Anges ne parlaient pas pendant les repas. Ils méditaient les leçons de la journée en absorbant leur nourriture spartiate.

Après quoi on escorta les enfants, toujours en silence, à leur dortoir. Puis ce fut au tour des combattants de partir, certains pour le temple, la plupart pour retrouver leurs baraquements, et quelques-uns pour monter la garde sur les remparts. Ceux qu'ils allaient relever trouveraient un repas chaud à la cuisine.

Les hauts gradés restèrent. Une fois la table débarrassée, tout était prêt pour la réunion d'état-major. Ils semblaient un peu plus détendus, à présent, mais à peine. Après tant d'années, le relâchement ne faisait plus partie de leurs habitudes.

Le grand-maître fixa la coadjutrice des yeux. « Dhallis, avez-vous le rapport que je vous avais demandé ? »

La coadjutrice était une solide matrone aux muscles noueux, à la peau cuivrée. Elle portait à son col le petit insigne d'acier, en forme de microplaquette, des services informatiques. « Oui, grand-maître, fit-elle de sa voix dure et précise. Jamison est une colonie de la quatrième génération, essentiellement peuplée de colons d'Archéo-Poséidon. Elle possède un immense continent, en grande partie inexploré, et plus de douze mille îles de tailles diverses. La population humaine se concentre sur les îles ; elle cultive la terre, exploite le sous-sol et les océans pour l'industrie lourde et l'aquiculture. Les mers sont riches en poissons et en minéraux. Ce monde compte environ soixante-dix-neuf millions d'habitants, ainsi que deux grandes villes, Port-Jamison et Jolostar, qui ont toutes deux un astroport. » Elle jeta un coup d'œil sur la feuille posée sur la table. « Cette planète ne figurait même pas sur les cartes à l'époque de la double guerre. N'ayant jamais connu de conflits, elle n'entretient pas d'autres forces armées que la police planétaire. Elle n'a aucune politique de colonisation, et n'a jamais revendiqué la souveraineté sur autre chose que sa propre atmosphère.

— Parfait, approuva le grand-maître. Les menaces de Ryther n'ont donc pour ainsi dire aucun risque de se concrétiser. Rien ne nous empêche de continuer. Chef d'escouade Walman ?

— Nous avons capturé quatre Jaenshis aujourd'hui, dit Walman, un jeune chef d'escouade aux cheveux blonds coupés court et aux oreilles décollées. Et nous les avons pendus. Si vous le permettez, grand-maître, je voudrais voir avec vous s'il n'est pas possible de mettre fin à cette campagne. Il nous faut chaque jour nous donner plus de peine pour obtenir moins en retour. Nous avons déjà virtuellement éliminé tous les jeunes des clans qui habitaient la vallée de l'Épée.

— Y a-t-il quelqu'un qui ne partage pas cet avis ?

— Les adultes sont encore en vie, dit Lyon, un maigre coadjuteur aux yeux bleus. Et ils sont plus dangereux que les jeunes.

— Pas dans ce cas, répliqua C'ara Da Han – l'immense maître d'armes chauve, au teint mat, qui dirigeait les services de renseignements et de lutte psychologique. Nos études ont montré qu'une fois la pyramide détruite, les adultes, pas plus que les jeunes, ne présentent le moindre danger pour les Enfants de Bakkalon. La structure sociale disparaît, pour ainsi dire. Soit les adultes s'enfuient, dans l'espoir de se joindre à un autre clan, soit ils retournent à une sauvagerie presque totale. Ils abandonnent les jeunes, qui cherchent alors à se débrouiller seuls, sans guère y arriver – ils n'offrent aucune résistance quand nous nous emparons d'eux. Étant donné le nombre de Jaenshis pendus à nos remparts, plus ceux qui ont fini entre les mâchoires de quelque prédateur, ou bien se sont entretués, j'estime la vallée de l'Épée à peu près débarrassée d'eux. L'hiver arrive, grand-maître, et il y a beaucoup à faire. Walman et ses hommes devraient être employés à d'autres tâches. »

Le débat se poursuivit, mais le ton avait été donné par Da Han, et la majorité se rangea de son avis. Wyatt écoutait avec attention, sans cesser de prier Bakkalon de l'inspirer. Enfin, d'un geste, il réclama le silence.

« Chef d'escouade Walman, demain, vous raflerez tous les Jaenshis, adultes et enfants, que vous pourrez trouver, mais ne les pendez pas s'ils se montrent coopératifs. Conduisez-les à la Cité, et montrez-leur leurs compagnons pendus à nos remparts. Puis chassez-les de la vallée en les dispersant aux quatre coins de la planète. J'espère ainsi qu'ils feront comprendre à leurs congénères ce qu'il leur en coûte quand une créature inférieure lève la main, la serre sur les Héritiers de la Terre ou brandit l'épée contre eux. Alors, au printemps, quand les Enfants de Bakkalon s'avanceront au-delà de la vallée de l'Épée, les Jaenshis abandonneront paisiblement leurs pyramides et laisseront aux hommes les terres dont ceux-ci ont besoin, pour la plus grande gloire de l'Enfant pâle. »

Lyon et Da Han acquiescèrent. Dhallis demanda à Wyatt de leur lire des paroles de sagesse. L'une des lieutenantes lui apporta le Livre, qu'il ouvrit au chapitre des enseignements.

« En ce temps-là, commença-t-il, de grands maux s'étaient abattus sur les Héritiers de la Terre, car ses Enfants avaient abandonné Bakkalon pour adorer des dieux plus faibles. Alors les cieux s'assombrirent et sur eux fondirent les Fils de Hranga, avec leurs yeux rouges et leurs dents de démons, et de la terre même sortit l'immense horde des Fyndayi, comme une nuée de sauterelles obscurcissant le jour. Et les planètes s'embrasèrent, et les Enfants s'écrièrent : "Au secours ! Sauvez-nous !"

« Et voici que l'Enfant pâle apparut, Sa grande épée à la main, et qu'Il leur dit d'une voix de tonnerre : "Vous avez fait preuve de faiblesse, et vous avez désobéi à Mes ordres. Où sont vos épées ?" Et les Enfants Lui répondirent : "Nous en avons fait des socs[1], ô Bakkalon."

---

1. Allusion au passage de la Bible (que des idéalistes ont inscrit en face du siège de l'ONU à New York) où il est dit des peuples du monde que « martelant leurs épées, ils en feront des socs » (Ésaïe, 2,4). *(N.d.T.)*

Il en fut grandement irrité. “Eh bien, c’est donc avec des socs de charrue que vous affronterez les Fils de Hranga, que vous tuerez la horde des Fyndayi.” Et Il se détourna d’eux, se refusant à écouter leurs gémissements – car le Cœur de Bakkalon est cœur de flamme. Mais l’un de Ses Enfants sécha ses larmes, car l’astre du ciel brillait d’un tel éclat qu’elles lui brûlaient les joues. Et la soif du sang lui revint ; il reforgea une épée avec le soc de sa charrue pour tailler en pièces les Fils de Hranga. Voyant cela, les autres suivirent son exemple – leur cri de guerre résonna bientôt sur la moindre des planètes.

« Et l’Enfant pâle entendit, et Il fit Son retour, car le bruit de la bataille est plus agréable à Ses oreilles que celui des sanglots. Et quand Il vit ce qui arrivait, Il sourit. “Voici que vous êtes redevenus Mes Enfants, leur dit-il. Car vous vous étiez détournés de Moi pour adorer un dieu qui se disait agneau, mais ne savez-vous donc pas que l’agneau n’est destiné qu’au sacrifice ? Désormais vos yeux voient à nouveau, vous êtes redevenus les loups de Dieu.”

« Et Bakkalon leur donna à tous de nouvelles épées, à tous Ses Enfants, les Héritiers de la Terre ; Lui-même leva Sa grande épée noire, le Pourfendeur de Démons, contre les créatures sans âme. Et les Fils de Hranga tombèrent devant Sa puissance, et la grande horde des Fyndayi s’élança sous Ses yeux. Et les Enfants de Bakkalon conquirent l’univers. »

Ayant conclu sa lecture, le grand-maître leva les yeux du texte. « Allez, mes frères d’armes, et songez aux enseignements de Bakkalon. Puisse l’Enfant pâle vous donner des visions célestes dans votre sommeil ! »

Les arbres dénudés étincelaient de givre sur la colline. La neige, immaculée en dehors des traces de leurs pas, était d'un blanc aveuglant sous le soleil de midi. En contrebas, dans la vallée, la Cité des Anges semblait d'une pureté et d'une tranquillité surnaturelles. Du côté est, des congères montaient jusqu'au milieu de la haute paroi de pierres rouges – les portes ne s'étaient pas ouvertes depuis des mois. Leurs récoltes rentrées, les Enfants de Bakkalon s'étaient depuis bien longtemps repliés dans leur Cité pour se réchauffer auprès de leurs feux. Sans les lumières bleues qui brillaient tard dans la nuit glacée, et les quelques sentinelles qu'on voyait de temps à autre parcourir le chemin de ronde, ne-Krol aurait pu se demander si les Anges se trouvaient toujours là.

La Jaenshie que ne-Krol n'appelait plus à présent autrement que la « révoltée à la parole amère » fixait sur lui des yeux étonnamment sombres, beaucoup plus que ceux, d'or liquide, de ses frères et sœurs. « Sous la neige gît le dieu massacré », dit-elle. Et même la douceur du langage jaenshi ne parvenait pas à voiler la dureté de sa voix. Ils se trouvaient à l'endroit même où ne-Krol avait emmené Ryther, là où se dressait autrefois la pyramide du clan du Cromlech. Ne-Krol, emmitouflé de la tête aux pieds dans une combinaison thermique blanche collante qui accentuait sa rondeur disgracieuse, regardait la vallée de l'Épée à travers le plastique bleu foncé de sa visière. La révoltée jaenshie, pour sa part, n'était protégée que par son épaisse fourrure grise d'hiver. La bandoulière du laser de chasse lui barrait la poitrine.

« Si personne n'arrête les Anges de la mort, lui dit ne-Krol, qui grelottait malgré sa combinaison, d'autres dieux que le tien seront brisés. »

La révoltée parut à peine l'entendre. « Je n'étais qu'une enfant quand ils sont venus, Arik. Et je le serais peut-être encore, s'ils nous avaient laissé notre dieu. Mais quand la lumière qui me réchauffait le cœur s'est éteinte, je me suis mise à errer seule loin du Cromlech, loin de ma forêt natale, en terrain inconnu. Je mangeais ce que je trouvais – dans la vallée, rien ne ressemblait à ce que je connaissais. Les phacochères chargeaient à mon passage. Et les autres Jaenshis me menaçaient, mais ils s'en prenaient aussi les uns aux autres. Je n'y comprenais rien, je ne pouvais même pas prier. Et je n'ai pas davantage compris quand les Anges d'acier m'ont trouvée. Ne connaissant pas leur langue, je les ai laissés m'emmener dans leur cité. Je me souviens des remparts, et des enfants, si jeunes – plus jeunes que moi, pour la plupart. Alors j'ai crié, j'ai commencé à me débattre : quand j'ai vu tous ces corps pendus, quelque chose de dur, de sauvage et d'impie s'est éveillé en moi. »

Enfoncée dans la neige jusqu'aux chevilles, elle le fixait de ses yeux de bronze doré. Des longues griffes de sa main, elle entreprit de remonter la bandoulière du laser. Depuis le jour où elle avait rejoint ne-Krol, en cette fin d'été où les Anges d'acier l'avaient chassée de la vallée de l'Épée, celui-ci avait fait en sorte de leur apprendre à tirer. Des six exilés qu'il avait rassemblés pour les entraîner, c'était elle qui se débrouillait le mieux. Mobiliser les sans-dieux, ne-Krol l'avait fait en désespoir de cause – c'était le seul moyen qu'il lui restait. Tous les clans à qui il avait proposé des lasers avaient refusé ; ils ne doutaient pas que leurs dieux allaient les protéger. Seuls les exilés l'écoutaient, et encore, pas tous ; les plus petits, les plus tranquilles, les premiers à fuir avaient pour beaucoup été acceptés dans d'autres clans. D'autres en revanche, à l'instar de la révoltée, en avaient trop vu pour pouvoir réintégrer un clan – ça les avait rendus par trop sauvages. La révoltée avait été la première à accepter l'arme quand le vieux porte-parole du clan des Cascades l'avait renvoyée.

« Vivre sans dieu vaut parfois mieux, fit ne-Krol. Les autres, là-bas, ils en ont un, et vois ce que ça donne. Les Jaenshis meurent d'avoir des dieux, de *croire* en eux. Vous, les sans-dieux, vous êtes leur seul espoir. » La révoltée ne lui répondit pas. D'un œil farouche, elle contemplait la cité silencieuse engloutie sous la neige.

Et ne-Krol réfléchissait tout en la regardant. Lui et ses six exilés, avait-il dit, constituaient le seul espoir des Jaenshis. Mais pouvait-on parler d'espoir dans ces conditions ? Tous étaient animés d'une sorte de rage, qui les faisait fréquemment trembler. À supposer que Ryther revienne avec des lasers, et qu'une si petite troupe parvienne à stopper la marche des Anges, que se passerait-il alors ? Même si tous leurs ennemis devaient mourir demain, cela leur donnerait-il un foyer ?

Et le silence tomba sur eux, tandis que la neige se soulevait sous leurs pas. Le vent du nord venait leur mordre le visage.

Le temple était sombre, silencieux. Des globes lumineux éclairaient chaque recoin d'une étrange lumière rouge, et il n'y avait personne sur les longs bancs de bois brut. Au-dessus du grand autel – une dalle de pierre noire grossièrement équarrie – trônait un hologramme de Bakkalon, si réaliste qu'il semblait respirer. Un enfant, rien qu'un enfant nu à la peau d'un blanc laiteux, image de la jeunesse innocente avec ses grands yeux noirs et ses cheveux blonds. Mais Il tenait à la main une longue épée noire, moitié plus grande que lui.

Wyatt s'agenouilla, puis baissa la tête devant l'image sacrée. Tout l'hiver il avait fait des rêves lugubres, troublés. Aussi venait-il chaque jour ici s'agenouiller devant Bakkalon pour le prier de l'éclairer. Vers qui d'autre aurait-il pu se tourner ? Il était le grand-maître, celui qui montrait à tous la voie du combat et de la foi. Il lui fallait trouver lui-même la clé de ses visions.

Chaque jour, donc, il luttait avec ses pensées, à tel point que lorsque dehors la fonte des neiges débuta, son uniforme était presque troué aux genoux à force de râper contre le sol. Enfin, ce jour-là, il s'était décidé à convoquer tous les hauts gradés dans le temple.

Un à un ils y pénétrèrent, pour choisir sans tarder une place sur les bancs. Wyatt était resté agenouillé sans même leur prêter attention. Il priait pour que la vérité sorte de sa bouche, pour que ses visions soient bel et bien authentiques. Quand tous furent assis, il se releva et leur fit face.

« Nombreuses sont les planètes sur lesquelles ont vécu les Enfants de Bakkalon, dit-il, mais nulle n'est aussi bénie que celle-ci. Frères d'armes ! C'est une ère de gloire qui s'ouvre devant nous. L'Enfant pâle m'est apparu dans mon sommeil, comme Il visitait aux premiers temps de la fraternité ceux qui ont été nos premiers grands-maîtres. Et Il m'a envoyé des visions. »

Ils l'écoutaient tous en silence, les yeux baissés, humbles et soumis. Il était leur grand-maître, et l'on ne répliquait pas à son supérieur lorsqu'il prononçait des paroles de sagesse ou quand il donnait un ordre. Le respect de la hiérarchie faisait partie des grands préceptes de Bakkalon. Personne ne souffla mot.

« Bakkalon Lui-même a posé le pied sur cette planète, poursuivit Wyatt. Il a marché parmi les créatures qui peuplent ses champs et ses forêts, Il leur a dit que nous étions leurs maîtres. À moi, Il a dit ceci : “Quand le printemps viendra et qu'il sera temps pour les Héritiers de la Terre de reprendre leurs conquêtes, ces créatures sauront où se trouve leur place ; elles se retireront devant vous.” Je vous le dis, nous verrons des miracles, mes frères, l'Enfant pâle me l'a promis ; des signes par lesquels Il nous fera connaître la vérité, des révélations qui viendront nourrir notre foi. Mais notre foi sera également mise à l'épreuve, de durs sacrifices nous attendent et Bakkalon nous demandera plus d'une fois de Lui faire montre de notre fidélité. Chacun de nous devra se souvenir de Ses préceptes, y être coûte que coûte fidèle, Lui obéir comme l'enfant obéit à son régent ou le combattant à son officier – sans tarder ni répliquer. Car Il détient la vérité. C'est Lui qui m'a envoyé les rêves qui sont venus me visiter. Mes frères, prions ! »

Et Wyatt, se retournant vers l'autel, s'agenouilla. Les autres en firent autant, toutes les têtes s'inclinèrent – toutes sauf une. Dans le fond du temple, que les globes lumineux n'éclairaient que faiblement, C'ara Da Han fixait son grand-maître de sous ses sourcils broussailleux.

Après un dîner silencieux et une brève réunion d'état-major, le maître d'armes demanda à Wyatt de venir faire quelques pas avec lui sur les remparts. « Mon âme est troublée, expliqua-t-il, et je voudrais demander conseil à l'homme le plus proche de Bakkalon. »

Après avoir endossé de lourdes capes de fourrure noire doublées de sombre tissu métallisé, les deux hommes sortirent sur le rempart de pierres rouges, sous le ciel étoilé.

Da Han s'arrêta près de la guérite de la sentinelle, au-dessus des portes de la cité, et se pencha par-dessus le parapet. Il laissa longuement errer son regard sur la neige avant de se décider à le fixer sur le grand-maître. « Wyatt, dit-il enfin, ma foi est faible. »

Le grand-maître n'ouvrit même pas la bouche. Il se contenta de le regarder, en soulevant un instant le capuchon qui lui dissimulait le visage. La confession ne faisait pas partie des rites des Anges d'acier. Bakkalon n'avait-il pas dit que la foi du combattant ne devait jamais faiblir ?

« Autrefois, reprit C'ara Da Han, de nombreuses armes ont été utilisées contre les Enfants de Bakkalon. Certaines, aujourd'hui, n'existent plus que dans les contes. Peut-être n'ont-elles jamais réellement existé, d'ailleurs. Peut-être n'étaient-elles que des choses vides, comme ces dieux qu'adorent les faibles. Je ne suis qu'un maître d'armes, et ces mystères me dépassent. Pourtant, il est une histoire… une histoire qui me trouble, et dont il faut que je vous parle. Jadis, dit-on, au cours des longs siècles de guerre, les Fils de Hranga auraient utilisé contre les Héritiers de la Terre d'immondes vampires de l'esprit, des créatures que les humains ont appelées les mangeurs d'âmes. Ils étaient invisibles, mais leur pouvoir s'étendait sur des kilomètres, plus loin que l'œil est capable de voir, plus loin qu'un laser peut porter, et ils rendaient leurs victimes folles. Ils leur envoyaient des visions, grand-maître, des visions ! Ils implantaient dans l'esprit des hommes de faux dieux et des plans irréalisables, et…

— Silence ! » Wyatt avait parlé d'une voix dure, aussi froide que l'air nocturne, qui amplifiait le moindre craquement autour d'eux et transformait leur haleine en buée.

Il y eut un long silence. « J'ai prié tout l'hiver, reprit enfin Wyatt d'une voix plus douce. Tout l'hiver j'ai lutté avec mes visions. Je suis grand-maître des Enfants de Bakkalon sur Corlos, pas une jeune recrue qu'on peut berner avec de faux dieux. Je n'ai parlé qu'une fois absolument sûr de moi. Encore une fois, je suis votre grand-maître, dans la foi et dans le combat. Que vous, maître d'armes, puissiez remettre en cause mes dires, douter de moi, cela me trouble – cela me trouble *profondément*. En arriverez-vous un jour à discuter mes ordres sur le champ de bataille ?

— Jamais, grand-maître, dit Da Han, pliant le genou devant lui dans la neige glacée en signe de contrition.

— J'espère que non. Mais avant de clore cet entretien, et parce que vous êtes mon frère en Bakkalon, je vais vous répondre – quand bien même je n'ai pas à le faire, vous n'auriez même pas dû me le demander. Je vous dirai donc ceci : le grand-maître Wyatt est à la fois un bon officier et un croyant. L'Enfant pâle m'a inspiré ces prophéties, c'est lui qui a prédit des miracles par ma voix. Tout cela, nous le verrons de nos propres yeux ; mais au cas où les prophéties ne se réaliseraient pas, où il n'y aurait aucun signe… eh bien, nous le verrons aussi. Je saurai alors que ce n'est pas Bakkalon qui m'a envoyé ces visions, mais un faux dieu, peut-être un de ces mangeurs d'âmes des Hrangans. À moins que vous ne pensiez les Hrangans capables de faire des miracles ?

— Non, dit Da Han, toujours à genoux, sa tête chauve inclinée. Ce serait une hérésie.

— Une hérésie en vérité. » Le grand-maître jeta un coup d'œil au-delà des remparts. L'air était froid et vif, la nuit sans lune. Il se sentait transfiguré – même les étoiles lui semblaient glorifier par leur éclat l'Enfant pâle, car la constellation de l'Épée brillait au zénith et celle du Soldat, qui scintillait à l'horizon, semblait vouloir se tendre vers elle.

Puis Wyatt toisa Da Han, délibérément. « Cette nuit, vous monterez la garde sans votre cape protectrice. Et si le vent du nord vient vous transpercer, vous vous réjouirez de cette douleur – ce sera le signe que vous vous soumettez à votre grand-maître, ainsi qu'à votre dieu. La flamme dans votre cœur doit brûler d'autant plus que vous souffrirez dans votre chair.

— Oui, grand-maître. » Da Han se releva, ôta sa cape et la tendit à Wyatt, dont l'épée traça sur lui le signe de la bénédiction.

Le film s'égrenait selon son rythme familier sur l'écran mural de sa chambre plongée dans l'obscurité, mais ne-Krol, affalé dans un grand fauteuil rembourré, y faisait à peine attention. La révoltée était assise par terre avec deux autres exilés jaenshis ; leurs yeux dorés suivaient avec fascination le spectacle d'humains occupés à se poursuivre en se tirant dessus au milieu des immenses tours des grandes villes d'ai-Emerel. Les autres planètes, et les mœurs de leurs habitants, les intéressaient de plus en plus. Tout cela était bien étrange, songeait ne-Krol. Les membres du clan des Cascades n'avaient jamais manifesté pareil intérêt – pas plus que tous les autres Jaenshis qui vivaient en clans, au demeurant. Il se souvenait qu'au début, avant que les Anges d'acier débarquent dans leur vieil astronef (qu'ils avaient presque aussitôt démonté et mis à la ferraille), il avait apporté toutes sortes de choses aux porte-parole jaenshis : des coupons brillants de miresoie d'Avalon, des joyaux de phosphorescine d'Alto-Kavalaan, des couteaux en duralliage, des générateurs solaires, des arcs énergétiques, des livres d'une douzaine de planètes, des médicaments, des vins, un peu de tout. De temps à autre, un porte-parole finissait par accepter quelque chose, mais sans jamais grand enthousiasme ; la seule chose qui les enflammait, c'était le sel.

Lorsque la révoltée commença à lui poser des questions, avec l'arrivée des pluies printanières, ne-Krol prit soudain conscience du fait que les Jaenshis lui demandaient rarement quoi que ce soit. Peut-être leur structure sociale et leur religion étouffaient-elles leur curiosité naturelle ? Les exilés, pour leur part, ne manquaient pas de curiosité – surtout la révoltée. Ça faisait quelque temps qu'il ne pouvait plus répondre qu'à quelques-unes de ses questions, et elle en trouvait toujours de nouvelles qui ne manquaient jamais de le dérouter. Il commençait à s'effrayer de sa propre ignorance.

Tout comme la révoltée, soit dit en passant. Contrairement aux Jaenshis des clans – la religion produisait-elle donc tant de différence ? –, elle répondait volontiers aux questions de ne-Krol, qui avait même essayé de la cuisiner sur les nombreux points qui le laissaient encore perplexe. Mais la plupart du temps, elle ne pouvait qu'ouvrir de grands yeux et répondre à ses questions par d'autres questions.

« Il n'y a pas d'histoires sur nos dieux, lui avait-elle dit un jour qu'il essayait d'en apprendre davantage sur les mythes jaenshis. Quelles histoires voudrais-tu qu'il y ait ? Les dieux vivent dans les pyramides sacrées, Arik. Nous les prions, eux nous protègent et dirigent nos vies. Ils ne se précipitent pas partout pour se combattre et se détruire les uns les autres, comme les tiens semblent le faire.

— Mais autrefois, rétorqua ne-Krol, il y avait bien d'autres dieux, avant que vous n'adoriez ceux des pyramides ? Ceux que représentent vos sculpteurs ? » Il avait même été jusqu'à ouvrir une des caisses pour lui montrer les statuettes. Elle s'en souvenait sûrement, pourtant, car les artistes du Cromlech comptaient parmi les plus habiles.

Mais elle s'était contentée de passer la main sur sa fourrure en secouant la tête. « J'étais trop jeune pour sculpter, avait-elle répondu, c'est sans doute pour ça qu'on ne m'a rien dit. Nous ne savons uniquement ce que nous avons besoin de savoir, et seuls les sculpteurs fabriquaient ces statues. Ils étaient peut-être les seuls à savoir quelque chose sur ces anciens dieux. »

Le résultat avait été encore plus maigre lorsqu'il l'avait interrogée au sujet des pyramides. « Les construire ? Nous ne les avons pas construites, Arik. Elles ont toujours été là, comme les rochers et les forêts, mais… » Ses paupières battirent en signe d'étonnement : « Pourtant elles sont différentes, n'est-ce pas ? » Et, perplexe, elle était partie rejoindre les autres.

Mais si les exilés se montraient plus réfléchis que leurs frères des clans, ils étaient aussi plus difficiles à vivre – chaque jour, ne-Krol se rendait un peu plus compte de la futilité de son entreprise. Huit exilés vivaient avec lui désormais. Ils en avaient trouvé deux autres, à moitié morts de faim, au cœur de l'hiver. À tour de rôle, ils s'exerçaient à tirer avec les deux lasers ou allaient espionner les Anges. Mais Ryther aurait beau revenir avec des armes, ces effectifs restaient dérisoires face aux forces que pouvait aligner le grand-maître. La *Lumière de Jolostar* devait apporter des tonnes d'armes, étant entendu que tous les clans à des centaines de kilomètres à la ronde seraient prêts à lever l'étendard de la révolte contre les Anges d'acier, à les écraser sous leur nombre. Mais Jannis ferait une drôle de tête, si elle ne voyait apparaître que ne-Krol et sa bande de loqueteux.

Pour peu qu'ils soient encore là, d'ailleurs, car même leur présence devenait problématique. Ne-Krol avait le plus grand mal à maintenir l'unité de ses guérilleros. La haine féroce qu'ils vouaient aux Anges d'acier ne se démentait pas, mais ils étaient loin de former un corps uni. Aucun d'eux n'aimait obéir, et ils ne cessaient de se chamailler, de se battre à mains nues pour établir un ordre de préséance entre eux. Si ne-Krol ne les avait pas mis en garde, sans doute seraient-ils même allés jusqu'à se battre en duel au laser. Quant à soigner sa forme en prévision du combat, là non plus, pas question. Des trois femelles du groupe, seule la révoltée ne s'était pas laissée féconder. Et comme il en résultait chaque fois des quadruplés, si ce n'était des octuplés, ne-Krol se voyait déjà devoir faire face à une explosion démographique d'ici à la fin de l'été. Et ce ne serait qu'un début. Une fois sans dieux, les Jaenshis ne semblaient jamais vouloir s'arrêter de copuler – et ils ne connaissaient apparemment aucun moyen de contraception. Il se demandait comment faisaient les clans pour maintenir le niveau de leur population si stable ; ses protégés non plus n'en avaient pas la moindre idée.

« On s'accouplait moins, je suppose, lui dit la révoltée quand il l'interrogea à ce sujet. Mais je n'étais qu'une enfant, je ne peux donc pas vraiment savoir. Je n'en avais jamais envie avant de venir ici. Trop jeune, sans doute. » Mais elle se grattait le crâne tout en parlant, comme peu sûre de ce qu'elle disait.

Dans un soupir, ne-Krol se laissa aller contre le dossier du siège en essayant d'ignorer les bruits de l'enregistrement. Ça n'allait pas être une partie de plaisir. Déjà les Anges d'acier étaient sortis de derrière leurs remparts, et les électrochars sillonnaient sans cesse la vallée de l'Épée, défrichant la forêt pour faire place aux cultures. Il était monté sur la colline s'en rendre compte par lui-même – les semailles de printemps allaient bientôt commencer, c'était une évidence. Les Enfants de Bakkalon allaient donc vouloir gagner du terrain, cela ne faisait guère de doutes. Pas plus tard que la semaine précédente, un géant « sans fourrure sur la tête », comme avait dit son éclaireur, avait été vu en train de ramasser des débris de la pyramide du Cromlech. Quoi que cela présage, ce n'était sûrement rien de bon.

Ne-Krol était malade à l'idée de ce qu'il avait déclenché – parfois, il souhaitait presque que Ryther oublie de leur rapporter des lasers lorsqu'elle reviendrait. La révoltée était décidée à frapper dès qu'ils auraient reçu leurs armes, quelles que soient leurs chances de réussite. Ne-Krol, passablement effrayé par sa détermination, lui rappela ce qui était arrivé la dernière fois que les Jaenshis s'en étaient pris aux hommes. Dans ses rêves, il lui arrivait encore de voir les petits Jaenshis pendus aux remparts.

Elle se contenta d'abord de le regarder, avec toujours cette pointe de folie dans ses yeux de bronze. Puis elle lui dit qu'elle s'en souvenait.

Silencieux, efficaces, les garçons de cuisine engoncés dans leurs tabliers blancs finirent d'enlever les derniers couverts et disparurent.

« Ainsi que l'Enfant pâle l'a prédit, dit Wyatt à ses officiers, le temps des miracles est venu. Ce matin, j'ai envoyé trois escouades dans les collines au sud-est de notre vallée pour chasser les clans jaenshis des terres dont nous avons besoin. Les chefs m'ont fait leur rapport cet après-midi – il me faut à présent vous informer de tout ce qui s'est passé. Officier Jolip, votre rapport.

— À vos ordres, grand-maître, dit l'intéressée, une blonde au teint pâle et au visage pincé, vêtue d'un uniforme trop grand pour son corps longiligne. À la tête d'un groupe de dix combattants, j'avais reçu l'ordre de chasser le clan dit de la Falaise, celui dont la pyramide s'élève au pied d'une grande paroi rocheuse, dans la partie la plus sauvage de la forêt. Notre service de renseignements nous avait indiqué que ce clan faisait partie des moins importants, une vingtaine d'adultes tout au plus, aussi n'avais-je pas emporté d'armes lourdes. Nous avions quand même pris un canon désintégrateur de calibre 5 – détruire les pyramides jaenshies uniquement avec des armes légères prend un temps fou –, mais à part ça, notre armement était strictement standard.

« Nous ne nous attendions à aucune résistance, mais comme je me souvenais de l'incident du Cromlech, j'ai préféré faire preuve de prudence. Après environ douze kilomètres de marche dans les collines, nous nous sommes déployés en demi-cercle, pour ensuite poursuivre plus lentement notre progression, nos stridences dégainées. Nous avions fait prisonniers quelques Jaenshis dans la forêt, aussi les avons-nous forcés à marcher devant nous pour qu'ils nous servent de bouclier en cas d'embuscade. Mais la précaution était inutile.

« Ils nous attendaient quand nous sommes arrivés à la pyramide. Il y avait là une bonne douzaine de ces animaux, grand-maître. L'un d'eux était assis près de la base de la pyramide, les mains posées sur les côtés ; les autres formaient une sorte de cercle autour de lui.

Tous ont levé les yeux pour nous regarder, mais aucun n'a bougé. »

Elle marqua une pause, pour se frotter pensivement le bout du nez. « Comme je l'ai dit au grand-maître, je ne comprends toujours pas vraiment ce qui s'est passé. L'été dernier, j'ai dirigé deux attaques contre des clans jaenshis. La première fois, il n'y avait personne – ces créatures n'avaient bien entendu aucune idée de nos intentions. Nous avons donc détruit sans mal la pyramide. Mais il y avait foule la seconde fois ; elle nous gênait dans nos mouvements sans toutefois se montrer ouvertement hostile. Il a fallu en descendre un à la stridence pour les disperser. Et, naturellement, j'ai étudié les rapports sur les difficultés du chef d'escouade Allor au Cromlech.

« Mais tout s'est passé différemment, cette fois. Après avoir ordonné à deux de mes hommes d'installer le désintégrateur sur son trépied, j'ai fait comprendre à ces créatures qu'elles devaient dégager le terrain. Par gestes, bien sûr, puisque aucun de nous ne parle leur langue impie. Elles ont obéi aussitôt, se séparant en deux groupes qui ont, pour ainsi dire, formé une haie de chaque côté de la ligne de tir. Nous les avons quand même gardées en point de mire, bien sûr, mais tout semblait très paisible.

« Et il n'y a pas eu d'incident. La pyramide a été désintégrée sans problème : nous avons vu une grosse boule de feu, entendu comme un bruit de tonnerre. Quelques débris sont retombés, mais sans faire de blessés. Nous, nous nous étions mis à l'abri ; quant aux Jaenshis, ils ne semblaient pas se soucier du danger. Une forte odeur d'ozone a alors pénétré nos narines, et, l'espace d'un instant, une sorte de fumée bleuâtre s'est répandue autour de nous – une image rétinienne, peut-être. Je n'ai guère eu le temps de m'y arrêter, cependant, car au même moment, les Jaenshis sont tous tombés à genoux devant nous – tous à la fois. Et ils se prosternaient, face contre terre. Croyant dans un premier temps qu'ils se prosternaient devant nous parce que nous avions triomphé de leur dieu, j'ai essayé de leur faire comprendre que nous ne voulions pas de leur basse adoration, que tout ce que nous voulions, c'était qu'ils quittent immédiatement les lieux. Mais j'ai compris que je me trompais quand j'ai vu quatre créatures dégringoler des arbres du haut de la falaise pour nous donner une statuette. Tous les autres se sont alors relevés. La dernière fois que je les ai vus, ils s'éloignaient de la vallée de l'Épée, en se dirigeant plein est. J'ai donc pris la statuette et je l'ai remise au grand-maître. » Puis elle se tut, restant debout, dans l'attente d'éventuelles questions.

« Voici la statuette. » Wyatt s'était penché pour la prendre à côté de sa chaise. Il la posa sur la table, puis défit le morceau de tissu blanc dans lequel il l'avait enveloppée.

La base triangulaire était en écorce de plaqueminier dur comme du roc, et des trois angles s'élançaient de longues aiguilles en os qui formaient une espèce de pyramide. À l'intérieur, artistiquement sculpté en bois bleu, Bakkalon, l'Enfant pâle, tenait à la main une épée peinte.

« Qu'est-ce que cela signifie ? demanda l'un des coadjuteurs, Lyon, visiblement stupéfait.

— Sacrilège ! s'écria Dhallis.

— Non, cela ne va pas jusque-là, dit Gorman, le coadjuteur à la tête des blindés. Ces créatures essaient simplement de nous complaire, dans l'espoir d'arrêter nos épées.

— Seuls les Héritiers de la Terre peuvent adorer Bakkalon, répondit Dhallis. C'est écrit dans le Livre !

L'Enfant pâle ne recevra pas avec faveur l'hommage d'êtres sans âme.

— Silence, mes frères d'armes ! » s'écria le grand-maître. Le silence retomba aussitôt sur la longue tablée. Wyatt eut un pâle sourire. « Cet hiver, dans le temple, reprit-il, je vous ai annoncé des miracles. Voici le premier, le premier de ces événements étranges que Bakkalon m'a annoncés. Car en vérité Il est venu sur Corlos, notre planète – car même les créatures des champs connaissent Son image. Réfléchissez-y, mes frères. Contemplez cette statuette, et réfléchissez. Un seul de ces Jaenshis a-t-il jamais été autorisé à pénétrer dans ce lieu saint ?

— Non, bien sûr, dit une voix.

— Alors il est évident qu'aucun d'eux n'a pu voir l'hologramme qui domine notre autel. Je ne me suis pas non plus souvent rendu chez ces sauvages, car les devoirs de ma charge me retiennent ici ; parmi ceux qui ont pu voir l'image de l'Enfant sur mon insigne pendant que je les jugeais, aucun n'a survécu pour en parler aux autres, puisque je les ai fait pendre à nos remparts. Les Jaenshis ne parlent pas notre langue, et aucun de nous n'a appris leur dialecte de sauvages. Sans compter qu'ils n'ont pas lu le Livre. Souvenez-vous de tout cela quand vous vous demanderez comment leurs sculpteurs ont su quelle forme donner à leur statuette. »

Il y eut un long silence. Les cadres s'entre-regardèrent, muets, pensifs, stupéfaits.

Wyatt croisa les mains devant lui. « C'est un miracle, je vous le dis. Les Jaenshis ne nous causeront plus d'ennuis, car l'Enfant pâle leur est apparu. »

La coadjutrice Dhallis se redressa à la droite du grand-maître, toute raide. « Grand-maître, gardien de la foi, commença-t-elle d'une voix hésitante, osant à peine prononcer les paroles qui lui encombraient l'esprit, vous ne voulez quand même pas dire… non, c'est impossible… ces… ces animaux pourraient donc adorer l'Enfant pâle ? Et Il accepterait leur offrande ? »

Wyatt, l'air calme et bienveillant, la gratifia d'un petit sourire. « Que cela ne trouble pas votre âme, Dhallis. Je ne reprends aucunement à mon compte la première hérésie. Vous pensez peut-être au sacrilège de G'hra, lorsqu'un prisonnier hrangan s'est prosterné devant Bakkalon pour éviter d'être tué comme une bête – le faux prophète Gibrone a alors proclamé que quiconque adorait l'Enfant pâle *devait* avoir une âme. » Il secoua la tête. « Vous voyez, je connais les Écrits saints sur le bout des doigts. Mais ne craignez rien, coadjutrice Dhallis. Il n'y a pas sacrilège. Bakkalon est bien descendu parmi les Jaenshis, mais Il ne leur aura donné *que* la vérité, la vérité seule. Ils l'ont vu dans toute Sa sombre gloire, ils L'ont entendu proclamer qu'ils n'étaient pas uniquement des animaux sans âme – je ne vois pas ce qu'Il aurait pu leur dire d'autre. Acceptant la place qui leur est attribuée dans l'univers, ils se retirent donc devant nous. Jamais plus ils ne porteront la main sur un homme. Ils ne se sont *pas* prosternés devant la statuette qu'ils ont sculptée, ne l'oubliez pas ; ils nous l'ont donnée, à nous, les Héritiers de la Terre, les seuls qui aient le droit de l'adorer. Quand ils se sont inclinés, c'est à nos pieds qu'ils l'ont fait, comme des bêtes le doivent devant les hommes. Vous comprenez, maintenant ? La vérité leur a été révélée.

— Oui, grand-maître, reconnut Dhallis, je comprends maintenant. Pardonnez-moi ce moment de faiblesse. »

Mais C'ara Da Han, assis un peu plus loin, se pencha en avant, les sourcils froncés, ses gros poings noueux refermés. « Grand-maître, dit-il d'une voix forte.

— Oui, maître d'armes ? fit Wyatt, le visage sévère.

— À l'instar de la coadjutrice, j'ai moi aussi été troublé un instant ; je souhaiterais donc être éclairé.

— Je vous écoute, répondit un Wyatt tout sourire, mais d'une voix glaciale.

— Un miracle, oui, c'est peut-être un miracle. Mais nous devons d'abord nous assurer qu'il ne s'agit pas d'un piège que nous auraient tendu ces créatures. Leur stratagème, si c'en est un, me laisse passablement interdit, tout comme les raisons qui pourraient les pousser à agir de la sorte. Mais je connais un moyen par lequel les Jaenshis ont pu percevoir les traits de Bakkalon.

— Ah ?

— Je parle d'Arik ne-Krol, ce marchand rouquin qui tient le comptoir jamisonien. Il fait partie des Héritiers de la Terre – un Emerélien, à en croire son allure –, aussi lui avons-nous donné le Livre. Mais il ne brûle pas d'amour pour Bakkalon ; il continue à se promener sans armes, comme un mécréant. S'il s'oppose à nous depuis notre arrivée, son hostilité a atteint son paroxysme quand il nous a fallu donner une leçon à ces Jaenshis. Peut-être est-ce lui qui a mis au courant les membres du clan de la Falaise, qui leur a suggéré de fabriquer la statuette – à quelle fin, cela reste un mystère. Quoi qu'il en soit, je crois qu'il a fait du commerce avec eux.

— Vous dites vrai, maître d'armes. J'ai passé mes premiers mois ici à essayer de convertir ne-Krol. Sans succès, mais j'en ai beaucoup appris sur ces sauvages et sur les échanges qu'il a entretenus avec eux. » Le grand-maître souriait toujours. « Il en a eu avec l'un des clans qui vivent dans notre vallée de l'Épée, avec celui du Cromlech, ceux de la Falaise, du Verger lointain et des Cascades, ainsi qu'avec plusieurs autres installés davantage à l'est.

— Alors tout ça est bel et bien son œuvre. C'est un piège ! » s'exclama Da Han.

Tous les regards se tournèrent vers Wyatt. « Je n'ai pas dit ça. Quelles que soient ses intentions, ne-Krol n'en reste pas moins seul. Il n'a pas fait de troc avec tous les Jaenshis ; il ne les *connaît* même pas tous. » Le sourire du grand-maître s'élargit un bref instant. « Ceux d'entre vous qui ont vu l'Emerélien savent que c'est un être faible. Il serait incapable d'aller si loin à pied, et il n'a ni aéromobile ni électroneige.

— Mais il *a eu* des contacts avec le clan de la Falaise, repartit obstinément Da Han, son front têtu barré de rides profondes.

— Oui, c'est exact. Mais l'escouade de Jolip n'est pas la seule à être partie en expédition ce matin. J'en ai envoyé deux autres, celles de Walman et d'Allor, au-delà de la rivière du Couteau Blanc. La terre est noire et fertile, là-bas, meilleure qu'à l'est. Le clan de la Falaise résidait entre notre vallée de l'Épée et la rivière au sud-est – il lui fallait donc partir. Mais les pyramides qui motivaient nos autres expéditions appartenaient à des clans d'au-delà de la rivière, à plus de trente kilomètres au sud. Ils n'ont jamais ne serait-ce que *vu* Arik ne-Krol, à moins que des ailes ne lui soient poussées cet hiver. »

Se penchant à nouveau, Wyatt posa deux autres statuettes sur la table et entreprit d'en défaire l'emballage. L'une, grossièrement taillée, avait un socle d'ardoise ; beaucoup plus finement sculptée, l'autre était tout en racine de saponaire, jusqu'aux arêtes de la pyramide. Mais en dehors du matériau utilisé et de l'habileté plus ou moins grande du sculpteur, les deux statuettes étaient identiques à la première.

« Que dites-vous de cela, maître d'armes ? »

Da Han contemplait les statuettes sans rien dire. Le coadjuteur Lyon se dressa brusquement en criant au miracle, et d'autres voix lui firent aussitôt écho. Quand le tumulte se fut enfin apaisé, le maître d'armes inclina sa tête puissante et murmura d'une voix très basse : « Grand-maître, indiquez-nous la voie de la sagesse. »

« Les lasers, attends les lasers ! criait désespérément ne-Krol, au bord de l'hystérie, à la révoltée. Ryther ne va pas tarder à revenir, il faut absolument que nous l'attendions ! »

Tout dégoulinant de sueur sous les chauds rayons du soleil matinal, ne-Krol se tenait devant son comptoir-logis, sa longue chevelure emmêlée par le vent. Quand il avait arrêté les Jaenshis à la lisière de la forêt, la révoltée s'était retournée pour lui faire face, l'air féroce. Elle ne ressemblait plus guère à ceux de sa race, avec son laser en bandoulière, une écharpe de miresoie d'un bleu brillant autour du cou, et des grosses bagues de phosphorescine à ses huit doigts. Les autres l'entouraient, à l'exception des deux femelles enceintes. L'un d'eux tenait le second laser ; les autres étaient équipés d'arcs énergétiques et de carquois. C'était la révoltée qui en avait eu l'idée. Le compagnon qu'elle venait de se choisir avait mis un genou à terre, il essayait de reprendre son souffle ; il avait couru tout d'une traite depuis le Cromlech.

« Non, Arik, répliqua la révoltée, ses yeux de bronze noirs de colère, tes lasers auraient dû arriver depuis un mois de ton calendrier. Chaque jour nous attendons, pendant que les Anges d'acier détruisent pyramide sur pyramide. Bientôt ils recommenceront peut-être à pendre des enfants.

— Si vous les attaquez, ça ne saurait effectivement tarder. Mais avez-vous le moindre espoir de victoire ? Ton guetteur t'a sans doute prévenue qu'il y avait là-bas deux escouades avec des électrochars – et tu espères les arrêter avec deux lasers et quatre arcs ? As-tu appris à réfléchir avec moi, oui ou non ?

— Oui, concéda la révoltée en lui montrant les dents, mais peu importe. Les clans ne leur opposent aucune résistance, c'est donc à nous de le faire. »

Son compagnon, toujours pantelant, dévisagea ne-Krol. « Ils… ils marchent sur la cascade, haleta-t-il.

— La cascade ! répéta la révoltée. Depuis la fin de l'hiver, Arik, ils ont détruit plus de vingt pyramides. Leurs électrochars ont littéralement *éventré* la forêt, de grandes routes poussiéreuses la sillonnent aujourd'hui depuis leur vallée jusqu'aux berges de la rivière. Ils n'ont fait aucun mal aux Jaenshis jusqu'à présent – ils se sont contentés de les laisser partir. Tous les clans sans dieu se sont réunis à la cascade. Maintenant que la forêt natale du clan est entièrement détruite, elle ne peut plus nourrir autant de Jaenshis. Tous les porte-parole se sont réunis avec celui du clan des Cascades ; peut-être son dieu leur a parlé, peut-être s'agit-il d'un très grand dieu. Je ne sais rien de ces choses-là. Ce que je sais, par contre, c'est que le chef des Anges, le chauve, a appris que les vingt clans – plus de cinq cents adultes – s'étaient réunis. Il se dirige vers eux à l'heure qu'il est, en électrochar. Les laissera-t-il partir cette fois-ci, en se contentant d'une statuette ? Et eux, Arik, partiront-ils ? Abandonneront-ils leur second dieu aussi facilement que le premier ? » Ses paupières battirent. « J'ai bien peur que non. Ils vont tenter de résister, avec leurs griffes dérisoires. Et même s'ils n'en font rien, j'ai bien peur que l'Ange chauve ne se décide à les pendre, uniquement parce qu'il se méfie d'une telle réunion. Je crains beaucoup et ne suis pas sûre de grand-chose, mais je sais une chose : nous devons y aller. Tu ne nous arrêteras pas, Arik, et nous ne pouvons attendre indéfiniment tes lasers. Ils ont déjà trop tardé. »

La révoltée se retourna vers les autres et leur dit de la suivre. Tous avaient disparu dans la forêt avant que ne-Krol n'ait seulement le temps d'ouvrir la bouche pour leur crier de rester. Il retourna vers son logis sans cesser de jurer.

Sur le chemin, il croisa les deux exilées enceintes. Toutes deux approchaient de leur terme, mais ça ne les empêchait pas d'exhiber fièrement des arcs énergétiques. Ne-Krol fit brusquement halte. « Comment, vous aussi ! » Il leur lança un regard noir. « Vous êtes folles, complètement folles ! » Mais elles se contentèrent de le fixer de leurs grands yeux dorés, pour ensuite s'enfoncer en silence dans la forêt.

Une fois chez lui, Arik tressa en hâte ses longs cheveux roux pour éviter qu'ils ne se prennent dans les branchages, enfila une chemise et se précipita vers la porte. Qu'il ne franchit néanmoins pas. Une arme ! Il lui fallait une arme ! Il regarda anxieusement autour de lui, puis s'élança vers la réserve aussi rapidement que le lui permettait sa masse. Tous les arcs avaient disparu. Que faire, alors, quoi prendre ? Farfouillant absolument partout, il dénicha en fin de compte une machette en duralliage. Cela lui faisait un drôle d'effet de tenir cette arme en main – il devait avoir l'air ridicule, et aussi peu martial que possible, mais il lui en *fallait* une, il le sentait.

Puis il partit en direction de la cascade.

Ne-Krol était gros et poussif, et il n'avait guère l'habitude de courir. Or, il lui fallait franchir près de deux kilomètres dans la forêt luxuriante, en plein été. Il dut s'arrêter trois fois pour se reposer, reprendre haleine et laisser s'apaiser ses points de côté – sa course lui sembla durer toute une éternité. Il arriva pourtant avant les Anges d'acier ; le poids d'un électrochar rend ses déplacements fort lents, et la route depuis la vallée de l'Épée était longue, et très accidentée.

Il y avait des Jaenshis partout. L'herbe était rase dans la clairière, deux fois plus grande que lors de la dernière visite de ne-Krol, au début du printemps. Pourtant les Jaenshis la remplissaient tout entière. Assis par terre, silencieux, occupés à contempler le petit lac et la cascade, ils étaient tellement serrés les uns contre les autres qu'on pouvait à peine passer. Il y en avait d'autres perchés sur les arbres, par douzaines, et certains enfants s'étaient même aventurés jusque dans les hautes branches qui d'ordinaire étaient le royaume exclusif des faux-moines.

Au centre du petit lac, sur le rocher, avec la chute d'eau en toile de fond, les porte-parole se pressaient contre la pyramide du clan. Formant une masse plus compacte encore que la foule dans la clairière, ils avaient tous les mains plaquées contre la pyramide. L'un d'eux, mince et frêle, était même grimpé sur les épaules d'un autre pour pouvoir la toucher, lui aussi. Ne-Krol commença à les compter, mais il dut vite renoncer : le groupe était si dense qu'il formait une masse indistincte de fourrure grise et d'yeux dorés. Au centre s'élevait la pyramide, toujours aussi sombre, toujours aussi massive.

La révoltée se tenait debout dans l'eau, qui lui arrivait aux chevilles. Face à la foule. Elle lui parlait d'une voix étrangement perçante, très différente du ronronnement jaenshi habituel. Son écharpe et ses bagues lui donnaient une dégaine parfaitement déplacée dans ce rôle d'orateur. Tout en parlant, elle agitait le laser qu'elle tenait à la main. Éperdue, passionnée, hystérique, elle tâchait de faire comprendre aux Jaenshis rassemblés en ces lieux que les Anges d'acier n'allaient pas tarder à arriver, qu'il fallait absolument partir, se disperser dans la forêt pour se regrouper ensuite au comptoir d'Arik.

Mais elle avait beau insister, les clans demeuraient obstinément immobiles. Personne ne lui répondait, car personne ne l'écoutait. Tous priaient, en plein jour.

Ne-Krol se fraya un chemin au milieu de la foule, marchant ici sur une main, là sur un pied, incapable de faire un pas sans heurter un Jaenshi. La révoltée, qui ne cessait de gesticuler, ne prit conscience de sa présence qu'une fois le marchand droit devant elle. Elle se calma aussitôt. « Arik, les Anges arrivent, et personne ne veut m'écouter !

— Et les autres, souffla-t-il, toujours hors d'haleine, où sont-ils ?

— Dans les arbres. » Elle les désigna d'un geste vague. « Je les ai envoyés s'y poster en francs-tireurs, comme nous l'avons vu dans tes projections. Tu te rappelles ?

— Je t'en supplie, reviens avec moi. Laisse-les, *laisse-les* donc. Tu leur as parlé ; moi aussi. Tout ce qui peut arriver à présent, ce sera leur faute, la faute de cette religion stupide ! »

Elle avait l'air perplexe, comme lorsque ne-Krol l'interrogeait, au comptoir. « Je ne *peux* pas les laisser. Il le faudrait, bien sûr, mais quelque chose me dit que je *dois* rester. Et les autres ne s'en iront pas, jamais –

même si *moi*, je décidais de le faire. Eux aussi sentent qu'il faut rester ici, peut-être encore plus profondément que moi. Pour nous battre, pour parlementer, j'ignore pourquoi, Arik, mais il le faut. »

Avant même qu'Arik ne puisse lui répondre, les Anges d'acier sortaient de la forêt.

Il y en avait cinq au premier rang, qui avançaient en maintenant un large espace entre eux ; puis cinq autres. Tous à pied, vêtus d'uniforme vert tacheté qui se confondait avec la végétation – si bien que seul l'acier luisant de leurs ceintures tressées et de leurs casques attirait l'œil. Parmi eux se détachait une grande femme pâle, qui arborait un col cramoisi. Tous avaient dégainé leur laser.

« Hé ! Vous, là-bas ! » Elle avait vu Arik tout de suite – il se tenait debout dans le vent, sa machette inutile à la main. « Parlez à ces sauvages. Dites-leur de déguerpir immédiatement. Aucun rassemblement de Jaenshis de cette importance n'est autorisé à l'est des montagnes, par ordre du grand-maître Wyatt et de l'Enfant pâle Bakkalon. Dites-le-leur, et… » Elle sursauta en apercevant la révoltée. « Et désarmez cette créature avant que nous ne vous réduisions en cendres – vous comme elle. »

Les doigts tremblants de ne-Krol laissèrent échapper la machette, qui tomba dans l'eau. « Je t'en prie, lui murmura-t-il en jaenshi, lâche ton laser. Si tu veux garder la moindre chance de contempler un jour les étoiles lointaines, je t'en prie, mon enfant, mon *amie*, lâche-le immédiatement. Quand Ryther reviendra, je t'emmènerai avec moi sur ai-Emerel, et bien plus loin encore. » Sa voix tremblait de peur ; les Anges d'acier tenaient leurs lasers d'une main ferme, et il doutait fort que la révoltée se décide à l'écouter.

Mais, chose étrange, elle lança sans protester son laser dans l'eau. Ses yeux baissés empêchaient ne-Krol d'y lire quoi que ce fût.

L'autre se détendit visiblement. « Bien. Maintenant, dites-leur dans leur langue de sauvages que nous allons les écraser si jamais ils ne partent pas. Nous avons un électrochar derrière nous. » Par-dessus le grondement du torrent tout proche, ne-Krol entendait effectivement le bruit sec des arbres que de lourdes chenilles d'acier brisaient comme des allumettes. Les Anges utilisaient peut-être également leur canon désintégrateur et les lasers des tourelles pour pulvériser les rochers qui leur barraient le passage.

« Nous le leur avons déjà dit – nous le leur avons dit et répété ! Mais ils ne veulent rien entendre ! » Ne-Krol, désespéré, montra d'un geste circulaire la clairière, toujours bondée. Nul Jaenshi n'avait prêté la moindre attention aux Anges d'acier ou à la confrontation avec Arik, derrière lequel le petit groupe de porte-parole demeurait, compact, les mains pressées contre le flanc de la pyramide.

« Alors nous brandirons l'épée de Bakkalon, dit la femme au col cramoisi, et peut-être entendront-ils le son de leurs propres lamentations. » Elle rengaina son laser, puis leva une stridence. Ne-Krol frémit. En concentrant les sons suraigus, les stridences faisaient éclater la membrane des cellules et liquéfiaient les chairs. Provoquant des effets psychologiques autant que physiques. Il n'y avait pas de mort plus atroce.

Mais un nouveau détachement d'Anges d'acier était en train de fondre sur eux ; dans un bruit de bois qui craque et qui cède, ne-Krol, le regard brouillé, vit de derrière un bosquet d'arbres surgir la masse noire d'un électrochar, son canon désintégrateur braqué droit sur lui. Deux des nouveaux venus arboraient le col cramoisi ; un jeune chef au teint rouge brique pourvu de larges oreilles, qui criait des ordres à ses hommes, et un géant musclé au crâne chauve, dont le visage hâlé arborait maintes rides. Ne-Krol le reconnut : c'était C'ara Da Han, le maître d'armes. Qui posa lourdement sa main sur celle de l'officier au moment où elle s'apprêtait à lever sa stridence. « Non, dit-il, pas comme ça.

— À vos ordres, maître d'armes », dit-elle en rengainant aussitôt son arme.

Da Han se tourna alors vers Arik. « Marchand, est-ce là votre œuvre ?

— Non.

— Ils refusent de se disperser », expliqua la femme.

Da Han parcourut du regard la clairière, les arbres et le sentier rocailleux qui serpentait jusqu'au haut de la falaise. « Il nous faudrait des heures pour en venir à bout à la stridence. Mais il est un moyen plus radical : pulvérisons la pyramide, et ils partiront sans demander leur reste. » Alors qu'il s'apprêtait à poursuivre, il s'interrompit d'un coup. Il venait de voir la révoltée.

« Une Jaenshie avec des bagues et une écharpe ! Ils se contentaient de tisser des linceuls mortuaires, jusqu'à présent. Voilà qui est fort inquiétant !

— Elle appartient au clan du Cromlech, intervint vivement Arik. Elle a vécu avec moi.

— Je vois. Vous n'êtes vraiment qu'un incroyant, ne-Krol, pour vous associer ainsi avec des créatures sans âme et leur apprendre à singer les manières des Héritiers de la Terre. Mais c'est sans importance. » Il donna un signal de la main ; derrière lui, le canon du désintégrateur de l'électrochar s'orienta un peu plus à droite. « Vous devriez vous éloigner d'ici avec votre protégée, dit-il à ne-Krol. Quand j'aurai baissé le bras, le dieu jaenshi brûlera, et si vous vous avisez d'intervenir, le moindre geste que vous ferez alors sera aussi le dernier.

— Mais les porte-parole, protesta ne-Krol, l'explosion va... » En se retournant pour les montrer à son interlocuteur, cependant, il vit que, un à un, les porte-parole s'éloignaient de la pyramide.

Les Anges s'agitaient derrière lui. « Miracle ! » fit une voix rauque, tandis qu'une autre s'exclamait : « Notre Enfant, notre Seigneur ! »

Ne-Krol, lui, demeurait pétrifié. La pyramide n'était plus à présent qu'un bloc rougeâtre, étincelant au soleil comme un dais de pur cristal. Et là, parfait jusqu'au moindre détail, souriait l'Enfant pâle, Bakkalon, qui tenait en main sa terrible épée, le Pourfendeur de Démons.

Les porte-parole jaenshis s'éloignaient à toutes jambes, trébuchant dans l'eau tant ils se pressaient. Ne-Krol aperçut le vieux porte-parole du clan des Cascades – en dépit de son âge, il courait encore plus vite que les autres. Même lui ne semblait pas comprendre ce qui se passait. La révoltée, quant à elle, restait bouche bée.

Arik se retourna. La moitié des Anges d'acier s'étaient agenouillés, les autres avaient machinalement abaissé leurs armes, pétrifiés de stupéfaction. La soldate se tourna vers Da Han. « C'est bien un miracle, lui dit-elle. Notre grand-maître l'avait prédit. L'Enfant pâle est descendu sur cette planète. »

Le maître d'armes, néanmoins, était demeuré impassible. « Le grand-maître ne se trouve pas ici, dit-il d'une voix coupante. Ceci n'est *pas* un miracle. C'est une ruse ennemie, et je ne compte pas me laisser abuser par leurs forfaitures. Nous allons détruire cet objet, il souille le sol de Corlos. » Son bras s'abaissa pour donner le signal du tir.

Mais les serveurs de l'électrochar, impressionnés, avaient relâché leur attention ; le désintégrateur demeura silencieux. Il fit volte-face, furieux. « Ce n'est pas un miracle ! » cria-t-il en levant de nouveau le bras.

La révoltée poussa alors une exclamation. Alarmé, ne-Krol se tourna aussitôt dans sa direction, et vit que ses yeux d'or flamboyaient. « Le dieu, murmura-t-elle lentement. La lumière revient en moi. »

À ce moment précis, le sifflement d'arcs énergétiques leur parvint des arbres alentour, et deux longs traits vinrent frapper simultanément le large dos de C'ara Da Han. La force des coups le fit tomber à genoux, et il s'effondra presque aussitôt dans la poussière.

« File ! » hurla ne-Krol à la révoltée, en la poussant de toutes ses forces. Elle trébucha, le regarda un bref instant, ses yeux cillant de peur redevenus d'un bronze sombre. Puis elle se mit à courir en zigzag vers le couvert, son écharpe flottant dans son sillage.

« Tuez-la ! Tuez-les tous ! » Les paroles de l'officier galvanisèrent à la fois les Jaenshis et les Anges d'acier. Les Enfants de Bakkalon braquèrent leurs lasers sur la foule qui s'ébranlait, et le massacre commença. Ne-Krol s'agenouilla, fouilla dans les rochers moussus jusqu'à retrouver le laser, qu'il ajusta aussitôt contre son épaule. Des traits de lumière jaillirent en rafales rageuses, une, deux, trois fois. Puis il garda le doigt sur la détente ; devenus continus, les traits formèrent un rayon unique qui alla couper en deux la poitrine d'un Ange casqué d'argent, qui s'écroula lourdement dans l'eau.

Pendant longtemps il ne vit plus rien, uniquement conscient de la douleur et du bruit, des cris perçants des Jaenshis qui couraient tout autour de lui, de l'eau qui clapotait doucement contre son visage. À deux reprises, il entendit un grondement du canon désintégrateur, alors même qu'il se faisait piétiner encore et encore. Mais tout cela semblait sans importance. Il s'efforça d'abord de garder la tête appuyée contre les rochers, à demi hors de l'eau, mais même cela, au bout d'un moment, ne lui parut plus tellement nécessaire. La seule chose qui comptait, c'était le feu qui lui dévorait les entrailles.

Puis, sans qu'il sache comment ni pourquoi, la douleur disparut. Il y avait beaucoup de fumée, et d'horribles odeurs, mais le vacarme avait cessé. Tranquillement allongé comme il l'était, ne-Krol prêtait l'oreille aux voix qui lui parvenaient.

« La pyramide ? s'enquit quelqu'un.

— C'est bien un miracle, lui répondait une voix féminine. Regardez ! Bakkalon se tient toujours debout. Et voyez comme Il sourit. Nous avons fait notre devoir ici.

— Que faisons-nous de la statue ?

— Portez-la à bord de l'électrochar. Nous la rapporterons au grand-maître. »

Bientôt les voix s'éloignèrent, et ne-Krol n'entendit plus alors que le murmure de l'eau qui cascadait sans fin. C'était un bruit très reposant. Il décida de s'endormir.

L'homme d'équipage glissa le levier entre les planches et entreprit de peser dessus. Le bois mince céda presque aussitôt, dans un léger craquement. « Encore des statuettes, Jannis, lui dit-il après avoir écarté la paille d'emballage.

— Sans valeur », soupira Ryther. Ils se trouvaient dans les décombres de ce qui avait été le comptoir de ne-Krol. Les Anges d'acier l'avaient saccagé dans leur recherche de Jaenshis armés, ne laissant derrière eux que des ruines. Mais ils n'avaient pas touché aux caisses.

L'homme reprit son levier et passa à la pile suivante. Ryther regarda d'un œil morne les trois Jaenshis qui se pressaient autour d'elle, regrettant qu'ils ne puissent mieux s'exprimer. Seule une mince femelle, affublée d'une longue écharpe et de tas de bijoux, et qui traînait partout un arc énergétique, connaissait quelques mots de terrien. Elle apprenait vite, mais tout ce qu'elle avait sorti d'intéressant jusqu'à présent, c'était « Planète-Jamson. Arik nous emmener. Les Anges tuer. » Elle n'avait cessé de répéter cela jusqu'à ce que Ryther réussisse enfin à lui faire comprendre que oui, elle était d'accord pour les y emmener. Ses deux congénères, la femelle enceinte et le mâle au laser, semblaient pour leur part incapables de dire un mot.

« Et encore des statuettes », dit l'homme depuis la réserve saccagée. Il avait forcé la première caisse au sommet de la pile.

Ryther haussa les épaules, puis laissa l'homme à son travail. À l'extérieur, à la limite de l'astrodrome, reposait la *Lumière de Jolostar*, ses écoutilles brillamment éclairées se détachant toujours plus nettement dans l'obscurité croissante du crépuscule. Les Jaenshis lui emboîtèrent le pas, comme ils l'avaient toujours fait depuis son arrivée, craignant sans doute qu'elle ne parte sans eux, si leurs grands yeux de bronze la perdaient de vue un seul instant.

« Des statuettes, murmura-t-elle, moitié pour elle-même, moitié à l'intention des Jaenshis. Qu'est-ce qui lui a pris de faire une chose pareille ? » Elle savait bien évidemment qu'ils ne pouvaient saisir sa question.

« Un homme de son expérience ! Vous pourriez me l'expliquer, peut-être, pour peu que vous compreniez ce que je cherche à savoir. Au lieu de vous demander de fabriquer des linceuls, du véritable art jaenshi, pourquoi Arik vous a-t-il fait sculpter des versions jaenshies des dieux humains ? Il devait pourtant savoir qu'aucun amateur d'art n'accepterait des plagiats aussi grossiers. L'art indigène ne doit en aucun cas être dénaturé. » Elle poussa un profond soupir. « Enfin, c'est ma faute, je suppose. J'aurais dû ouvrir les caisses. » Et elle éclata de rire.

La révoltée ne cessait de la fixer. « Linceul de Arik. Donner », dit-elle.

Ryther acquiesça machinalement. Elle l'avait récupéré, et il se trouvait présentement suspendu juste au-dessus de sa couchette. C'était un petit objet bizarre, en partie filé avec de la fourrure jaenshie, mais surtout avec de longs cheveux d'un roux flamboyant. L'image quelque peu caricaturale, mais reconnaissable, d'Arik ne-Krol s'y détachait en gris. S'agissait-il de l'hommage d'une veuve, d'une enfant, ou simplement d'une amie ? Ça aussi, Ryther se l'était demandé. Que diable était-il arrivé à Arik pendant son année d'absence ? Si seulement elle était revenue à temps ! Oui... mais elle avait perdu trois mois sur Jamison à contacter le moindre collectionneur de son carnet d'adresses pour essayer de placer ces statuettes sans valeur. L'automne était déjà bien avancé quand la *Lumière de Jolostar* avait fait son retour sur Corlos, pour y trouver le comptoir de ne-Krol en ruine et les Anges d'acier déjà en train de rentrer leurs moissons.

Les Anges... Quand elle était allée les voir pour leur proposer d'acheter sa cargaison de lasers, dont elle ne savait plus que faire, ce qu'elle avait vu sur les remparts rouge sang de la cité lui avait proprement retourné l'estomac. Elle se croyait endurcie, mais le spectacle qui s'offrait à ses yeux dépassait en horreur tout ce qu'elle s'était préparée à endurer. L'escouade d'Anges qui l'avait trouvée en train de vomir devant les portes rouillées l'avait escortée auprès du grand-maître.

Wyatt était encore plus squelettique que dans son souvenir. Il se tenait debout, en plein air, au pied d'un immense autel érigé au beau milieu de la cité pour servir de plate-forme à une statue de Bakkalon étonnamment vivante. Enchâssée dans une pyramide de verre, dressée sur un piédestal de pierres rouges, celle-ci jetait une ombre gigantesque sur l'autel de bois. À ses pieds, les Anges d'acier empilaient les bottes de néomâche et de blé qu'ils venaient de récolter, ainsi que des carcasses congelées de phacochères.

« Nous n'avons pas besoin de vos lasers, avait dit le grand-maître. Corlos a reçu maintes bénédictions ; Bakkalon se trouve aujourd'hui parmi nous. Il a accompli d'incroyables miracles, qui en annoncent bien d'autres encore. Nous avons foi en Lui. Voyez ! » Il désigna l'autel de sa main décharnée. « Nous allons brûler notre récolte en offrande – l'Enfant pâle nous a promis qu'il n'y aurait pas d'hiver cette année. Et Il nous a appris à préparer la paix comme autrefois nous préparions la guerre ; les Héritiers de la Terre, désormais, vont croître et se multiplier. Voici venu le temps des grandes révélations ! » Tandis qu'il lui parlait, ses yeux, de grands yeux sombres piquetés d'étranges points dorés, brillaient d'un éclat fanatique.

Ryther s'était enfuie de la cité des Anges d'acier aussi vite qu'elle l'avait pu, en s'efforçant de ne pas regarder derrière elle, vers les remparts. Mais une fois sur les collines, au moment où elle était passée par le Cromlech où Arik lui avait montré la pyramide brisée, elle n'avait pas pu s'empêcher de se retourner pour jeter un dernier regard sur la vallée de l'Épée. Et l'abominable spectacle hantait constamment son esprit, à présent.

Pendus aux remparts, les enfants des Anges formaient une rangée de petits corps drapés de blanc, immobiles au bout de leurs longues cordes. Tous étaient partis paisiblement – la mort, pourtant, est rarement paisible. Les plus âgés, du moins, étaient morts rapidement, la nuque brisée par le choc. Mais les plus petits avaient le nœud coulant passé autour de leur taille – à l'évidence, la plupart d'entre eux étaient simplement restés suspendus là jusqu'à mourir de faim et de soif.

Plongée dans ses souvenirs, elle ne vit même pas le membre d'équipage sortir du comptoir de ne-Krol. « Rien, rien d'autre que des statuettes », lui dit-il.

Ryther lui signifia d'un geste qu'elle avait compris.

« Partir ? lança la révoltée. Jamson ?

— Oui », répondit-elle, le regard fixé, au-delà de la *Lumière de Jolostar*, vers la sombre forêt millénaire sur laquelle le Cœur de Bakkalon ne brillerait jamais plus. Dans des milliers et des milliers de bosquets, et dans une seule cité, les clans avaient commencé à prier.

Chicago, Illinois
Octobre 1974

Table